이상
문학의
해석

문학의 자의식과 바깥의 체험

이상
문학의
해석

문학의 자의식과 바깥의 체험

임명섭 지음

KSI 한국학술정보㈜

머리말

　이 책에 가장 자주 등장하는 말 중의 하나이면서 동시에 이 책이 전달하고자 하는 주제와 깊숙이 관련되어 있는 말이 '바깥'이라는 단어이다. 이 책에서 그 말은 이중의 의미로 사용되었다.

　먼저 '문학이란 바깥의 시간과 공간을 체험하고 표현하는 일'이라고 말할 때의 '바깥'이란 뜻으로 사용되었다. 이때의 '바깥'이란 관습과 체계의 지배를 받는 일상적 세계의 바깥, 낯설고 특별한 체험이 이루어지는 시공간을 의미한다. '바깥'이란 단어를 이런 의미로 이해하면서 문학 이해의 핵심용어로 사용한 사람은 모리스 블랑쇼였다. 『문학의 공간』에서 카프카의 작품에 대해 이야기하면서 블랑쇼가 말한 바에 따르면, 문학은 노동과 낮의 세계가 아닌 여행과 밤의 세계, '세상의 밖'에 있는 것과 묶여 있다. 그곳에서 문학은 '더 이상 작업도 존재하지 않는 또 다른 시간 속으로 이동하는 것, 시간이 상실되는 지점, 매혹과 시간의 부재가 주는 고독 속에 몰입하는 지점으로 접근하는 것이 문제인' 행위이다. 그리하여 문학은 '친밀성도 휴식도 없는 이 바깥−외곽의 심연을 표현하며 우리가 우리들 자신과도, 우리들의 죽음의 가능성과의 관계도 더 이상 맺지 못할 때 불쑥 솟아나는 것'을 체험하고 표현하는 일이라고 할 수 있다. 이런 의미에서 시인, 작가란 그 바깥의 시간이 강요하는 낯선 체험들을 강인하게 견디고 그 체험을 가능한 한 원래의 생생함을 잃지 않도록 표현하는 사람이다. 그러니까 이상의 문학을 바깥의 체험이라는 가늠자를 통해 해석하려는 시도는, 이상의 작품들 속에 블랑쇼가 말한 의미의 체험이 순수한 형태로 담겨 있다는 직관적 판단을 전제로 하여 그것이 어떠한 양상을 띠고 나타났으며 어떻게 표현되었는지를 살펴보려는 의도를 드러내는 것이다.

한편 이 책에서 '바깥'은, 이상의 문학은 '문학 바깥의 문학'이었다고 말할 때의 '바깥'을 의미하기도 한다. 이상의 작품들이 다양한 수사적 장치들을 통해 은밀하게 말하였던 것이 사실은 문학이라는 행위의 조건과 가능성 그리고 한계에 대한 치열한 반성과 성찰이었다는 것이다. 이상은 그 누구보다도 시대의 변화에 따른 지배적인 매체의 교체, 다양한 매체의 한계와 가능성 등의 문제를 심각하게 고민하고 그 고민을 작품 속에 반영한 시인, 작가였다. 여기에는 문학사적인 맥락과 개인적인 사정이 함께 작용하였다. 자아와 개성의 전적인 발현을 위해 언어를 이용하는 과정에서 1910, 20년대의 한국문학은 참담한 좌절과 실패를 맛보아야 했는데 이 좌절과 실패를 확인한 자리에서 언어의 순수한 직관이라는 현대문학의 기원을 이루는 새로운 태도가 대두하였다. 문학은 문학행위 자체와 언어 자신에 대한 반성, 자기관찰로 심화되었던 것이다. 이상이 자신의 문학의 출발지로 삼았던 자리가 바로 이 지점이었다. 게다가 그는 애초에 언어를 다루는 문학인으로 출발한 것이 아니라, 아마추어 화가, 건축기사 등으로 출발해서 문학에 이르렀기 때문에, 다른 매체와 문학의 매체인 언어를 바깥의 시점에서 바라보고 비교할 수 있는 유리한 위치에 서 있기도 하였다. 다시 말해 이상은 문학의 출발 바로 그 단계부터 문학의 안이 아니라 바깥에서 그 가능성과 한계를 조망할 수 있는 위치에 있었다. 그러한 조건이 그를 한국문학사에서 유례를 찾아볼 수 없을 정도의 치열함으로 문학의 가능성과 한계에 대해 사유하고 탐구하게 하였고, 그의 작품을 문학에 대한 가장 격렬한 자의식적 반성의 기록물로 남도록 만들었다. 바로 이러한 문학의 자기반성과 고민 그리고 이어졌던 새로운 모색과 실험들이 이상의 작품을 매우 특별한 어떤 것으로 만들었는데, 이 책은 그 특별한 성격을 해명하고자 하는 다양한 시도들 중의 하나라고 할 수 있다.

이 책은 문학의 조건과 가능성에 대한 반성적 사유와 실험을 수행하고, 세상 바깥에서 이루어지는 낯설고 특별한 체험과 그 표현을 순수한 형태로 구현했다는 두 가지의 해석들을 교차, 조합해서 이상의 문학작품을 해석하려고 하였다. 읽는 동안 위에서 설명한 '바깥'이라는 단어의 두 가지 의미를 잘 환기한다면 이 책이 말하고자 하는 바를 조금 더 수월하게 전달받을 수 있을 것이다.

임명섭

Contents

머리말 … 5

01 좌표와 방향 … 11
1) 좌표의 확인 | 11
2) 해석의 방향 | 16

02 책읽기 … 27
1) 책읽기의 의미 | 27
2) 읽히지 않는 책 | 44
3) 독서, 위험한 외출 | 54
4) 바깥의 풍경 | 66
5) 타자의 체험 | 80

03 글쓰기 … 93
1) 글쓰기의 의미 | 93
2) 까맣게 그슬린 백지 | 110
3) 활자허무시대의 도래 | 123
4) 글쓰기, 매춘과 불륜 | 135
5) 자가용복음의 종말 | 146

04 지우기 … 155

1) 지우기의 의미 | 155
2) 사라짐의 욕망 | 172
3) 불가능한 죽음 | 185
4) 지우기, 모순과 역설 | 197
5) 지우면서 쓰기 | 210

05 이상 문학과 현대성 … 219

06 맺음말 … 239

참고문헌 … 245

01

좌표와 방향

1) 좌표의 확인

한국문학사의 가장 문제적인 시인이요, 작가의 한 사람으로 남아 있는 이상의 문학작품에 대해서는 이미 수많은 해석과 평가작업이 있어 왔으며, 이에 따라 그의 작품의 많은 부분이 밝혀지고 해명된 것 또한 사실이다. 그러나 여전히 그의 문학의 진정한 주제는 드러나지 못한 것으로 보인다. 그러한 정황은 기존의 연구를 검토해 볼 때 분명해진다. 이상 문학에 대한 연구는 다양한 이론과 관점을 통해 이루어져 왔는데, 단순화의 위험을 무릅쓰면서 그 접근 태도에 따라 이상 문학 연구의 갈래를 몇 개의 유형으로 분류, 정리하여 살펴보면 다음과 같다.

먼저 이상 자신의 전기적 사실에 의거해서 작품을 이해하고 평가

하고자 했던 시도들이 있었는데, 고은[1]과 오규원[2]의 글이 대표적인 경우라고 할 수 있다. 이들은 이상의 작품을 이해하기 위해서는 그의 생애 또는 전기적 토대에 대한 이해가 필수적으로 따라야 한다고 전제하면서, 작품 해석에 있어서는 작품의 내용과 전기적 사실을 동일시하는 시각을 취하였다.

한편 이상의 작품 속에서 이상 자신의 개인적 병력이나 정신분석학적 징후들을 읽어내고자 했던 연구들이 있었는데, 고석규,[3] 김우종,[4] 정귀영,[5] 김종은,[6] 조두영,[7] 이규동,[8] 김영수[9] 등의 글들이 대표적인 경우라고 할 수 있다. 이들은 오이디푸스 콤플렉스, 사디즘, 근친상간, 성도착증, 신경증적 콤플렉스 등과 같은 정신분석학적 개념들을 원용하여, 이상 작품 속에서 그러한 증상들이 어떻게 반영되어 있는지를 살폈다.

다다이즘, 초현실주의 등의 문학사조와 이상 작품을 관련시킨 비교문학적 시각이나, 모더니즘 논의와 관련하여 이상 작품을 해석하려 했던 연구들 또한 이상 문학 연구의 커다란 흐름을 형성하였다. 비교문학적 관점을 앞세운 연구들로는 이상의 소설 『날개』에 대해 '다다이즘의 前夜光景'이라고 평하였던 김문집의 글,[10] 이상의 시를 다다이

---

1) 고은, 『이상평전』(민음사, 1974).

2) 오규원, 「李箱詩와 그의 생애와의 관계」, 『거울속의 나는 외출중』(문장사, 1981).

3) 고석규, 「시인의 역설」, 『여백의 존재성』(지평, 1990).

4) 김우종, 「이상론」, 『현대문학』(1958. 5).

5) 정귀영, 「이상 문학의 초의식 심리학」, 『현대문학』(1973. 7-9); 정귀영, 「이상의 〈날개〉」, 『현대문학』(1979. 7).

6) 김종은, 「이상의 理想과 異常」, 『문학사상』(1973. 9).

7) 조두영, 「이상 초기작품의 정신분석」, 『신경정신의학』(1977. 2).

8) 이규동, 「이상의 정신세계와 작품」, 『월간조선』(1981. 6).

9) 김영수, 「診斷書로 표출된 이상 문학」, 『현대문학』(1975. 7).

즘의 시로 규정하고 그 형태적 특질을 살핀 김춘수의 논문,[11] 이상의 시를 다다이즘적 경향의 시로 규정한 바탕 위에서 동시시, 연쇄시, 통계시, 음향시로 분류한 구연식의 연구,[12] 이상 문학을 초현실주의의 계보 속에 편입시켜 바라본 추은희의 글,[13] 이상의 작품이 당시의 일본 모더니즘 특히 安西冬衛, 春山行夫의 시, 並本弘一의 論文 등의 영향을 받았음을 지적한 문덕수의 논문[14] 등을 들 수 있다.

또 서구의 모더니즘 논의와 관련하여 이상의 작품을 살펴본 연구로는 최재서,[15] 이창배,[16] 이복숙,[17] 김준오,[18] 이승훈[19]의 글들을 들 수 있다. 최재서는 가장 먼저 이상 작품을 서구 모더니즘과 연결 지으면서, 그의 작품 속에 나타나는 풍자, 위트, 야유, 과장, 패러독스 등의 요소를 지적하였다. 이창배는 모더니즘의 성격을 자연과 인간의 부조화, 일치감의 상실로 보고 이상시를 그러한 측면에서 해석하였으며, 이복숙은 이상에 이르러 한국의 모더니즘 운동이 본격적으로 시작되었다는 전제 아래 서구 모더니즘의 특징으로 그가 제시한 단절성과 추상성이라는 개념틀을 통해 이상 작품을 분석하였다. 이승훈은 서구의 미래주의 기법과 관련하여 이상의 작품을 언급하였으며, 김준오는 직접적으로 이상 문학의 모더니즘을 서구문학의 영향으로 간주

---

10) 김문집, 「〈날개〉의 詩學的 재비판」, 『비평문학』(靑色紙社, 1938).

11) 김춘수, 「시형식의 다다이즘」, 『문학예술』(문학예술사, 1956.1).

12) 구연식, 「다다이즘과 이상 문학」, 『동아논총』(1968. 4).

13) 추은희, 「쉬르레알리즘에 비춰본 箱의 작품세계」, 『현대문학』(1973. 7).

14) 문덕수, 「이상의 작품 연구」, 『성곡논총』 8집(1977).

15) 최재서, 「리얼리즘의 확대와 심화」, 『조선일보』(1936. 11. 31 – 12. 7).

16) 이창배, 「모더니스트로서의 이상」, 『심상』(1975. 3).

17) 이복숙, 『이상시의 모더니티 연구』(경희대학교 박사논문, 1988).

18) 김준오, 「한국 모더니즘의 현단계」, 『현대시사상』(고려원, 1990).

19) 이승훈, 「우리 시의 모더니즘」, 『현대시사상』(고려원, 1990).

하여 전통 시와의 차별성을 강조하였다.

전기적 사실에 근거하여 이상의 작품을 살펴보거나, 정신분석학적 징후들을 적출하고 읽어냄으로써, 또는 작품 속에 들어있는 서구 문예사조의 영향들을 찾아냄으로써 이상 작품의 의미를 탐색하고 이해하려는 노력들은 모두 나름대로의 정당성과 의의를 지닌다고 판단된다. 실제로 그러한 탐색들이 다루기 까다로운 이상 문학의 많은 부분들을 해명해 준 것 또한 사실이다. 그러나 그 문제점과 한계 역시 분명해 보인다. 우선 이상 자신의 삶과 작품의 의미 간에 일대일의 대응관계를 상정하는 경우에는 문학 연구가 작가의 전기를 조명하는 작업의 일환으로 취급됨으로써 작품 자체에 대한 연구가 소홀해지거나 작품 해석상의 오류를 낳았던 것으로 보인다. 동일한 문제점과 오류가 심리학적·정신분석학적 개념틀을 통해 이상 작품의 의미를 해석, 확정하거나 서구 문예사조의 영향이라는 잣대만으로 이상 작품을 바라보는 경우에도 나타났다. 심한 경우, 정신분석학 논문의 한 자료로서 작품이 인용되고 있거나, 서구의 외래사조를 논하는 자리에 이상 작품이 부분 텍스트로서 다루어짐으로써, 정밀한 내재 분석을 통한 작품 자체의 의미 해명이라는 과제의 해결에는 미치지 못하였다.

이상 문학에 대한 깊이 있는 논의는 작품 자체의 의미를 따지고 분석하고자 했던 연구들을 통해 이루어졌는데, 그 다양한 형태 때문에 일정한 유형으로 분류해서 정리하기는 어렵다.[20] 다만 그러한 연구

---

20) 작품 자체의 의미를 추궁함으로써 이상 문학에 나타난 작가의식을 해명하려 했던 대표적인 논의들은 다음과 같다.

　조연현. 「근대정신의 해체」, 『문예』(1949. 11).
　임종국. 「이상론」, 『고대문화』(1955. 12).
　이어령. 「이상론」, 『서울대 문리대 학보』(1955. 9).
　김　현. 「이상에 나타난 만남의 문제」, 『자유문학』(1962. 10).

들은 공통적으로 논의의 초점을 작가 이상의 개인적 병력이나 심리적 상황, 혹은 문예사조의 흐름에 두지 않고 이상 작품 자체에 맞추어 이상의 작가의식이나 실험적 기법 등의 양상을 분석함으로써 이상 문학의 의미를 해명하려 하였다고 말할 수 있다. 중요한 것은 이러한 논의들이 진행되는 과정을 통해 이상 문학이 내포하고 있는 깊이나 문제성이 새롭게 발견되었다는 점이다. 형식과 내용 양면에 걸쳐서 근대적 삶의 방식에 대한 반성과 비판을 날카로운 직관으로 탐구하고 제기했던 작품으로 이상 문학을 바라볼 수 있는 시각이 확보된 것은 대부분 위의 논의들이 일구어낸 성과라고 할 수 있다. 이에 따라 이상 작품 속에서 근대인이 운명적으로 감수해 내야 할 주체의 욕망과 자아의 분열이라는 주제가 표출되고 있는 모습을 찾아내는 연구들이 나타났다.[21] 한편 이상 작품 자체의 구조, 형태와 기법적인 특성을 규명하고 그 의미를 찾고자 하는 작품 내재적인 방법의 연구가 꾸준하게 이어져 왔는데,[22] 이를 바탕으로 해서 종합적이고 체계

　　정명환, 「부정과 생성」, 『한국인과 문학사상』(일조각, 1968).
　　오생근, 「동물의 이미지를 통한 이상의 상상적 세계」, 『신동아』(1970. 2).
　　김주연, 「詩文化의 의미와 한계」, 『한국문학의 이론』(1972. 3).
　　김열규, 「현대의 언어적 구제와 이상 문학」, 『지성』(1972. 2).
　　김윤식, 「어둠에의 인식」, 『문학사상』(1974. 4).
　　김종길, 「무의미의 의미」, 『문학사상』(1974. 4).
　　김용직, 「이상, 현대열과 작품의 실제」, 『이상』(문학과지성사, 1977).
　　이보영, 「이상 문학과 종말의식」, 『문학이론과 비평의식』(삼영사, 1983).
　　김윤식, 『이상 연구』(문학사상사, 1987).

21) 문흥술, 「이상 문학에 나타난 주체분열과 반담론에 관한 연구」(서울대학교 석사논문, 1991).
　　김승희, 『이상시연구』(서강대학교 박사논문, 1991).
　　강용운, 「〈날개〉를 통해 본 주체와 욕망의 문제」(고려대학교 석사논문, 1994).
　　최학출, 「1930년대 한국 모더니즘시의 근대성과 주체의 욕망체계에 대한 연구」(서강대학교 박사논문, 1994).
　　김유중, 「1930년대 후반기 한국 모더니즘 문학의 세계관 연구」(서울대학교 박사논문, 1995).
　　이성혁, 「이상 시문학의 미적 근대성 연구」(한국 외국어대학교 석사논문, 1996).
22) 김상태, 「이상의 문체」, 『문체의 이론과 해석』(새문사, 1982).
　　이승훈, 「이상소설의 시간분석」, 『문학과 시간』(이우사, 1983).
　　정덕준, 「이상소설의 시간, '현재-과거'의 구조」, 『우석어문』(1983).

적인 연구성과들이 제출되기에 이르렀다.[23]

이렇게 볼 때, 이상 문학에 대한 연구는 초기의 전기적, 심리학적 연구와 문예사조적 접근을 거쳐, 작품 자체에 눈을 돌림으로써 그 의미를 해명하고 작가의식을 규명하려는 쪽으로 나아갔으며, 이상 문학의 의미를 확장하기 위하여 이상 작품을 근대성 논의와 관련시켜 새롭게 조명하려는 시도가 계속되는 한편 작품의 형식과 구조에 대한 내재적인 분석작업 역시 더욱 심층적으로 이루어지고 있음을 알 수 있다. 그런데 이렇듯 수많은 분석, 해석과 평가의 작업이 있어 왔고 또 진행되고 있음에도 불구하고, 이상 문학의 많은 부분이 아직 밝혀지지 못한 채 방치되고 있는 듯하다. 무엇보다도 이상이 과연 그의 작품 속에서 무엇을 이야기하고자 했는가 하는 것이 여전히 불분명한 상태로 남아 있다. 이상 문학을 둘러싼 끊임없는 관심과 반발은 가장 초보적인 질문의 상태를 벗어나지 못하고 있으며, 이 때문에 이상 문학 연구는 상당히 먼 지점까지 나아간 듯하다가도 다시 제자리로 돌아오고 마는 양상을 노출하고 있는 것으로 보인다.

2) 해석의 방향

이상의 작품에 대한 접근이 쉽지 않고 그의 문학의 진정한 주제를 파악하기가 어려운 것은 보통의 다른 문학작품과는 다른, 이상 작품

서종택, 「폐쇄된 자아와 고립된 자아」, 『한국근대소설의 구조』(시문학사, 1985).
김옥순, 『은유구조론 – 이상의 작품을 모형으로』(이화여자대학교 박사논문, 1989).
23) 이승훈, 『이상시연구』(고려원, 1987).
김윤식, 『이상소설연구』(문학과비평사, 1988).
황도경, 「이상의 소설 공간 연구」(이화여자대학교 박사논문, 1993).

특유의 성격에 기인한다. 이상은 전통적인 문학의 규칙과 문법을 해체하고 파괴하면서 시와 소설 그리고 수필의 장르상의 구별마저 무의미하게 만들어 놓았다. 사실 그의 시, 소설, 수필은 모두 장르의 경계를 무너뜨리면서 서로 넘나들었다. 게다가 이상 자신이 實名으로 직접 작품에 등장하여 자신의 작품에 대하여 비판하거나 옹호하기도 하는 등 단순히 창작자의 과도한 개입이나 자의식의 과잉노출로만 치부할 수는 없는 새로운 형태의 작품을 생산하였다.

그런데 이상 작품의 배후에 깔려 있는 그러한 태도에는 이미 문학행위 자체에 대한 의문과 반발심리가 개재되어 있었다. 이상의 문학행위 전체를 문학행위 자체의 조건과 한계에 대한 강력한 질문과 반성으로부터 출발하여 문학적 창작의 과정 자체를 기술하고 재현하고자 했었던 시도로 보게끔 만드는 일차적인 근거가 여기에 있다. 그리고 바로 이러한 관점으로 이상 문학의 의미를 확인해보고자 하는 시도들이 나타났다. 다시 말해 이상 문학의 주제가 사실은 '문학이란 무엇인가?', '작품을 생산하는 작가란 누구인가?', '문학은 자신이 표현하고자 하는 대상을 온전하게 표현할 수 있는가?'와 같은 문학에 대한 자의식적 물음들과 그 해답의 탐색과정이지 않았는가 하는 시각이 제기되었던 것이다.

김윤식은 이상이 '다만 글쓰기의 기원에서 벗어나지 못했고, 그것의 추구에서 온갖 정력을 탕진하고 말았던 것'[24]이라고 말함으로써

---

24) 그는 이상 문학은 '자전적 글쓰기'로서 '가족사적 질곡에서 도망하기 위한 기호놀이'였다고 판단하였다(김윤식 편, 『李箱문학전집3 수필』 문학사상사, 1993, 13면).

총독부 관리인 청년 이상에게 있어 절박한 문제란, 가족사적 질곡에서의 필사적인 도주였던 것이다. 그 방법론이란 펜뿐이었다. 펜이란 무엇이겠는가. 일목요연한 해답이 주어진다. 펜이란, 글쓰기(기호놀이)의 다른 이름이었다. 이 한 가지 점에 있어서 보면 그에게는 시, 소설, 수필의 구별이란 없다. 그는 다만 그를 에워싼 현실에서 필사적 도주를 감행하고 있었을 따름이다. 말을 바꾸면 짐은 이상은 어느 문학사적 갈래

이상 문학의 주제가 사실은 문학 자체였을 뿐이라는 인식의 단초를 보여 주었다. 김윤식의 지적은 구체적인 작품분석이나 구조적 접근에 의해 뒷받침되지 못한 채 단편적인 언급에 그쳐 버렸다는 한계가 있지만 이상 문학의 주제에 대한 새로운 시각을 제시함으로써 이상 문학의 숨겨진 주제에 이르는 길목을 열었다고 할 수 있다. 이후에 관심의 정도가 약간 다르고 논의의 초점 역시 조금의 편차가 있기는 하지만 그러한 문제의식에 기반하여 이상의 작품을 해석하려는 몇몇 시도가 있었다.[25]

이 책의 논의 역시 이상의 작품들이 말하고 있는 것은 문학행위 자체에 대한 성찰과 반성이지 않았는가 하는 의문으로부터 출발하여, 이상 작품 속에 재현된 문자경험들을 재구성하여 드러냄으로써 이상 문학의 진정한 주제를 드러내고자 하는 한 시도이다. 따라서 위에서 살펴본 글들은 본고의 논의와 어느 정도 유사한 시각을 공유하고 있다고 할 수 있다. 그러나 위의 논의들은 이상 문자경험의 어느 한 부분만을 다루거나 분석 대상 자체를 국한함으로써 또는 작품 바깥의 이론적 논의에 치중함으로써 이상의 문자경험 전반을 포괄하여 드러내지는 못하였다. 문자행위 전반에 걸친 경험의 재현이라는 이상 문학 본래의 주제를 드러내기 위해서는 이상의 전 작품을 대상으로 하

(장르) 개념과도 상관없이, 그것을 초월한 자리에 서 있었다. 그에게 있어서는 글쓰기(펜)만이 구원의 길이었다(김윤식 편, 『李箱문학전집3 수필』, 문학사상사, 1993, 8면).

25) '뉴턴 물리학 혹은 유클리드 기하학으로 표상되는 근대의 기계론적 사고가 구축하는 현실의 온갖 질서에 대한 불신이 문학작품의 생산양식에 대한 불신으로 이어졌고 이에 따라 문학에 대한 자기반영적이고 추상적인 관념의 자의식이 펼쳐졌다'(한상규, 「1930년대 모더니즘 문학에 나타난 미적 자의식에 관한 연구」, 서울대학교 석사논문, 1989)는 관점이나 이상 문학의 주제를 '실존의 대안으로서의 언어세계'라는 차원에서 살피고 이상에게 있어서 문학이란 '삶 자체이며 현실적 삶의 통로가 막힌 한 비상의 나비가 취할 수 있는 환상이자 이상적 세계의 실천적 장'이기도 하였는데, 그러나 그 환상과 실천이 여의치 않자 '끊임없이 자신의 존재를 되묻는 양식을 통해 픽션문학의 허구성을 폭로'하였다.(우정권, 「이상의 글쓰기 양상」, 서울대학교 석사논문, 1996)는 해석들을 들 수 있다.

여, 그 경험이 어떤 내면적 논리로 이루어졌는지를 밝히고, 어떠한 양상으로 재현되었는지를 포괄적으로 살필 필요가 있는 것이다.

이상은 문학 공간에 뛰어들었던 바로 그 순간부터 죽음을 맞았던 순간까지 일관되게 책을 읽고 글을 쓰고 또 글을 지우고 고치는 일로 이루어지는 문학행위 자체의 조건과 한계에 대해 질문하고 반성하였던 것으로 보인다. 그런데 이렇듯 이상이 문학행위의 조건과 한계에 대한 성찰과 반성으로 일관된 문학을 펼칠 수 있었던 것은, 그가 읽고 쓰고 지우고 고치는 일들로 이루어지는 문자 행위 속에서 삶 자체의 메커니즘을 보았으며, 혹은 반대로 인생과 세계 속에서 문자행위 속에서 벌어지는 메커니즘과 동일한 메커니즘을 읽어내었기 때문이다.

이상에게 문자 공간 안에서 벌어지는 일들은 이 세계에서 벌어지는 모든 현상과 사건들의 운명, 구조를 압축해서 담고 있는 것이었다. 그에게 문자행위는 삶 자체였으며 동시에 이 세계의 가장 확실한 비유였다. 탄생에서 죽음에 이르는 인간적 삶의 전 과정, 생성하고 전개하고 붕괴하는 우주의 역사, 이 세계의 문명이 태동하여 발전하고 변화하는 곡절, 자신이 속해 있던 사회의 역사와 구조의 총체적인 상징을 이상은 문자 공간과 문학행위 안에서 찾아내었던 것이다. 거꾸로 말한다면 이상에게는 세계의 모든 사건과 현상들은 책읽기, 글쓰기, 지우기로 이루어지는 문자 세계 안에서 일어나는 사건과 현상들의 은유였다고 할 수 있다. 그러므로 이상에게 문학행위 자체에 대한 반성과 성찰은 단순히 전통적인 문학 규범과 관습의 파괴에 목적을 둔 것이 아니었다. 문학행위 자체의 조건과 한계를 탐구함으로써 이상은 사실은 삶과 세계의 조건과 한계를 성찰하고 반성하고 있었던 것이다. 읽고 쓰고 지우는 행위로 이루어지는 문자행위의 조건과 한계에 대한 치열한 반성과 성찰 자체가 이상 문학의 주제가 될 수 있었던 것은 그 때문이다.

이상은 삶을 해석하고 그에 대해 반응하는 인간의 모든 삶의 여정을 일관되게 책을 읽고 글을 쓰고 지우고 하는 문자행위들로 비유하여 작품 속에 재현하여 놓았다. 그렇게 한 것은 세상의 모든 사건과 현상을 문자행위들 속에 수렴하여 이해하였기 때문이다. 이렇듯 책을 읽고 글을 쓰고 지우는 일들로 이루어지는 문학행위와 세상의 모든 사건, 현상들을 동일하게 바라보는 유추적 상상력으로 인해 결국 문자행위 자체의 조건과 한계에 대한 탐구가 이상 문학의 유일한 주제가 되었다. 그리고 이상은 그에게 있어서는 세계와 우주의 모든 사건과 현상을 상징하는 독서, 글쓰기, 지우기의 문자행위들에 대해 반성하고 성찰하면서 겪은 경험들을 자신의 작품 속에 다양한 형태로 재현해 놓았다.

위와 같은 전제를 앞세워 책읽기, 글쓰기, 지우기 등의 은유들 속에서 이상이 재현해 놓은 삶에 대한 해석과 그에 대한 반응이라는 본래의 맥락을 재구성하고자 하는 것이 이 책의 목표이다. 이상의 작품 속에 나타나는 책과 책읽기의 은유들은 실상 찾고 해독해 내야 할 세계, 자아의 진상과 거기에 이르고자 하는 영혼의 탐색을 상징하고 있다. 따라서 이상의 작품 속에 나타나는 책과 책읽기의 비유들이 내밀하게 형성하고 있는 맥락을 찾아내고 재구성한다면, 이상이 그의 작품 속에 은밀한 형태로 재현해 놓은, 세계의 의미를 탐색하기 위한 그의 여정과 그 과정 중에 그가 겪어내었던 경험들을 발견해낼 수 있을 것이다. 위와 같은 방법을 통해 이상의 작품 도처에 그러나 은밀하게 깔려 있는, 이상이 언어, 글쓰기, 독서의 은유들을 통해 그의 글

속에서 끈질기게 탐구하였던 문자 공간의 경험들을 찾아내고 제시하려는 데 이 책의 목표가 있다. 물론 이상이 그의 작품 속에서 탐색하고 재현해 놓은 문자행위 자체에 대한 성찰과 반성, 그리고 그러한 사유와 관련된 작가로서의 경험들은 복잡한 맥락을 거느리고 있는데다가, 그가 자신의 본래 의도를 철저하게 숨기고 은폐하여 표현하였기 때문에 쉽사리 드러나지는 않는다. 따라서 이 책의 논의는 이상의 작품들 속에 숨어 있는 책읽기, 글쓰기, 지우기의 은유들을 전면에 드러냄과 동시에 그 은유들이 은밀하게 형성하고 있는 본래의 맥락을 재구성하는 형식을 띠게 될 것이다.

이 책의 논의는 다음과 같은 순서와 형식으로 진행될 것이다. 문학 행위는 일반적으로 읽고 쓰고 고치고 지우는 일련의 행위들로 이루어지는데, 이때 문자경험이란 읽고 쓰고 지우고 고치는 일련의 행위 속에서 겪게 되는 체험을 말한다. 이상이 작품 속에서 재현하고 있는 문자 경험들 역시 크게 세 가지의 양상으로 나타나 있다. 책읽기의 경험, 글쓰기의 경험, 지우기의 경험이 그것이다. 이상은 읽고 쓰고 지우는 일련의 문자 행위들에 대하여 반성적으로 성찰하고 또 그러한 반성과 성찰을 통해 겪게 된 경험들을 작품 속에 담아내었다. 따라서 전체의 논의를 크게 세 개의 장으로 나누어 그 세 가지의 경험들을 차례로 살펴보려고 하는데, 각 장에서는 대략 다음과 같은 내용들을 다루게 될 것이다.

두 번째 장에서는 이상이 그의 작품 속에 은밀한 형태로 재현하였던 독서와 관련된 경험들을 살펴본다. 이상은 그의 작품 곳곳에서 독서라는 행위 자체를 반성적으로 사유하고 있거나 아니면 독서의 상황 자체를 묘사하고 있다. 그런데 그 독서 행위와 관련된 반성적 성찰과 경험들을 추적하여 보면 어떤 내밀한 논리가 나타난다. 이상은 독서라는 행위를 세계의 진상과 자아의 참모습을 탐색하고자 하는 삶의 자세로 이해하였으며, 이에 따라 그가 읽고자 했던 것은 세계의 진상과 자아의 참모습이 적혀 있는 한 권의 거대한 책이었으며, 그것은 이상 문학 세계의 중심부에 견고하게 자리 잡고 있었음을 알 수 있는 것이다. 이상은 독서행위를 세계의 비밀을 탐구하고 파악하려는 모든 인간적 노력으로 상상하였고, 그 독서행위에 따르는 다양한 층위의 경험들을 작품 속에 재현해 놓았다. 가능한 한 섬세하게 그 경험들을 재구성하고 나아가 이상이 해독해낸 책의 실체를 밝혀 보고자 한다.

한편 이상은 역시 작품 곳곳에서 글쓰기 행위 자체에 대한 자의식적 성찰을 행하였거나 아니면 글을 쓰면서 겪었던 체험을 상징과 비유의 형식을 빌려 기록하였다. 세 번째 장에서 그 반성적 성찰과 경험들을 추적하고 재구성하고자 하는데, 이를 통해 이상이 글을 쓴다는 행위를 삶에 대한 비극적인 인식과 허무감을 극복하고 새로운 삶의 방식을 모색하는 실존적 탐구의 은유로 받아들였음을 확인할 수 있을 것이다. 이상은 또한 그러한 시도를 불가능하게 만드는 조건과 한계에 대한 자각과 절망을 역시 글쓰기의 은유들 속에 담아내었는데 이 책은 글쓰기의 은유들을 해석하여 본래의 의미를 찾아내는 형식을 통해 그 자각과 절망의 양상이 어떻게 드러나는지를 살피려고 한다.

한편 이상은 작품 곳곳에서 자신의 글을 지우거나 아니면 글을 쓰지 않으려는 욕망을 드러내면서 그 욕망이 겪게 되는 경험들을 재현하였다. 네 번째 장의 논의를 통해 이상의 작품 속에서 그러한 욕망이 탄생하게 된 배경과 전개양상을 찾아내고 나아가 그 재현된 경험들을 통해 이상이 실제로 무엇을 말하고자 했는지를 밝히려고 한다. 이를 통해 이상의 지우기 행위가 진정한 글쓰기를 불가능하게 하는 글쓰기의 조건과 한계를 극복하고 넘어서려는 행위로서 실존의 조건을 거부하고 자아를 실현하려는 극단적인 선택이었다는 사실을 밝히려고 하며, 동시에 그러한 선택이 어떻게 전개되고 또 어떠한 결말에 이르는지를 상세하게 살피려고 한다.

이 모든 논의를 통해 이 책은 이상이 읽고 쓰고 지우는 일련의 행위들로 이루어지는 문학 행위를 세상의 모든 사건과 현상을 포괄하는 상징적 축도로 수용하였으며, 이에 따라 문학행위 자체에 대한 탐구와 반성적 성찰, 그리고 그러한 행위들이 강요하는 체험들이 이상의 작품들이 이야기하고 있는 것들이자 이상 문학의 주제였음을 밝히고자 한다.

한편 이상이 책읽기, 글쓰기, 지우기의 은유들 속에 담아낸 경험들-문학의 가능성, 조건, 한계에 대한 철저한 탐색과 회의는 이상 개인의 체험이라기보다는 모든 문자세계의 성원들이 필연적으로 감당해야 할 보편적인 체험틀로 판단된다. 또한 그가 수행했던 문학적 탐험은 개인의 것이라기보다는 현대문학의 그것이라고도 할 수 있다. 진정한 글을 찾았던 이상 문학의 도정은 낭만주의에서 상징주의를 거쳐 해체주의, 포스트모더니즘에 이르는 현대문학의 도정을 압축해서 드러내었다고 보이는 것이다. 이러한 판단을 배경으로 삼아 마지막 장에서는 이상이 수행하고 재현하였던 경험들을 현대문학사의 맥락 안에서 재구성할 것이다.

이 책은 이상의 모든 글들을 장르의 구분 없이 통합해서 살피고자 한다. 이상에게 있어서 시, 소설, 수필과 같은 장르의 구분이란 큰 의미가 없었던 것으로 보이기 때문이다. 읽고 쓴다는 것은 무엇인가라고 질문하고 그러한 문자행위의 조건과 한계 자체를 반성, 성찰하는 작가에게 시니 소설이니 하는 구분이 큰 의미가 있을 수 없다는 것은 어찌 보면 당연하다 하겠다.

또한 작품 자체가 시, 소설, 수필과 같은 장르의 경계를 자유롭게 넘나들고 있기도 하다. 수필로 분류된 「肉親의 章」이 나누어지고 다듬어져 각각 시 「門閥」과 시 「肉親」으로 발표되거나, 소설 「失花」 중의 한 부분인 '사람이/비밀이 없다는 것은 재산 없는 것처럼 가난하고도 허전하다'라는 아포리즘이 수필로 분류된 「十九世紀式」에서 '비밀이 없다는 것은 재산 없는 것처럼 가난할 뿐만 아니라 더 불쌍하다'라고 되풀이되어 나타나는 경우를 가까운 예로 들 수 있겠다. 이는 이상 자신에게 전통적인 의미의 장르 개념이 희박했었음을 뜻한다. 다음과 같은 지적들은 바로 이러한 사정 때문에 가능했을 것이다.

> 그리고 질문자는 반드시 그의 소설이 소설이라기보다는 오히려 시에 가깝다는 점을 지적할 것입니다. 사실상 시와 소설을 결합하였다는 것은 이상의 소설의 가장 특이한 점이며 또 그의 실험 중 가장 중요한 점이라고 생각합니다. 우리는 그의 소설을 읽어 가다가 다만 이따금씩 몇 줄의 시를 발견할 뿐만은 아닙니다. 그 작품을 창작한 에스프리, 그 자체가 벌써 산문적이라기보다는 시적이올시다. 그리고 그의 문학적 에스프리는 늘 현실의 사미(些未)한 속박을 벗어나서 자유의 세계로 날아가려는 자세를 보이고 있습니다.[26)

> 이상 문학의 갈래를 나누는 일은 허망할지 모른다. 그는 다만 글쓰기의 기원에서 벗어나지 못했고, 그것의 추구에서 온갖 정력을 탕진하고 말았던 것이 아닐까. 『終生記』라는 이름의 소설이 이를 새삼 말해준다. 시라든가 수필이라는 통념보다 소설적 통념의 우월성이 새삼 증명된 형국을 이루었음이 사실로 인정된다.[27)

---

26) 최재서, 「이상의 예술」(이어령 교주, 『이상시전작집』, 갑인출판사, 1977), 347–348면.

최재서와 김윤식은 모두 이 책의 입장과 마찬가지로, 이상 문학의 경우 장르의 구별이 무의미할 수 있다는 점을 지적하고 있는데, 흥미롭게도 최재서는 이상의 문학행위 전체를 시적인 것으로, 김윤식은 소설적인 것으로 파악하고 있다. 그 진위 여부를 따지는 일은 나름대로 또 하나의 논의의 주제가 될 수 있을 것이라고 판단되는데, 그러나 중요한 것은 그만큼 이상 문학의 갈래 구분이 모호하며 나아가서 그러한 구분 자체가 무의미할 수 있다는 점을 이해하는 일일 것이다.

결국 위와 같은 정황을 고려해 볼 때, 이상의 작품을 연구하는 데 있어서 장르의 구별이란 중요하지 않아 보인다. 이상의 시, 소설, 수필을 장르와 상관없이 관통하면서 꿰뚫고 있는 것은 문학행위 자체에 대한 반성, 성찰과 그에 따른 경험들이다.

한편 이상 문학에서는 작중 화자나 등장인물이 작가 이상과 미분화된 상태로 나타났다. 시, 소설, 수필이 뒤섞여 나타나는 데서 알 수 있듯이 이상에게는 장르의 개념 자체가 무의미한 것으로 인식되었던 듯한데, 마찬가지로 그에게는 작가 자신과 분리된, 독립되고 완결된 작품에 대한 의식이 없었거나 아주 미약했던 것으로 보인다. 이에 따라 이 책의 논의 속에서도 그 양자가 거의 분리되지 않은 모습으로 나타나게 될 것이다.[28]

---

27) 김윤식, 『李箱문학전집3 수필』(문학사상사, 1993), 13면.
28) 이 책의 작품 인용은 문학사상사에서 펴낸 전집(이승훈 편, 『李箱詩全集』, 문학사상사, 1977; 김윤식 편, 『李箱문학전집2 소설』, 문학사상사, 1991; 김윤식 편, 『李箱문학전집3 수필』, 문학사상사, 1993; 김윤식 편, 『李箱문학전집4 논문모음』, 문학사상사, 1995)에 의거하였다. 이후 그 인용출처를 밝히는 경우 각각 『李箱詩全集』, 『李箱문학전집2』, 『李箱문학전집3』으로 간략하게 표기하도록 하겠다.

02

책읽기

1) 책읽기의 의미

'세상을 읽는다'라는 표현이 있는데, 그러한 표현이 내포하고 있는 진실을 이상은 문자 그대로 받아들였다. 이상에게 '읽다'라는 동사는 우주와 세계의 비밀을 탐색하려는 모든 인간행위를 지칭하는 말이었다. 그는 자신이 수행하였던 세계의 의미에 대한 새로운 해석과 그 대상을, 문학의 공간에서 이루어지는 독서와, 그의 관념 속에 추상적인 형태로만 존재하였던 한 권의 책이라는 거대한 비유로 치환시켜 이해하였다. 이상에게 상상 속의 한 권의 책과 책읽기의 행위는 세계와 그 세계의 의미에 대한 탐색의 은유였다. 이 유추적 상상력을 배경으로 삼아 이상은 세상에 대한 새로운 해석을 시도하면서 자신이 겪었던 다양한 체험을, 해석되고 탐색되어야 할 세계의 상징으로 상정된 한 권의 책을 해독하기 위한 독서의 과정 중에 조우하였던 경험들이라는 형태로 변용하여 작품 속에 재현하였다. 이와 같은 직관적 판단을 전제로 삼아, 이상의 작품 속에 나타난 책읽기의 비유들을 추출하고 나아가 그 비유들이 형성하고 있는 내밀한 맥락을 복원함으로써, 이상이 그 비유들 속에 재현하여 놓은 세계에 대한 탐색의 여정과 그 과정 중에 겪은 경험들, 그리고 그 결과를 재구성하여 드러내고자 하는 것이 이 장의 목표이다.

지금까지의 논자들에 의해 간과되어 왔지만 이상의 작품 속에서는 책과 관련된 은유들이 수없이 많이 발견된다. 그러한 사실이 별다른 주목을 받지 못했다는 사실이 당혹스럽게 여겨질 정도로 그것들은 이상의 전 작품을 통해 끈질기고 완강하게 자신의 모습을 드러낸다. 게다가 이상의 문학세계 속에서 그것들은 단순한 수사적 장치 이상의 의미를 갖고 있는 것으로 보인다.[29] 미리 결론부터 말하자면 이상은 모든 문명의 제약을 벗어난 가장 근원적인 세계의 모습과 그것을 찾는 독립적이고 투쟁적인 영혼의 탐색을 추상적인 한 권의 책과 그 책에 이르기 위한 독서행위로 상상하였다. 이 세계는 한 권의 책이며, 이상 자신은 이 한 권의 책을 읽어내기 위하여 책을 읽는 사람이었다. 그래서 그의 작품 속에서는 세상의 모든 현상이 책과 문자로 변용되어 나타났다. 이상의 의식 속에서 책과 관련된 은유들은 거의 무의식적인 변용의 과정을 거쳐 나타난다. 다음과 같은 비유는 이십세기라

---

29) 물론 이전의 논자들이 책의 은유를 전혀 거론하지 않은 것은 아니다. 개별 작품에서 책의 비유가 등장하는 경우에 가끔씩 단편적으로 언급과 해석의 대상이 되고는 하였던 것이다[이승훈 편저의 『李箱詩全集』(문학사상사, 1989)에 보이는 「明鏡」에 대한 해석의 경우를 예로 들 수 있다]. 그러나 그런 경우에도 그것들은 단순한 수사적 장치 정도로 파악되었을 뿐, 그것이 이상 문학 전체의 소실점일 수도 있으리라는 암시 같은 것은 보이지 않는다.

는 시간 단위를 한 권의 책으로 상상하지 않는 한 불가능한 표현이다.

나는 '택시' 속에서 二十世紀라는 題目을 硏究했다.

「東京」30)

다음에서는 동경의 한 시가지가 한 권의 책으로 변용되어 표현되고 있다.

'銀座'는 한개 그냥 虛榮讀本이었다.

「東京」31)

다음에서는 여인이 한 권의 책으로 비유된다.

新刊雜誌의 表紙와 같이 新鮮한 女人들

「山村旅情」32)

풍경이 한 권의 책으로 변용되기도 한다.

작난감新婦는 낮에 色色이風景을暗誦해 가지고온것인지도 모른다. 내手帖처럼 내가슴안에서 따근따근하다.

「I WED A TOY BRIDE」33)

이렇듯 구체적인 사물이나 현상만이 책으로 변용되어 나타나는 것은

---

30) 『李箱문학전집3』, 95면.
31) 『李箱문학전집3』, 98면.
32) 『李箱문학전집3』, 112면.
33) 『李箱詩全集』, 201면.

아니다. 다음과 같이 추상적인 현상 역시 책으로 비유되어 나타났다.

> 앉아서 자-무슨 題目으로 나는 思索해야 할 것인가 생각해 본다. 그러나 勿論 아무런 題目도 떠오르지 않는다.
>
> 「倦怠」34)

다음에서는 우수라는 정서가 책으로 변용되어 나타난다.

> 憂愁는 DICTIONARIE와 같이 純白하다.
>
> 「LE URINE」35)

꿈이라는 추상적인 현상이 책으로 비유되기도 한다.

> 너무도 꿈자리가 뒤숭숭하여서 그리는 것입니다. 花草가 피어 만발하는 꿈 '그라비아' 原色版 꿈 그림 册을 보듯이 즐겁게 꿈을 꾸고 싶습니다. 그러면 簡單한 說明을 爲하여 유쾌한 詩를 지어서 7 '포인트' 活字로 配置하는 것도 좋습니다.
>
> 「山村旅情」36)

위의 예들은 이상의 작품 속에서 책과 관련된 은유가 얼마나 자연스러우면서도 빈번하게 등장하는지를 잘 보여준다. 위의 경우들에서는 명시적으로 '책'의 존재가 나타나는데, 그렇지 않더라도 이상은 자신이 관찰하고 느끼고 생각하는 모든 대상들을 읽을거나 책으로 상상하였다. 한편 위의 인용문들은 이상의 작품들 속에서 그렇듯 다

---

34) 『李箱문학전집3』, 143면.
35) 『李箱詩全集』, 123면.
36) 『李箱문학전집3』, 105면.

양한 형태로 등장하는 책의 궁극적인 의미가 무엇인지를 해명해낼 단서 역시 제공하고 있다. 이상은 자신이 대면하였던, 관찰하고 탐색하여 찾아내고 밝혀내야 할 이 세계의 모든 사물과 현상들을 한 권의 거대한 책으로 상상하였다는 것을 위의 인용문들은 증언해 주고 있는 것이다. 이상에게 이 세상은 한 권의 책이었다. 거꾸로 말하면 이상에게 책은 세상 전체의 유추적 상관물이었다. 이상에게는 감추어져 있는 것들, 관찰하고 탐색하여 찾아내고 밝혀내야 할 모든 사물과 현상들이 책으로 상상되었다. 그래서 세계라는 거대한 책 안에서 이루어지는 현상과 사건들, 세계라는 책 속에 등장하는 인물들은 모두 자연스럽게 문장이나 어휘, 구두점 등 책의 페이지를 구성하는 단위들로 변용되어 나타났다. 예를 들어 다음에서는 하루하루의 일자가 세계라는 책 위에 찍히는 활자로 비유되고 있다.

> 인쇄공장 우중충한 속에서 활자처럼 오늘도 내일도 모레도 똑같은 생활을 찍어 내었다
>
> 「幻視記」[37]

다음과 같이 사람이 뱉은 침이 외국어로 변용되기도 한다.

> 上氣한四肢를壁에기대어 그침을 들여다보면 淫亂한 外國語가 하고많은 細菌처럼 꿈틀거린다.
>
> 「破帖」[38]

가을이라는 계절에 대해 느끼는 감정이 엽서 한 장 분량의 활자로 비

---

37) 『李箱문학전집2』, 289면.
38) 『李箱詩全集』, 206면

유되는가 하면 봄이라는 계절이 인쇄과정의 활자로 표현되기도 하였다.

> 가을이 이런 時間에 葉書 한 장에 적을 만큼式 오는 까닭입니다.
>
> 「山村旅情」[39]

> 흙 속에는 봄의 植字가 있다.
>
> 「作品第3番」[40]

특이한 울림으로 들려오는 소리는 어느 품사에도 소속되지 않는
어휘로 비유된다.

> 어느 品詞에도 所屬치 않는 奇妙한 아우성
>
> 「이 兒孩들에게 장난감을 주라」[41]

희망의 상실이라는 마음의 상태가 과거분사라는 품사로 변용되어
표현되기도 한다.

> 나의 希望은 過去分詞가 되어 사라져 버린다.
>
> 「作品第3番」[42]

이 세상을 살아가는 사람들은 세계라는 책의 페이지 위에 적혀 있
는 글자나 문장으로 비유되었다.

---

39) 『李箱문학전집3』, 104면.
40) 『李箱문학전집3』, 324면.
41) 『李箱문학전집3』, 118면.
42) 『李箱문학전집3』, 324면.

發音 안되는 글짜처럼 생동생동한 姙이

「童孩」43)

　　尹과 姙이가 一條一條하는 文章처럼 나란히 나온다.

「童孩」44)

　　나아가 사람들은 글자가 적혀 있는 책의 한 페이지나 엽서로, 읽어
내야 할 대상으로 나타난다.

　　東洋사람도 왔었지. 나는 東洋사람을 좋아했다. 나는 東洋사람을 硏究했다.
나는 東洋사람의 屍體로부터 마침내 東洋文字의 奧義를 發掘한 것이다.

「猖」45)

　　왕복엽서 모양으로 아내가 초조히 돌아왔다.

「지주회시」46)

　　조금 장황스럽게 열거하였지만 위의 예들은 이상이 일관되고도 끈
질기게 이 세상을 거대한 한 권의 책으로 상상하였으며, 그 당연한
결과로서 이 세계 안에서 벌어지는 사건들을 그 책의 페이지를 구성
하는 단위들로 치환시켜 파악했다는 사실을 잘 보여 준다고 생각한
다. 보들레르가 자연을 거대한 신전으로 보았고47) 보르헤스가 우주
를 커다란 도서관으로 보았던48) 바와 동일한 유추와 상응의 논리를

---

43) 『李箱문학전집2』, 266면.

44) 『李箱문학전집2』, 281면.

45) 『李箱문학전집3』, 313면.

46) 『李箱문학전집2』, 304면.

47) 보들레르의 시 「교감」은 "자연은, 그 살아 있는 기둥들에서 시시로/아리숭한 말들 새어나오는 하나의 신
전"이라는 구절로 시작한다(샤를 보들레르, 박은수 옮김, 『보들레르시전집』, 민음사, 1995, 34면).

48) 보르헤스의 그러한 유추적 상상력은 작품 「비벨의 도서관」에서 가장 밀도 있는 표현을 얻고 있다(호르헤
루이스 보르헤스, 황병하 역, 「바벨의 도서관」, 『픽션들』, 민음사, 1994).

따라, 이상은 세계를 거대한 한 권의 책으로 보았다. 그는 상응과 유추의 논리에 의해 자신을 규정하였던 것이다. 그의 생각에 의하면 세계는 상징적인 것이며, 자연 전체는 인간정신의 은유이다. 정신의 법칙은 마치 거울에 비치는 것처럼 물질의 법칙과 대응한다. 눈에 보이는 세계와 그 부분 부분과의 관계는 시계의 숫자판과 같이 눈에 보이지 않는 세계를 가리키고 있으며, 물리학의 공리는 윤리학의 법칙을 해설해 주고 있다. 세계를 한 권의 책으로 상상하는 것은 위와 같은 유추와 상응의 논리의 한 변형태라고 할 수 있다[49].

물론 이러한 형태의 상상력은 실상 어떤 작가나 시인에게서도 보이는 현상일 수 있고, 또 매우 오래된 나머지 이제는 일상적이고 낡아 버린 비유관계일 뿐이라고 치부할 수도 있다. 실제로 쿠르티우스 같은 이는 "세상과 자연이 책이라는 생각은 가톨릭 교회의 수사학에서 비롯되어 중세 초기의 신비주의 철학자들로 이어졌다가 마침내 보편적인 것이 되었다"[50]는 점을 지적하기도 하였다. 그러나 그렇다고 해서 이상 문학의 해명에 있어서 책의 은유가 갖는 중요성이 훼손

---

49) 이렇듯 유추와 상응의 논리에 입각한 상상력은 '노발리스는 말한다. 세상에는 단 하나의 聖殿이 있다. 그 聖殿은 인간의 몸이다. 이 고상한 형상보다 신성한 것은 없다. 사람 앞에 예를 드리는 것은 그 육신에 있는 神의 啓示를 숭배하는 것이다. 우리는 인간의 몸에 손을 댈 때, 하늘에 대는 것이다'(T. 칼라일, 「衣裳哲學」, 『英美隨筆選』, 이창배 편, 을유문화사, 1963, 265면)와 같은 진술 속에서 직접적으로 대면할 수 있다. 여기에는 인간의 몸과 절대자를 동일시하는 시각이 나타나 있다. 한편 칼라일은 거기서 더 나아가 다음과 같이 李箱과 마찬가지로 세계를 한 권의 책으로 파악하는 상상력을 보여준다. '우리는 自然이라는 책에 대해서 말한다. 정녕 그것은 책이다!—이 책의 저자와 작가는 神, 그것을 읽는다고! 그대가 인간이, 그 알파벳이나 제대로 아는가? 그 책 속의 말, 글, 장엄한 서사체의 페이지들, 시적이고 철학적이고, 무수한 태양계와 그 천만년에 걸쳐 펼쳐져 있는 이런 것을 가지고 그대를 시험하지는 않으련다. 이것은 하늘나라의 象形文字를 참으로 신성한 필치로 기록한 책이다. 여기서 한 줄 저기서 한 줄을 읽을 수 있으면 예언자들도 축복으로 안다. 연구소니 학술원이니 하는 것들은 용감하게 노력하면서, 총총하고 풀 수 없이 엉킨 상형문자들 속에서 교묘한 결합에 의하여 속된 글씨로 된 몇몇 글자를 끄집어내고, 그것을 가지고 실제에 있어서 이용성이 많은 이런저런 경제적 요리서를 지어낸다. 자연은 이런 어떤 요리서의 무한한 책, 거대한, 거의 무진장한 가정요리서, 모든 비밀은 이리하여 장래 언젠가는 다 풀릴 이런 어떤 책 이상의 것이라는 것을 꿈에라도 생각하는 사람은 극히 적다.'(위의 책, 277면)

50) 일베르토 망겔 지음, 정명진 옮김, 『독서의 역사』(세종서적, 2000), 248면.

되지는 않는다. 앞에서 살펴 본대로 이상의 경우 책－세계의 비유관계는 거의 맹목적이라고 할 만큼 철저하게 이루어져 있었고, 나아가 그의 문학 세계의 중심부에 자리 잡고 있었다는 점에서 그렇다. 이상 문학에 있어서 책－세계의 비유는 다른 많은 비유들 중의 한 가지에 불과한 주변적인 것이 아니라 그의 문학적 상상력을 통어하면서 여타의 상상과 비유들을 산출하는 주제적 은유였다. 이상 작품 속에서 다른 모든 주제나 비유들은 책－세계의 은유의 하위범주로서 종속적인 관계를 띠고 나타난다. 따라서 책－세계의 비유관계를 고려하지 않으면 그의 문학의 해명 자체가 불가능할 수도 있는 것이다.

　한편 이상은 가려져 있는 세계의 진상과 일상적 자아의 이면에 자리 잡고 있는 근원적 자아를 동일한 것으로 이해하였다. 그의 상상 속에서 세계의 진상, 전체적 세계상은 진정한 자기의 모습, 근원적 자아이기도 하기 때문이었다. 그 둘은 동일하다. 세계가 대우주라면 자아는 그에 상응하는 소우주이기 때문에 그 둘은 본질적 구조라는 측면에서는 하등의 차이와 구별이 있을 수 없다. 개체 안에 우주와 세계가 고스란히 담겨 있다. 개체가 곧 우주이고 세계이며, 개체의 개인적 이력이 곧 세계사인 것이다. 따라서 이상은 탐색하여 찾아내야 할 자아의 참모습 역시 한 권의 책으로, 자아의 특정 행위나 움직임들은 그 책을 구성하는 어휘나 문장으로 변용하여 드러내었다. 다음과 같은 표현들은 자신의 내면이 한 권의 책 혹은 그 책의 어느 페이지로 상상되지 않는 한 불가능한 비유들이다.

　　버쨍이가 한 마리 燈盞에 올라 앉아서 그 연두빛 色彩로 혼곤한 내 꿈에 마치 英語 '티' 字를 쓰고 건너 긋듯이 類다른 記憶에다는 군데군데 '언더라인'을

하여 놓습니다.

「山村旅情」51)

읽다만 敎科書를 접기보다도 더욱 쉽게 肉親 위에 덮쳐오는 온갖 恥辱마저

「不幸한 繼承」52)

나는 거기 아무 데나 주저앉아서 내 자라 온 스물여섯 해를 회고하여 보았다.
몽롱한 기억 속에서는 이렇다는 아무 제목도 불그러져 나오지 않았다.

「날개」53)

다음에서 이상은 자신의 삶을 한 권의 책, 소설로 유추하고, 하루
하루의 삶의 행로를 줄거리와 구두점으로 상상하고 있다.

답답하게걸어가는길이내스토오리요기침해서찍는구두를심심한공기가주물러서
삭여버린다. 나는한장이나걸어서

「行路」54)

자신을 문장 사이의 구두점으로 파악하는 상상력은 다음에서도 발
견된다.

내가句讀처럼고사이에끙기어들어섰으니

「位置」55)

다음의 예들에서와 같이 자아가 세계라는 책 위에 적혀 있는 활자

---

51) 『李箱문학전집3』, 103면.
52) 『李箱문학전집2』, 210면.
53) 『李箱문학전집2』, 342면.
54) 『李箱詩全集』, 63면.
55) 『李箱詩全集』, 85면.

로 비유되기도 하였다.

> 잠―聖經을 探字하다가 엎질러 버린 印刷職工이 아무렇게나 주워담은 支離
> 滅裂한 活字의 꿈―나도 갈가리 찢어진 使徒가 되어서 세 번 아니라 열 번이라
> 도 굶는 가족을 모른다고 그립니다.
>
> 「山村旅情」56)

> 나는 그 火成岩으로 반들반들한 징검다리 위에 삐뚜러진 N字로 쪼그리고 앉
> 았노라면
>
> 「山村旅情」57)

> N자를 옆으로 약간 비스듬이한 모양새로 그는 그 자리에 앉았다.
>
> 「恐怖의 記錄」58)

> 나날이 그는 아주 작은 활자를 잘못 찍어놓은 것처럼 걸음새가 비틀거렸다.
>
> 「恐怖의 城砦」59)

　　제시된 예들은 이상이 표면의 세계 저편에 있는, 발견되고 탐색되
어야 할 진정한 세계의 모습과 근원적 자아를 한 권의 책과 그 책을
구성하는 제 요소들로 상상하고 있었음을 확인시켜 준다.
　　한편 살펴본 대로 새롭게 해석되어야 할 세계와 자아가 해독해야
할 상상 속의 한 권의 책으로 이해된다면, 이상 자신은 당연히 독자
로서 그 책을 읽어내야 하는 임무를 띠게 된다. 이해 못 할 상형문자
로 뒤덮여 있는 그 거대한 책의 존재는 그에게 마치 스핑크스의 존재
와도 같기 때문이다.

---

56) 『李箱문학전집3』, 112면.
57) 『李箱문학전집3』, 108면.
58) 『李箱문학전집3』, 330면.
59) 『李箱문학전집3』, 337 – 338면.

우주는 거대한 스핑크스의 수수께끼다. 나는 도무지 그것을 모르고 있었지만, 풀지 못하면 잡아먹히는 수밖에 없다.[60]

풀지 못하면 잡아먹힐 수밖에 없는 것이 해독되지 못한 거대한 책, 세계와 자아라는 책 앞에 서 있는 이상의 운명이다. 책읽기의 비유는 압도적인 비중을 차지하면서 이상 작품의 곳곳에 산재해 있는데, 이는 그 비유가 우연적이거나 일시적인 것이 아니라 이상이 의식적으로 사용하는 일관된 것임을 드러내주고 있다. 작품 속에서 이상은 끊임없이 무엇인가를 부지런히 읽고 있다.

그는 찬찬히 名札을 살피며 걸어갔다. 비슷한 글자들이 그들의 名義를 어지럽히고 있다. 그중에서 간신히 그 자신의 이름을 찾아내자 이번에는 그가 주저하는 것이다.

「恐怖의 城砦」[61]

섭섭한 글자가 하나씩 섰다가 쓰러지기 위하여 나앉는다.

「地圖의 暗室」[62]

안해는 駱駝를닮아서片紙를삼킨채로죽어가나보다.   벌써나는그것을읽어버리고 있다.

「아침」[63]

娼婦가 分娩한 死兒의 皮膚 全面에 文身이 들어 있었다. 나는 그 暗號를 解題하였다.

「一九三一年」[64]

---

60) T. 칼라일, 앞의 책, 193면.
61) 『李箱문학전집3』, 336면.
62) 『李箱문학전집2』, 166면.
63) 『李箱詩全集』, 232면.
64) 『李箱詩全集』, 238면.

조그마한 壁面의 餘白에 古代 未開人의 落書의 흔적이 남아 있다

「얼마 안 되는 辨解」65)

　　이와 같은 독서경험들이 이상의 작품 속에는 무수히 등장한다. 이런 구절들은 확연하게 독서의 경험을 이야기하고 있다. 그런데 이것들이 실제로 존재하는 무엇인가를 읽은 경험을 이야기하고 있다고 생각할 수는 없다. 그보다는 어떤 상황 속의 감각적인 경험을 의식적으로 일관되게 독서행위로 비유하거나 치환시키고 있다고 보는 것이 온당할 것이다. 화자가 실제로 선사시대의 동굴에 들어가거나 어느 집을 방문해서 문패를 읽은 것이 아니라, 실제로는 대상과 직면해서 화자가 체험한 다양한 촉각적·시각적·청각적·정서적 경험들을 모두 책을 읽는 독서행위로 비유하고 치환해 내었다는 것이다. 아래의 예들이 그 점을 분명하게 확인시켜 준다.

　　가) 머릿속에서는 희망과 야심의 말소된 페이지가 딕셔내리 넘어가듯 번뜩였다.

「날개」66)

　　나) 나의 前方에 鮮明한 文字처럼 展開하는 自殺에의 誘惑

「無題(初秋)」67)

　　가)는 순간적으로 머릿속에 전개되는 상념을 읽은 경험을 그리고 있고, 나)는 화자의 앞에 전개되는 '자살의 유혹'을 읽은 경험을 이야기하고 있다. 그것들은 결국 '희망을 잃고 절망을 느꼈다'라거나 '자

---

65) 『李箱문학전집3』, 292면.
66) 『李箱문학전집2』, 344면.
67) 『李箱문학전집3』, 136면.

살의 유혹을 느꼈다'라고 표현할 수 있는 경험들이다. 그런데 이상은 그것들을 모두 책을 읽는 독서행위로 치환시켜 표현하였다.

이렇듯 이상 작품에서는 일상적 행위와 정서적 사건들이 예외 없이 '읽다'라는 동사로 수렴되고 있는데, 이렇게 된 이유를 밝히기 위해서는 다시 한 번 책−세계의 비유관계를 떠올려 보아야 한다. 앞에서 이미 살펴본 대로 이상은 이 세계를 한 권의 책으로 파악하였다. 그런데 세계가 한 권의 책으로 이해된다면, 이 세상과 대면하여 그것을 관찰하여 파악하고자 하는 이상 자신은 당연히 그 책을 읽어내야 하는 독서자의 역할을 맡게 된다. 이 세계는 한 권의 책이며, 이상 자신은 이 한 권의 책을 해독하기 위하여 책을 펼쳐서 읽는 사람, 상징적 독서가였다. 자신이 대면하고 있었던 세계를 상형문자와 암호로 뒤덮인 한 권의 거대한 책으로 파악했던 이상은 자연스럽게 이 세계 안에서 영위되는 모든 삶의 행위와 사건들을 독서행위로 상상하게 되었던 것이다. 이러한 유추적 상상력을 배경으로 하여 그는 혼란스럽고 불투명한 일상의 세계 속에서 세계의 진상과 근원적인 자아를 탐색하는 과정을 도서관에서 책을 읽는 행위로 일관되게 비유하였다.

다음 작품 「明鏡」은 세계와 자아를 한 권의 거대한 책으로 상정하고 그 진상과 참모습을 탐색하려는 시도를 책읽기의 행위로 이해하여 그 독서의 경험을 재현하였던 이상 문학의 원형적 풍경을 보여 준다. 이 작품을 통해 이상의 문학세계가 문자공간이라는 특수하고 독특한 공간 안에서, 그 최초의 행위로서 책읽기라는 동사를 통해 이루어졌음을 분명하게 확인할 수 있다.

여기 한 페-지 거울이 있으니
잊은 季節에서는
엎은 머리가 瀑布처럼 내리우고

울어도 젖지 않고
맞대고 웃어도 휘지 않고
薔薇처럼 착착 접힌
귀
들여다 보아도 들여다 보아도
조용한 世上이 맑기만 하고
코로는 疲勞한 향기가 오지 않는다.

만적 만적하는대로 愁心이 平行하는
부러 그러는 것 같은 拒絶
右편으로 옮겨앉은 心臟일 망정 고동이
없으란 법 없으니

설마 그러랴? 어디 觸診……하고 손이 갈 때
指紋이 指紋을 가로 막으며
선뜩하는 遮斷 뿐이다.

5月이면 하루 한번이고
열번이고 外出하고 싶어 하더니
나갔던 길에 안 돌아오는 수도 있는 법

거울이 책장 같으면 한장 넘겨서
맞섰던 季節을 만나련만
여기 있는 한 페-지
거울은 페-지의 그냥 表紙—

「明鏡」[68]

「明鏡」에서 일어나는 사건은 표면에 나타난 대로 화자가 거울 앞에

---

68) 『李箱詩全集』, 72면.

앉아 그 거울에 비친 자신의 모습을 골똘하게 쳐다보는 행위이다. 그 거울에 비친 자신의 모습은 친근하면서도 낯설다. 그래서 화자는 갑자기 낯설어진 자신을 관찰하면서 진정한 자신의 모습을 찾고 있다는 것이 이 작품의 줄거리가 되고 있다.[69] 이때 작중 화자가 거울 속에서 찾고 있는 것은 위장되지 않은 세계의 진상이며, 훼손되기 이전의 모습을 간직하고 있는 근원적 자아의 모습이다. 세계가 대우주라면 자아는 그에 상응하는 소우주이며 개체의 개인적 이력이 곧 세계사이기 때문에, 「明鏡」의 화자는 세계의 진상을 발견하고 탐색하기 위해 거창한 실제적 여행을 기도할 필요나 이유가 전혀 없다. 우주, 세계와 구조적 등가관계를 갖는 자신의 참모습을 속속들이 탐색해내면 세계는 그 참모습을 드러낼 수밖에 없는 것이다. 이러한 유추적 논리에 따라 세계의 진상과 자아의 참모습은 어떤 것인가 하는 절박한 질문을 안고 화자는 격렬하게 거울을 쳐다보고 있다. 거울은 멈추지 않는 의식의 흐름들과 변하기 쉬운 현상 속에서 부유하고 이동하는 자기를 한 순간에 고정시켜 놓고 밖으로부터 세계를 살펴보기 위해 필요한 장치라고 할 수 있다.

그런데 중요한 대목은 정작 다른 곳에 숨어 있다. 그 모든 의식의 움직임들이 책을 읽는 행위로 비유되고 있다는 점에 주목하여야 한다. 「明鏡」에서 세계의 진상과 근원적 자아의 모습을 탐색하려는 화자의 관찰 행위와 대상은 독서행위와 책으로 자연스럽게 유추되고 있는 것이다. 「明鏡」 속에는 한 권의 책이 숨어 있다. 그 책은 표면에

---

69) 물론 「明鏡」에서는 그 거울 속의 자기가 외출한 여자로 비유되고 있기도 하다. 사실 이 작품은 외출해버린 아내의 속내를 모르겠다는 심정을 이야기하고 있는 작품으로 읽힐 수도 있다. 또 그것이 읽을 수 없는, 표시만 있는 책으로 치환되고 있기도 하다. 이중 삼중의 상상력이 동시에 작동하고 있는 것이다.

는 드러나지 않지만 사실은 이 작품의 상상력의 중핵에 자리 잡고 있다. 숨겨진 秘傳처럼 끝내 열리지 않는, 화자가 독서의 맥락을 쫓아가면서 해독해 내려고 하는 그 책은 자아의 참모습이라고도 할 수 있고, 세계의 전체상이라고 할 수도 있다. 결국 「明鏡」이 말하고 있는 것은 그 어떤 것에도 윤색되지 않고, 일상의 질서와 한계를 벗어나 가장 원초적인 상태에서 우주와 자아의 진실에 대면하고 그것을 탐색하려는 강렬한 욕망이라고 할 수 있는데, 그러한 열망과 의지를 이상은 추상적인 형태로만 존재하는 한 권의 책을 읽고자 하는 독서 행위로 치환시키고 있는 것이다.

「明鏡」에서 화자는 세계의 진상과 자아의 근원적 자아의 모습을 탐색하고 발견하기 위하여 세계라는 제목의 거대한 한 권의 책을 읽고 있다. 이 「明鏡」의 화자의 모습이 바로 이상 자신의 모습이라고 생각해도 별 무리가 없는 것으로 보인다. 이상은 「明鏡」의 화자처럼 자신이 찾아내야 할 자아와 세계의 비밀에 대한 근원적 지식을 상징적인 한 권의 책으로 상상하였으며, 이에 따라 세상을 명철하게 파악하고자 하는 열망과 실제적인 탐색을 그 책을 읽어내고자 하는 독서행위로 상상하였다.

이상에게 '읽다'라는 동사는 우주와 세계의 비밀을 탐색하려는 모든 인간행위를 지칭하는 말이었다. 그는 자신이 겪었던 세계의 의미에 대한 새로운 해석과 그 대상을, 문학의 공간에서 이루어지는 독서와, 그의 관념 속에 추상적인 형태로만 존재하였던 한 권의 책이라는 비유로 치환시켰다. 그에게 상상 속의 한 권의 책과 책읽기의 행위는 세계와 그 세계의 의미에 대한 탐색의 은유였던 것이다. 그런 점에서 이상의 상상력은 카프카의 그것과 매우 유사한 것으로 보인다. 알베르토 망겔에 의하면 '카프카는 평생을 자신이 이해의 첫 자락을 들추는 데 필요한 경험이나 지식조차도 갖추지 못했다는 기분으로 책을 읽었으며'(물론 이때의 책은 검은 활자로 이루어진 물질적인 종이뭉치만을 의미하지는 않는다), '자신의 읽기 개념에서 고대 탈무드의 지은이들과 공통된 기반을 발견할 수 있었다'고 한다. 주지하듯 탈무드 필자들에게 세상 그 자체의 상징적 등가물인 성경은 복합적인 의미를 기호화한 것으로 받아들여졌으며, 그 오묘한 의미를 끊임없이 추구하는 것이야말로 이 세상에 태어난 인간으로서 지향해 봄직한 일이었다.[70] 탈무드 저자들에게서 자신의 삶의 태도의 원형―세상이라는 책의 숨겨진 의미를 끊임없이 읽어내고 해독하고자 하는 상징적 독서가를 발견하고 그것을 진정한 삶의 방식이라고 받아들였던 카프카의 상상력과 이상의 그것은 별로 다르지 않을 것이다.

2) 읽히지 않는 책

이렇듯 이상의 작품 속에 나타나는 책과 책읽기의 은유들은 찾고 해독해 내야 할 세계, 자아의 참모습과 거기에 이르고자 하는 영혼의 탐색을 상징하고 있었다. 따라서 이상의 작품 속에 나타나는 책과 책읽기의 비유들이 내밀하게 형성하고 있는 맥락을 찾아내고 재구성한다면, 이상이 그의 작품 속에 은밀한 형태로 재현해 놓은 세계의 의미를 탐색하기 위한 그의 여정과 그 과정 중에 그가 겪어 내었던 경험들을 발견해낼 수 있을 것이다.

---

70) 알베르토 망겔, 앞의 책, 133 - 134면 참조.

그런데 「明鏡」에서 볼 수 있듯 책읽기는 세계와 자아의 책 안에서 순수한 무엇인가를 읽어낼 수 있을 것이라는 낭만적인 믿음을 전제하고 있다. 세계의 비밀과 근원적 자아를 해명하고 찾아낼 수 있다는 믿음과 신념이 전제되어 있는 것이다. 세계는 거기에 있고, 그것은 무엇인가를 의미하며, 누군가에 의해서 읽혀질 수 있다. 읽어내기만 한다면 세계와 자아의 참모습을 발견할 수 있으리라는 희망과 믿음을 안고 이상은 "몰래 모짜르트의 幻術을 투시하려고 애를"(「失花」)[71] 썼던 것이다. 그러나 세계라는 텍스트를 해독하고 자아의 근원적 모습을 파악하려는 이상의 시도가 비관적인 결과를 가져오리라는 것은 이미 예견되어 있었다. 세계-책의 유추적 관계가 만들어지고 그 책을 읽어내고자 하는 열망이 점화되자마자 동시에 그 책의 해독 불가능성이 제기되었던 것이다.

> 거울이 책장 같으면 한장 넘겨서
> 맞섰던 季節을 만나련만
> 여기 있는 한 페―지
> 거울은 페―지의 그냥 表紙―

「明鏡」에서 이상이 읽고 해독하고자 하는 책은 거울 속에 있다. 그런데 반어적 표제가 은밀하게 표명하고 있는 바람과는 달리, 그 거울은 일그러져 있다. 거울은 자신이 가지는 굴곡에 따라 자신 앞에 있는 형태를 예기치 않은 모습으로 왜곡하고 변형시킨다. 이런 왜곡이나 변형작용으로 인해, 거울은 그 앞에 앉은 화자가 거울에게 요구하는 완전한 중립성과 투명성을 보장해 주지 못한다. 화자가 마주하고

---

71) 『李箱문학전집2』, 366면.

있는 일그러진 거울은 사물을 투명하게 보여주는 것이 아니라 자신의 굴절률에 따라 왜곡하고 변형시킨 영상만을 제시한다. 마치 닫혀 있는 책의 내용을 감추고 은폐하는 표지처럼. 「明鏡」의 책은 닫혀 있다. 열어볼 수 없는 책인 것이다. '잊은'이라는 표현으로 보아 그것은 언제인가 한 번은 경험하였던 것임을 짐작하게 하지만 그 책과 화자 사이는 차단되어 있다. 이 작품의 화자가 읽고 있는 것은 페－지의 표지일 뿐이며, 그 책은 자신의 내용을 보여주지 않는다. 「明鏡」의 정황은 시 「거울」에서도 반복되어 나타난다.

거울속에는 소리가없소
저렇게까지조용한세상은참없을것이오

거울속에도 내게 귀가있소
내말을못알아듣는딱한귀가두개나있소

거울속의나는왼손잡이오
내握手를받을줄모르는－握手를모르는왼손잡이오

거울때문에나는거울속의나를만져보지를못하는구료마는
거울아니었던들내가어찌거울속의나를만나보기만이라도했겠소

나는至今거울을안가졌소마는거울속에는늘거울속의내가있소
잘은모르지만외로된事業에골몰할께요

거울속의나는참나와는反對요마는
또꽤닮았소
나는거울속의나를근심하고診察할수없으니퍽섭섭하오

「거울」[72]

---

72) 『李箱詩全集』, 187면.

화자는 「明鏡」에서와 마찬가지로 일상의 세계와는 다른 차원의 세계, 세계의 진상과 근원적 자아가 투명하게 통찰되는 곳인 '저렇게까지조용한세상'을 응시하고 있다. 거기에는 세계와 자아의 근원적인 모습이 기록된 한 권의 책이 있다. 그런데 당장 다음 연에서 그곳에 도달하는 것이 어렵고 힘든 것임이 드러난다.

이상이 탐색하고 발견하려고 하는, 과거의 '잊은 계절'에 자리 잡고 있는 벌거벗은 자아인 '거울속의나'는 '거울 바깥의 나'와는 전혀 다른 차원의 세계에 속해 있다. '거울 바깥의 나'가 右의 세계(일상적 세계)에 속해 있는 데 반해, '거울 속의 나(진정한 자아, 세계의 진상을 알려 줄 한 권의 책)'는 左의 세계에 자리 잡고 있는 것이다. 그리고 그 둘 사이에는 넘을 수 없는 벽이 가로놓여 있다. 그 벽이 바로 거울이다. '거울아니었던들내가어찌거울속의나를만나보기만이라도했겠소'라는 진술에서 보듯, '거울 바깥의 나'는 거울의 힘을 입어 '거울 속의 나'를 바라볼 수 있는 시선을 확보하게 되었지만, 동시에 바로 그 거울 때문에 '거울 바깥의 나'는 '거울 속의 나'에게 접근하지도 못하고 만져보지도 못한다. 결국 세계라는 제목의 대문자 책을 읽고자 하는 이상의 욕망은 그 책이 위치해 있는 자리와 이상 자신이 위치해 있는 일상세계 사이의 차이 때문에 불가능한 꿈이 되어 버린다.

「明鏡」과 「거울」에 재현되어 있는 독서의 열망과 그것의 불가능과 관련된 경험은 이상의 문학의 분기점을 이루는 중요한 국면이다. 이상의 작품을 살펴보면 「明鏡」과 「아침」 계열의 작품들 - 세계의 텍스트를 해독하기 위한 독서행위와 그것의 실패과정을 담은 경험담이 빈번하게 발견된다.

캄캄한空氣를마시면肺에害롭다. 肺壁에끌음이앉는다. 밤새도록나는몸살을앓
는다. 밤은참많기도하더라. 실어내기기도하고실어들여오기도하다가잊어버리
고새벽이된다. 肺에도아침이켜진다. 밤사이에무엇이없어졌나살펴본다. 習慣이도
로와있다. 다만多奢한책이여러장찢겼다. 憔悴한結論위에아침햇살이仔細히적힌
다. 永遠히그코없는밤은오지않을듯이.

「아침」73)

　이 작품은 화자가 겪은 하룻밤의 독서경험을 이야기하고 있다. 화
자는 밤을 새며 책을 읽었다. 그리고 어느덧 아침이 왔으나 그 책을
미처 다 읽어내지 못하였다. 다만 '여러 장 찢겼다'라는 진술이 그러
한 상황을 집약하고 있다. 이렇듯 실패로 돌아간 책읽기가 마감된 아
침의 시간, 화자는 자신의 독서에 대한 반성과 비판의 순간에 있다.
밤사이에 자신이 보고 예측하고 그려냈던 독서 체험의 풍경 앞에 있
는 것이다.
　그 밤사이에 화자는 「明鏡」에서 나타난 그 책을 읽어내기 위하여,
자신을 '실어내가기도하고실어들여오기도하'는 '캄캄한공기를마'시
면서 고통스러운 의식의 시간여행을 치렀다. 그는 '肺에害'로운 '캄캄
한공기'가 강요하는 전율과 공포 속에서, 극심한 두려움과 극단의 황
홀이, 아득한 현기증과 까닭 없이 엄습하는 확신이 분간할 수 없도록
뒤섞여 있는, 모든 낯선 것들과의 한없이 불안한 대면을 힘겹게 견뎌
내었다. 그리고 생기와 하나의 두려운 존재감을 체험하였다. 그런데
그 모든 의식여행을 통해 화자가 누렸던 경험들은, 아침이 되자마자,
이미 알고 있는 일상의 것들로 무력하게 환원되어 버린다. 단지 '여
러' 장이 찢겼을 뿐 그 '치사한 册'은 끝내 해독되지 못했으며, '習慣'

---

73) 『李箱詩全集』, 57면.

은 의연히 제자리로 돌아와 남루하고 '초췌한 결론'만을 남겨놓은 것이다. 화자는 밤과 아침이 교대하는 문지방에 서서, 자신의 의식이 무한히 팽창했다가는 다시 초라한 형태로 힘없이 수축하고 마는 과정을 세심하게 지켜보았던 것이다.

이 작품에서 이야기되고 있는 독서는 일상적인 의미의 독서가 아니다. 이 작품에서 이상은 실상 혼란스러운 이 세계를 완전히 이해하고 파악하기 위해 수많은 인식과 감정의 소용돌이를 체험하면서 하룻밤을 지낸 정신적 경험을 한 권의 책을 읽은 독서의 경험으로 치환시켜서 이야기했다. 그래서 이 작품은 우주와 세계를 한 권의 책으로 상정한 이상이 그 세계를 해독해내기 위하여 얼마나 힘들게 독서행위를 수행하고 있는지를 보여 주는 작품이라고 할 수 있다. 그러나 세계와 자아의 참모습을 읽어내기 위한 독서는 결국 실패하고 화자가 다시 습관과 일상의 세계로 무력하게 귀환한다는 것이 이 작품의 줄거리이다.

다음의 경우도 그러한데 여기에서는 이상이 읽고자 하는 진정한 책은 소녀로 비유되었다.

> 少女는 短艇 가운데 있었다 – 群衆과 나비를 避하야. 冷却된 水壓이 – 冷却된 유리의 氣壓이 少女에게 視覺만을 남겨주었다. 그리고 許多한 讀書가 始作된다. 덮은 册 속에 혹은 書齋 어떤 틈에 곧잘 한 장의 '얄따란 것'이 되어 버려서는 숨고 한다.
>
> 「失樂園」74)

여기에서는 세계의 진상을 파악하려는 이상 자신의 탐구가 분명하

---

74) 『李箱문학전집3』, 189면.

게 '허다한 독서가 시작된다'는 동사와 동일시되고 있다. 결국 위 지문은 주위에서 흔하게 발견되는 수많은 책—그러나 세계의 진상을 담아내지 못하고 있는 책들과 그것들에 대한 무용한 독서, 그리고 어디엔가는 있으리라고 믿어지는, 세계의 진상을 담고 있을 한 권의 진정한 책에 대한 이야기를 하고 있다. 이상이 발견하고자 하는 세계의 진상과 근원적 인간의 모습은 덮은 책 속에 혹은 서재의 어느 책장 속에 숨어 있는 소녀로 변용되어 나타나는데, 그 책은 '한 장의 얄따란 것이 되어 버려서는 숨고 한다.' 세계의 진상을 알려줄 진정한 책 혹은 그 진정한 책 속에서 발견될 세계의 진상으로 비유되는 소녀는 끝내 발견되지 못하는 것이다.

읽어내고자 하는 욕망과 읽히지 않는 책과의 거리감은 이상의 여러 작품에서 발견되는 주요한 모티브이다. '계집의 얼굴이란 다마네기다. 암만 베껴 보려므나. 마지막에 아주 없어질지언정 正體는 안 내놓느니'(「失花」)[75]라는 자조는 실패한 독서의 경험을 표현하고 있다. 그러한 체험은 세계의 책을 남김없이 해독하고 싶은 이상의 바람이 불가능한 욕구라는 사실을 의심할 여지없는 뚜렷한 사실로 만든다. 이상이 간취한 그 불가능성은 원근법적 조건에 의해 제약받고 있는 인간의 의식의 구조와 성격에 기인한다.

인간은 그 어떤 예외적인 순간에도 체계와 질서의 바깥에 독립불기하여 존재할 수 없다. 무한히 보편적이고자 하는 의지와 욕망에도 불구하고, 인간이 의식할 수 있는 세계는 이미 구획지어지고 체계화된 원근법에 의해 일반화되고 평균화된 세계일 뿐이다. 인간의 의식

---

75) 『李箱문학전집2』, 369면.

은 미숙한 번역의 과정을 거쳐 단순화된 표면의 세계, 기호의 세계에 불과하다. 모든 의식에는 변질, 훼손, 위조와 일반화라는 거부할 수 없는 조건이 각인으로 찍혀 있는 것이다. 자아화의 원근법, 광학이 인간의 지각과 인식의 범위를 제한하고 구속한다. 이상은 바로 의식의 그 원근법적 조건을 직시하고 있었으며, 알려진 것과 미지의 것과의 관계를 설정, 조직하는 메커니즘을 감시하고 있었던 것이다.

이상이 탐색하고 발견하고자 했던 것은 그러한 원근법과 광학이 제한하고 체계를 짓기 이전의 사물의 본래의 모습이었다. 그리고 이상의 상상력 속에서 체계 바깥의 그 사물의 모습은 추상적인 한 권의 거대한 책으로 존재하였던 것이다. 따라서 그의 관념 속에 추상적인 형태로 자리 잡고 있던 한 권의 책, 세계의 진상과 자아의 참모습을 알려 줄 한 권의 책을 해독하기 위해서는 그 체계의 바깥으로 외출할 수 있어야 한다. 세계의 진정한 모습을 보기 위해서는 일상의 세계를 반성적인 시각으로 해부하고 나아가 거기에서 벗어날 수 있어야 한다. 그리고 그 벗어남은 의식을 규정짓고 틀을 짓는 언어의 구속력에서 해방될 때 가능해진다. 기존의 언어에서 관습적으로 부가된 요소들을 제거하고 자연과 얼굴을 대면하는 첫 순간의 근원적인 언어로 돌아가 본래의 자연의 책을 읽어낼 수 있어야 하는 것이다. 이상의 비유를 빌려 말한다면, 거울 이편에서 거울 저편으로, 右의 세계를 틀 짓고 있는 체계의 울타리를 벗어나 左의 세계로 이행할 수 있어야 한다.

그런데 이상이 벗어나고자 했던 그 체계의 울타리는 인간의 인식과 상상력의 확대와 팽창을 제한하면서 진정한 세계, 자아의 참모습에 이르는 통로를 가로막는 방해요소이기도 하지만 동시에 안정된 틀을 제공함으로써, 순간순간 인간을 위협하는 외부의 낯선 무질서로부터 인간을 보호해 주는 힘이기도 하다. 따라서 이 체계의 바깥으로 외출한다는 것은 그 안정감을 박탈당한다는 것을 뜻한다. 그러므로 '방'으로 표상되었던 체계의 울타리의 바깥으로 외출하고자 하는 의지에 의해 추동되는 이상의 독서는 더 이상 「明鏡」에서와 같은 차분하고 안정된 분위기를 향유하지 못한다. 체계의 바깥으로 외출하여 세계의 책을 읽어내고자 하는 이상의 독서행위는 매우 위험하고 불안한 모험의 행위로 제시된다.

> 房거죽에極寒이와닿있다. 極寒이房속을넘본다. 房안은견딘다. 나는讀書의뜻과함께힘이든다.火爐를꽉쥐고집의集中을잡아땡기면유리窓이움푹해지면서極寒이혹처럼房을누른다.참다못하여火爐는식고차겁기때문에나는適當스러운房안에서쩔쩔맨다.어느바다에潮水가미나보다. 질다져진房바닥에서어머니가生기고어머니는내아픈데에서火爐를떼어가지고부엌으로나가신다.나는겨우暴動을記憶하는데내게서는억지로가지가돋는다.두팔을벌리고유리창을가로막으면빨래방망이가내등의더러운衣裳을뚜들긴다. 極寒을걸커미는어머니 ─ 奇蹟이다. 기침藥처럼따끈따끈한火爐를한아름담아가지고내體溫우에올라서면讀書는겁이나서곤두박질을친다.
>
> 「火爐」76)

「火爐」는 이상이 세계의 진상을 해독하기 위해 체계의 바깥으로 외출해서 행하는, 右의 세계에서 左의 세계로 이행하려는 독서 행위가 필연적으로 수반하는 위험과 모험적 성격을 잘 보여주는 작품이라고 할 수 있다. 여기에서는 직접적으로 독서와 極寒의 위협이 동일시되고 있다.

작품의 표면적 의미는 단순하다. 화자는 방 안에서 책을 읽고 있다. 그런데 이때 책을 읽는 행위는 매우 위험스러운 것으로 나타나 있다.

---

76) 『李箱詩全集』, 55면.

구체적으로 그것은 극한의 추위를 대면하고 감당하는 행위로 이해된다. 독서는 극한을 맛보는 행위인 것이다. 물론 이 작품은 그러한 의미의 강렬한 독서가 결국에는 실패하고 마는 정황을 담고 있다. 극한으로 표상되는 독서의 위협과 방안으로 표상되는 지상에의 귀환, 중력의 힘이 팽팽하고 격렬하게 대립하면서 한바탕의 싸움을 벌이고 있는 장면이 이 작품의 밑그림을 형성하였다. 그런데 그 싸움에서 결국 화자는 중력의 힘에 의해 지상으로 귀환한다. 중력 바깥으로의 외출을 꾀했던, 안온하고 따뜻한 방 바깥으로 외출을 꾀했던 강렬한 독서는, 그 바깥에서 대기하고 있던 치명적인 위협을 견뎌내지 못하고 결국 어머니로 상징되는 중력의 힘에 패배하는 것이다. 이 작품의 화자는 左의 세계로의 이행에 필요한, 체계(어머니와 화로가 제공하는 따뜻한 안정감이 보장되는 방 안)의 바깥에서 대기하고 있는 極寒에 대한 준비가 덜 되어 있었다고 말할 수 있다.

중요한 것은 독서 행위가 무섭고 위험스러운 행위로 이행하였다는 점이다. 독서의 성격이 달라진 것이다. 이상이 그의 작품 속에 재현하였던 그 독서는 명증성의 요구에 의하여 수행되는 공포스러운 독서이며, 무섭고 위험스러운 사실의 각성에 이르게 되는 위험한 독서이다. 「아침」에서 독서가 '코 없이 밤의 공기를 마시기'로 비유되었던 것은 이 때문이다.[77] 독서 행위가 이렇듯 위험하고 불길한 색채를 띠게 된 것은, 그 독서가 세계의 책을 읽는 데 방해가 될 뿐인 체계의

---

77) 여기서 보듯 이상은 독서행위를 흔히 유독한 공기를 맡는 행위로 변용시켜 표현하였다. 다음과 같은 진술들 역시 독서행위의 알레고리라고 할 수 있다.

空氣는 稀薄하다 – 아니면 그것은 過重하게 濃密한가. 나의 肺는 이런 空氣 속에서 그물처럼 연약하다. 금실에 한 사람 몫 空氣 속에 假死의 盜賊이 侵入해 있는가 보다(「첫번째 放浪」, 『李箱문학전집3』, 166면). 脈搏소리가 이 房안을 房채 時計로 만들어 버리고 長針과 短針의 나사못이 돌아가느라고 兩짝 눈이 번갈아 간질간질합니다. 코로 機械 기름 내음새가 드나듭니다(「山村旅情」, 『李箱문학진집3』, 104면).

바깥을 지향하는 독서로서 체계가 주는 안정감을 거부하고 체계 바깥의 위협과 공포를 무릅쓰는 독서이기 때문이다.

지식의 단순한 채집에 불과한 독서를 논외로 할 때, 일상적인 의미의 독서란 현실적 삶의 공간에서 맞부딪치는 혼란과 당혹을 수습하고 정리하기 위하여 행해진다. 독서는 이해하고 알기 위하여, 다시 말해 개념 속으로 사물을 끌어들이고 포획하여 실존적 안정감을 누리기 위하여 행해지는 것이다. 그러나 그보다 더 깊은, 또 다른 독서가 있다. 그 독서는 반대로 독서자로 하여금 자신의 의식과 지각이 팽창하고 분산되고 해체되는 경험을 불러들인다. 이상이 작품 속에서 그려냈던 독서가 그러한 성격의 독서였다. 물론「火爐」에서 화자는 아직 원근법과 체계의 바깥에 있지 않으며, 左의 세계로의 이행을 적극적으로 수행하고 있지도 않다. 화자는 방으로 상징되는 右의 세계에 속해 있는 것이다. 다음 장에서 살펴보려고 하는 것은 그 방 바깥으로의 외출의 움직임과 그 외출의 공간에서 기다리고 있는 체험의 양상들이다. 그것들은 이상이 일상적이고 표면적인 세상의 껍질을 뚫고 그 이면에 자리 잡고 있는 삶의 진실과 자아의 기원을 탐구하면서 겪었던 경험과 그 결과를 보여주게 될 것이다.

3) 독서, 위험한 외출

이상은 일상적이고 표면적인 세상의 껍질을 뚫고 그 이면에 자리 잡고 있는 삶의 진실과 자아의 기원을 탐구하면서 겪었던 자신의 경험들을, 인간의 인식과 지각을 통제하고 제한하는 체계와 원근법의 울타리를 표상하는 방의 바깥으로 나가서 수행하는 독서 행위로 비유하였다. 그래서 「明鏡」, 「아침」, 「火爐」에서는 아직 방 안에 머물러 있던 독서의 주체가 황량하고 위험하며 극한의 추위가 기다리고 있는 곳으로 적극적으로 외출하여 겪었던 경험들을 재현한 작품들이 나타났다. 그런데 이렇듯 독서를 통한 바깥 공간으로의 의식의 외출, 혹은 右의 세계를 벗어난 左의 세계로의 적극적인 이행을 이상은 흔히 밤의 산책으로 비유하였다. 이상이 읽고자 하는 '세계라는 한 권의 책'은 미지의 것이고, 「明鏡」에서 보았듯 닫혀 있었기 때문이다. 그러한 의식의 문맥을 잘 보여주는 것이 다음의 지문이다. 다음에서 화자는 이미 방 바깥으로 외출하여 독서를 수행하고 있다.

> ≪세르빵≫을 꺼낸다. 아뽈리네에르가 즐겨 쓰는 테에마 小說이다. 〈暗殺 당한 詩人〉 나는 神秘로운 古代의 냄새를 풍기는 主人公에게서 '벵께이'를 聯想한다. 그러나 그것은 詩人이기 때문에, 浪漫主義者이기 때문에, 저 벵께이와 같이 —결코—華麗하지는 못할 것이다.
> 글자는 午睡처럼 겨드랑이 밑에 간지럽다. 이미지는 멀리 바다를 건너간다. 벌써 바닷소리마저 들려온다.
> 이렇게 말하는 幻像 속에 나오는 나. 影像은 아주 반지르르한 루바시카를 입은 몹시 頹廢的인 모습이다. 少年같은 창백한 털복숭이 風貌를 하고있다. 그리곤 언제나 어느나라인지도 모를 거리의 十字路에 멈춰 서있곤 한다.
> 나는 차가운 에나멜의 끝이 뾰죽한 구두를 신고 있다. 나는 성큼성큼 걷기 시작한다. 얼마 후 꿈같은 江邊으로 나선다. 江 저 편은 목멘듯이 날씨가 질척거리고 있다. 鐘이 울리는가보다. 허나 저녁안개 속에 녹아버려 이쪽에선 영 들리지 않는다.
> 나처럼 창백한 얼굴을 한 청년이 헌 책을 팔고 있다. 나는 그것들을 뒤석거린다. 찾아낸다. 나까므라 쯔네의 自畫像 뎃상 말이다.
> 멀리 少年의 날. 린시이드油의 냄새에 魅惑되면서 한 사람의 畫人은, 곧잘 흰 시이트 위에 黃疸色 피를 토하곤 했었다.
>
> 「첫번째 放浪」[78]

---

78) 『李箱문학전집3』, 158면.

인용 구절은 화자가 『세르빵』이라는 잡지 속에 실려 있는, 『暗殺당한 詩人』이라는 아폴리네르의 소설을 읽는 경험을 재현하고 있다. 그런데 작중 화자는 자신의 책읽기 행위를 다양한 형태의 비유를 빌려 표현하였다. 그 비유 속에 녹아 있는 상상은 두 번째 단락에서부터 펼쳐지고 있다. 따라서 지문의 화자를 이상 자신의 분신이라고 추정해도 큰 무리가 없다고 본다면, 위 지문은 이상이 자신의 독서 행위에 어떤 의미를 부여하였는지, 어떤 상상력과 의식의 움직임을 동반하며 수행하였는지를 손쉽게 살필 수 있는 기회를 제공한다.

　위 지문에서 우선 확인할 수 있는 것은 독서의 과정이 '神秘로운 古代의 냄새'를 맡는 행위로 비유되고 있다는 점이다. 그것은 앞에서 지적한 대로 이상이 독서 행위를 후각과 관련되는, 냄새를 맡는 행위로 상상하고 있었음을 말해준다. 동시에 그것은 이상의 독서가 과거로의 여행, 세계와 자아의 시원을 탐색하고 발굴하는 고고학적 행위와 등가관계를 갖는다는 점 역시 말해준다. 독서 행위는 냄새를 맡는 행위인데 그 냄새는 '古代의 냄새'인 것이다. 또한 독서는 일상의 이편에서 강의 저편으로 강을 건너가는, 右의 세계에서 左의 세계로 이행해가는 의식의 모험이요, 여행으로 나타나고 있다. 한편 독서는 밤에 이루어지는 산보와 동일시되고 있다. 세계의 책은 닫혀 있으며, 그러므로 밤과 같이 어둡고 미지의 것이기 때문에 그것을 찾아가는 의식의 여행, 책읽기는 밤의 산책으로 비유될 수 있다. 결국 이 구절은 일목요연하게 이상의 독서가 어떤 성격의 것인지를 잘 보여주고 있는 것이다.

　이상은 세계의 진실을 보기 위해 일상적 인식과 지각틀을 깨뜨리고 넘어서려는 의식의 탐구를 방 바깥으로 외출하여 수행하는 독서로 비유하였는데, 그것은 다시 밤의 거리에서 행하는 산보로 변용되어 나타났다. 무엇보다도 여기서 주의를 돌려야 하는 대목은 독서를 행하고 있는 화자의 위치와 그곳에서 화자가 조우하게 되는 체험의 성격이다. 화자는 이미 「아침」이나 「火爐」와 같이 방 안에서 책을 읽는 것이 아니라 방 바깥으로 외출을 한 상태에 있다. 체계의 울타리를 벗어나 左의 세계로의 이행을 수행해가는 도중인 것이다. 그런데 체계 바깥으로 외출하여 행해지는 독서는 체계가 보장해 주던 안정감을 상실하고 극한의 추위와 유독한 공기에 裸身을 맡기는 과정이다. 그러한 독서는 자신을 보호해 주는 안전판을 벗어버리는 것이기에 극히 불안하고 위험한 행위가 되는데, 그래서 황막하고 살풍경한 거리가 독서의 배경으로 나타난다.

> 나는 그날 밤에도 몸을 스미는 秋冷을 지닌 채 거리를 걸었다. 天心에 달이 皎皎하여 一步一步가 저기 무겁고 또한 荒漠하여 슬펐다. 까닭 모를 哀愁 孤獨이 불현듯이 人間다운 훈훈한 呼吸을 戀慕케 하는 것이었다. 나는 달빛을 등지고 늘 드나드는 한 茶房으로 들어섰다.
>
> 「秋燈雜筆」79)

화자는 밤에 방을 나서서 거리로 산책을 나간다. '그날 밤에도'라는 표현을 보건대 그 산책은 일상적으로 혹은 매일 수행되는 산책이란 것을 짐작할 수 있다. 당연히 그 거리에는 「火爐」에서의 어머니나 화로가 없다. 대신에 거기에는 오직 '荒漠'과 '슬픔'과 '哀愁'와 '孤獨'만이 있어서, 어머니나 화로가 있는 「火爐」의 방 안, '人間다운 훈훈한 呼吸'을 가능케 하는 공간을 '戀慕'케 하는 곳이다.

---

79) 『李箱문학전집3』, 81면.

인생의 표면과 관습적으로 용인되는 사실을 넘어서 무의식적이고 언어화되지 않는 세계로 나아가려는 움직임─독서 행위가 무섭고 공포스러운 것이 되어 버렸다. 인간의 인식과 지각을 틀 지우는 일상적 체계와 언어적 질서를 벗어나려는 모험이기 때문이다. 인간의 인식과 지각을 구속하고 제한하는 그 질서와 체계는 그럼에도 불구하고 생존을 가능하게 하는 공기와도 같은 것이다. 공기에 의해서 인간의 생명이 지탱되는 것처럼 언어적 질서와 체계는 비록 실체는 없는 것이지만 그럼에도 불구하고 인간존재를 조건 짓고 구속하는 힘을 지닌다. 일상적인 삶의 이면에 숨겨져 있는 진실에 대한 탐색을 상징하는 이상의 독서는 공허한 이름들에 집착하는 그 인위적 질서와 체계의 배후를 보려는 의지에 의해서 수행되기 때문에, 마치 인간의 생존을 가능하게 하는 공기 자체가 존재하지 않는 공간으로 외출할 때 마주치게 되는 것 같은 위험과 불안을 동반하게 된다. 이상은 그 독서의 체험을 황막한 밤의 거리에서 느끼는 '孤獨'과 '哀愁', 그리고 '불안'으로 표상하였던 것이다. 다음 인용문에서는 이상의 독서가 언어의 빈 공간, '地圖에 없는 地理'(「무제」)[80]를 찾는 작업이기 때문에 불안과 공포의 체험을 동반하게 되었던 사정을 좀 더 분명하게 확인할 수 있다.

> 들쥐(野鼠)와같은險峻한地球등성이를匍匐하는짓은大體누가시작하였는가를 瘦瘠하고矮小한ORGANE을愛撫하면서歷史冊비인페이지를넘기는마음은平和로운文弱이다. 그러는동안에도埋葬되어가는考古學은과연性慾을느끼게함은없는바 가장無味하고神聖한微笑와더불어小規模하나마移動되어가는실(糸)과같은童話가

---

80) 『李箱詩全集』, 213면.

아니면아니되는것이아니면무엇이겠는가.

　진綠色납죽한蛇類는無害롭게도水泳하는琉璃의流動體는無害롭게도半島도아
닌無名의山岳을島嶼와같이流動하는것이며그럼으로써驚異와神秘와不安까지를
함께뱉어놓는비透明한空氣는北國과같이차기는하나陽光을보라.　까마귀는恰似孔
雀과같이飛翔하여비늘을秩序없이번득이는半個의天體에金剛石과秋毫도다름없
이平民的輪郭을日沒前에빗보이며驕慢함은없이所有하고있는것이다.

「LE URINE」[81]

　‘들쥐(野鼠)와 같은 險峻한 地球 등성이를 匍匐하는 짓’은 일상적 삶
의 공간에서 유지되는 생존에 대한 비유적 표현이라고 할 수 있다.
그런데 화자는 그러한 삶의 좁은 울타리를 이미 벗어나 있다. ‘瘦瘠하
고 矮小한 ORGANE을 愛撫하면서’는 화자가 일상적 삶에 대한 전투
적 의지를 포기하였음을 뜻한다. 일상적 삶의 의지를 포기하고 그 울
타리를 벗어나려는 의지에 사로잡혀 있는 화자는 역사책 비인 페이
지를 찾고 있다. 화자는 한 마리의 까마귀로 비유되기도 하는데 그
까마귀는 일상과 개념 그리고 언어에 의해 형성되어 있으면서 삶의
속살을 보지 못하도록 방해하는 질서의 바깥에서 ‘秩序없이 번득이는
半個의 天體’ 위를 날고 있다. 한편 그러한 비상은 ‘半島도 아닌 無名의
山岳’을 찾는, 다시 말해 지도상에 없는 무명의 산, ‘寂滅의 人外境’(「斷
髮」)[82]을 찾는 마음으로 비유되고 있기도 하다.

　「LE URINE」의 화자의 모습에는 인위적 체계와 질서의 베일에 감
추어진 세계의 진상을 탐색하였던 이상 자신의 모습이 투영되어 있
다고 볼 수 있다. 그러한 명철성과 투명성에의 의지에 의해 추동되는

---

81) 『李箱詩全集』, 123면.
82) 『李箱문학전집2』, 247면.

것이 이상의 독서이다. 이 작품의 화자가 찾아가고 있는 장소가 '北國과 같이 차기는 하나' 밝은 빛이 빛나는 곳으로 표상될 수 있었던 것은 이 때문이다. 이상은 원근법과 체계에 의해 제한되고 구획이 지어진 일상세계 바깥의 미답의 공간을 찾아서, 체계 바깥의 '未踏의 痕迹'을 찾아서 끊임없이 세계라는 책을 읽고 또 읽었다('어둠속에서 무슨 내음새의 꼬리를 逮捕하여 端緖로 내 집 내 未踏의 痕跡을 追求한다'[83]). 그런데 그 모든 행위는 '驚異와 神秘와 不安'을 동반하는 행위로 나타나고 있다. 세계의 진상을 투철하게 파악하려는 명철함의 의지에 의해 추동된 독서는 '驚異와 神秘와 不安'을 내포한 위험한 모험의 행위가 되었다. 그 독서가 안온한 공기의 바깥, 질서의 바깥의 차가운 거리에서 행해졌기 때문인데, 다음에는 그 독서 행위를 수행하면서 이상이 느꼈던 외로움이 짙게 표현되어 있다.

> 따뜻한 空氣는 室內에 있다. 夫婦와 父母子息을 잠재운다. 그리고 街路에서는 차디찬 空氣가 雌雄異株의 生物을 虐待하고 있다. 「午前四時와 第一秒. 地上의 那邊에도 나는 있지 않았다」…(중략)…죽음을 캄푸라쥐하는 검은 山水屛風을 먼발치에서 비웃으면서 그는 죽음으로 直通하는 길을 한 臺의 車로서 달리고 있었다. 記憶細胞痲痺患者를 위해서 만들어진 醫療用車 –「나는 乳母車에 태워진 채로 墜落하였다. 記憶의 深淵 속으로」거기에는 여전히 來日의 空欄이 그의 記入을 기다리고 있다. 그는 한개의 철필대에 그의 肺를 連絡하였다. 피가 흘렀다. 그리고 죽음으로 直通하는 프로그램의 正을 誤로 암전하게 訂正을 加하였다.
>
> 「無題(1)」[84]

---

83) 이 냄새는 이미 「명경」에서부터 나왔던 그 '피로한 향기'이다. 앞에서 이미 지적하였듯이 이상은 독서행위를 냄새 맡는 감각행위로 일관되게 비유하였다. 이상에게 '읽다(세계의 진상을 알려주는 한 권의 책에 대한 독서)'와 '냄새 맡다(눈에 보이는 것 너머의 실재에의 접근)'는 실제로 동의어였다.

84) 『李箱문학전집3』, 296면.

화자는 따뜻한 공기가 있어서 '夫婦와 父母子息', 즉 모든 인간들을 편안하게 잠재우는 실내를 벗어나 있다. 일상적 세계의 바깥에 외출해 있는 것이다. 그런데 그 거리는 죽음으로 직통하는 곳이다. 그리고 그 거리에서 '죽음을 캄푸라쥐하는 검은 山水屛風을 먼발치에서 비웃으면서 그는 죽음으로 直通하는 길을 한 臺의 車로서 달리'고 있다. 이러한 상황설정과 행위들이 현실에서 실제로 일어나고 있는 일이라고 생각할 수는 없다. 그것은 실제로는 의식 속에서 상상의 형태로 일어나는 일들이다. 여기서 재현되고 있는 경험은 세계의 실체를 파악하기 위해 행해지는 영혼의 탐색이 겪게 되는 체험들이다. 그 街路의 산보가 '來日의 空欄이 그의 記入을 기다리는', '記憶의 深淵 속으로' 향하는 여행으로 그려지는 것은 그 때문이다. 그 상상의 산보는 실제로는 '잊은 기억' 속에 묻혀 있는 '조용한 세상', 다시 말해 현재는 망각되고 상실되어 버린 근원적 자아와 세계의 참모습을 찾아가는 의식의 여행인 것이다. 세계의 실체를 파악하고자 하는 의식의 탐색을 체계와 질서의 바깥에서 행해지는 책읽기로 상상하였던 이상은, 여기에서 역시 그러한 의미의 독서의 과정을 차가운 밤의 거리에서 행해지는 산보의 과정으로 표상하고 있다.

그런데 화자가 외출해 있는 그 '街路'에서는 '차디찬 空氣'가 '雌雄異株의 生物'을 학대한다. 물론 '雌雄異株의 생물'이란 화자 자신을 말한다. 밤의 산책이 행해지는 그 가로에는 화자를 짓눌러 버릴 듯한 불안이 있고('巨大한 바위 같은 不安이 空氣와 呼吸의 重壓이 되어 마구 짓눌렀다.' 「첫빈째 放浪」)[85], 또 화자의 호흡에 탄환을 쏘아 넣

---

85) 『李箱문학전집3』, 157면.

는 어둠의 세력이 있으며('나의 呼吸에 彈丸을 쏘아넣는 놈이 있다.' - 「喀血의 아침」),[86] 화자를 금방이라도 태워 죽일 것만 같은 사나운 공기가 횡행하고 있다.

> 그는팔짱을내저으며싹둑싹둑썰어붙인것같이얄팍한A취인점담벼락을뺑뺑싸고돌다가 이속에는무엇이있나. 공기? 사나운공기리라. 살을저미는 - 과연보통공기가아니었다.　눈에핏줄 - 새빨갛게달은전화 - 그의협수룩한몸은금시에타죽을것같았다.
>
> 「지주회시」[87]

이는 이상의 세계탐구가, 세계라는 책을 해독하기 위한 바깥의 독서가 매우 고통스러운 체험을 동반하면서 수행되었음을 뜻한다. 그 때문에 이상은 자신이 겪었던 그 고통스러운 체험들을 벌거벗은 채 차가운 거리에서 사나운 공기와 마주하였던 상황으로 변용하여 표현하였다. 이렇듯 체계와 질서의 바깥의 여백을 찾는 독서가 행해지는 그 거리에는 슬픔과 잔인의 공기가 끊임없이 흐르고 있다고('슬픔과 잔인의 향연에서 나온 불결한 공기가 끊임없이 나의 비강으로 들락거린다.' - 「無題(나)」)[88] 이상은 상상하였던 것인데, 동시에 이렇듯 불결한 공기를 맡으면서 그 가로에서 자신이 자꾸만 병들어 간다고 상상하였다.

> 얼마후 나는 逆倒病에 걸렸다　나는 날마다 印刷所의 活字 두는 곳에 나의 病軀를 이끌었다　知識과 함께 나의 病집은 깊어질 뿐이었다
>
> 「獚의 記(作品第二番)」[89]

---

86) 『李箱문학전집3』, 327면.
87) 『李箱문학전집2』, 299면.
88) 『李箱문학전집3』, 348면.
89) 『李箱문학전집3』, 317면.

자신의 상태를 '逆倒病'으로 진단하는 화자는 바로 일상적 지각과 인식의 바깥 지대를 탐색하였던 이상 자신의 분신이라고 할 수 있다. 그는 '날마다 印刷所의 活字 두는 곳', 다시 말해 세계와 자아의 진상을 알려 줄 추상적인 한 권의 책을 해독하는 '知識'을 쌓아가면서 오히려 병이 깊어졌던 것이다. 그것이 역도병일 수 있는 근거는 그 병이 右의 세계를 떠나 그것과는 정반대의 논리와 삶의 양식에 의해 지지되는 '조용한 세계', '잊은 계절'인 左의 세계로 진입하고 있기 때문에 생긴 병이기 때문이다. 마치 높은 산에 오르는 등반가들이 산 밑의 세상에서는 경험하지 못했던 환경의 변화 때문에 특이한 신체적 고통을 겪듯이 이상은 체계 바깥의 독서를 수행해 가는 과정에서 高山病과 같은 逆倒病에 걸리고 그 병은 점점 악화된다. 그리고 당연히 이러한 독서는 그를 수척하게 만든다. 중력 바깥의 유독한 공기를 아무런 보호장치나 안전판이 없는 상태로 호흡하면서 일상의 공간이 보장해 주던 건강을 상실하고 수척해 가는 것이다. '이렇게 營養分내를 코로 맡기만 하니까 나는 자꾸 瘦瘠해간다'(「I WED A TOY BRIDE」)[90]나 '鉛筆같이 瘦瘠하여 가는 이 몸'(「山村旅情」)[91] 등의 진술에서 나타나는 '瘦瘠'이라는 어휘는 이상 작품의 핵심어였다. 이상이 그의 작품에서 재현하고 있는 독서의 행정은 매우 고통스러운 것이어서 다음과 같이 그것을 '酷刑'이라고 부를 정도이다.

喧噪때문에 磨滅되는 몸이다. 모두少年이라고들그리는데老爺인氣色이많다. 酷刑에씻기워서算盤알처럼資格너머로튀어오르기쉽다

「街外街傳」[92]

---

90) 『李箱詩全集』, 201면.
91) 『李箱문학전집3』, 107면.

화자는 '酷刑' 때문에 자신이 '磨滅'되어 간다고 느낀다. 그러면서 그는 노인이 되어간다. 독서는 일상적 자아의 점진적인 마멸과 해체를 불러온다. 결국 이 모든 표현들은 세계 탐구의 비유인 책읽기의 과정에서 그가 겪은 경험의 다양한 변용태이다. 이러한 장치들을 통해 이상은 일상적 세계의 배후에 숨겨져 있는 진정한 세계와 자아를 찾아가는 정신의 여행에 따르는 숱한 고통과 방황을 은밀한 방식으로 표현하였던 것이다. 한편 그 공포와 불안이 이상으로 하여금 바깥의 독서가 수행되는 가로에서 도망치고자 하는 마음까지 갖게 하였음을 다음 작품에서 확인할 수 있다.

> 門을암만잡아다녀도안열리는것은안에生活이모자라는까닭이다. 밤이사나운꾸지람으로나를졸른다. 나는우리집내門牌앞에서여간성가신게아니다. 나는밤속에들어서서제웅처럼자꾸만減해간다. 食口야封한窓戶어데라도한구석터놓아다고내가收入되어들어가야하지않나. 지붕에서리가내리고뾰족한데는鍼처럼月光이묻었다. 우리집이앓나보다. 그러고누가힘에겨운도장을찍나보다. 壽命을헐어서典當잡히나보다. 나는그냥門고리에쇠사슬늘어지듯매어달렸다. 門을열고안열리는門을열려고.
>
> 「家庭」93)

이 작품의 시적 상황은 단순하다. 화자는 집 밖에 있다. 화자가 집 바깥으로 외출한 이유는 집 안에 생활이 모자라기 때문으로 되어 있다. 문 안쪽의 집으로 표상되는 일상의 공간이 축소되고 위축된 삶만을 강요하기 때문에, 충일하고 강렬한 삶을 탐색하는 화자는 그 일상의 공간 바깥으로 외출하여 있는 것이다. 그런데 그 바깥은 무서운 곳으로 나타난다. 그곳에서는 개념과 언어의 보호를 받지 못하기 때

---

92) 『李箱詩全集』, 64면.
93) 『李箱詩全集』, 59면.

문에, 벌거벗은 몸으로 유독한 공기가 끊임없이 침입하여 일상적 자아를 붕괴시킨다. 그것을 화자는 밤이 '사나운 꾸지람으로 나를 졸른다'고 표현하였다. 그에 따라 화자는 '밤 속에 들어서 제웅처럼 자꾸만 減해 간다.' 짚사람, 곧 생명이 없는 인간이 되어가는 것이다. 그 생명 상실의 공포로 인해 화자는 다시 그 문 안쪽으로 들어가고자 '그냥 문고리에 쇠사슬 늘어지듯 매어달'리지만, 그러나 문은 다시는 열리지 않는다.

「家庭」은 세계와 자아의 시원을 탐색하기 위해 일상적인 체계와 질서 바깥으로 외출하였던 이상이 처했던 고통스러운 상황과 다시 안온한 체계의 울타리 안으로 되돌아가고 싶어 했던 한때의 심리적 정황을 잘 보여 준다. 여기에는 고독과 불안을 동반하는 정신의 여행─자신의 관념 속에서만 존재하였던 한 권의 책을 해독하기 위한 독서의 여정에서 도피하고 싶었던 이상의 심정이 피력되어 있다. 물론 실제로 그 독서의 여행을 그만두지는 않지만, 아무튼 그만큼 그가 수행했던 독서는 위험하며 고통스러운 행위로 제시되어 있다. 특히 '壽命을 헐어서 典當잡히나 보다'라는 표현을 통해, 그 독서를 죽음을 담보로 한 행위로 이해했었다는 것을 알 수 있다. 그만큼 그것은 죽음을 불사하는 격렬한 욕망에 의해서 수행되는, '허허벌판에 쓰러질지언정 이상에 살고 싶구나'(「私信 '옥희보아라'」)[94]의 심정으로 수행되는 독서였던 것이다. 이상이 「無題(1)」에서 자신의 책읽기의 행위를 '죽음을 캄푸라쥐하는 검은 山水屛風을 면발치에서 비웃으면서 그는 죽음으로 直通하는 길을 흰 壁의 달리는' 행위로 비유할 수 있었던 것은 이 때문이다.

---

94) 『李箱문학전집3』, 217면.

4) 바깥의 풍경

　알 수 있듯이 이상은 세계의 의미를 탐색하는 의식의 여행을 그 자신의 관념 속에만 존재하였던 추상적인 한 권의 책을 해독하기 위한 독서의 행위로 상상하였고, 다양한 비유와 수사적 장치들을 통해 그 과정 중에 겪었던 경험들을 제시하였다. 그렇다면 이제 그렇듯 강렬한 욕망에 의해 추동되었던 독서가 야기하는 결과가 이상의 작품 속에서 어떠한 모습으로 나타났는가를 살펴보자. 다음에서는 그것이 여태까지 망원경 등의 외부의 도구에 의지하여 하늘을 관찰하던 사람이 느닷없이 맨눈으로 하늘을 쳐다보았을 때 느끼는 당혹감이라는 형태로 나타난다.

> 한꺼번에 이렇게 많은 별을 본 적은 없다. 어쩐지 공포감마저 불러 일으킨다. 달없는 밤 하늘은 무어라 말할 수 없는 귀기마저 서린 채 마치 커다란 음향의 소용돌이 속에 서 있는 느낌이다. 마을 사람들의 식후의 한담을 멀리 들으며 때때로 이 방대함에 공포를 느끼면서도 하늘을 바라보았다.
>
> 「夜色」[95]

　여기에는 이상이 자신의 상상 속의 책의 내용을 흘낏 보고 난 뒤에 느꼈던 첫인상이라고 해도 좋을 경험이 담겨 있다. 지문의 화자는 이미 방 바깥으로 나와 거리에서 밤의 산책을 하고 난 다음의 정황을 이야기하고 있다. 그사이 그는 밤의 거리에서 외로움과 설움, 불안을 느끼기도 했고 지식이 쌓여감과 동시에 고산병과 같은 병에 걸리기도 하였으며, 생명 자체가 상실되는 듯한 위협 때문에 다시 방 안으

---

95) 『李箱문학전집3』, 339면.

66　문학의 자의식과 바깥의 체험

로 돌아가고픈 유혹에 노출되기도 하였다. 그러나 그는 그 모든 위협과 유혹을 물리치고 세계라는 제목의 책의 표지를 열고 그 안의 페이지를 들여다보는 순간에 이르렀다. 바로 그때 세계라는 텍스트에서 불명확하고 읽어내기 힘든 부분, 숨겨진 의미, 인생에 관한 가장 어두운 교훈, 관습과 전통이 주관하는 기존의 의미체계에서 벗어난 진실이 제시되었다. 바로 그때의 심리적 정황이 이 구절에 담겨 있는 것이다. '한꺼번에 이렇게 많은 별을 본 적은 없다'는 진술이 모든 것을 말해준다. 갑작스럽게 화자는 이 세계를 맨눈으로 보게 된 것인데, 그때 그가 체험하는 것은 혼란과 공포감이다. '달없는 밤 하늘은 무어라 말할 수 없는 귀기마저 서린 채 마치 커다란 음향의 소용돌이 속에 서 있는 느낌이다'라는 진술이 그러한 심리적 정황을 압축해서 담고 있다.

위의 인용문은 일상적 지각과 인식을 표층을 뚫고 그 너머에 있는 세계의 진실을 목격하게 된 어떤 한 순간을 재현하고 있다. 인간은 어떤 순간에도 사물과 현상을 있는 그대로의 모습으로 인지하고 지각하지 못한다. 인간의 인식 속에는 인식의 그림자라고 할 조건과 한계가 필연적으로 수반될 수밖에 없다. 그런데 「夜色」에는 인간의 생애에 있어서 유일하게 진실한 순간이며 거대한 상처처럼 각인되는 순간이자, 세계가 그림자와 안개를 벗고 자신의 속살을 거짓 없이 노출하는 희귀한 순간이라고 말할 수 있을 어떤 순간의 경험, 인식의 조건과 한계를 벗어나 인간의 있는 그대로의 적나라한 모습을 직시할 수 있었던 순간의 경험이 담겨 있다.

그런데 주목할 것은 화자가 그 상황에서 마치 커다란 음향의 소용돌이 속에 있는 느낌을 받았다는 점이다. 이상은 질서 바깥의 독서를 통해 이르게 된 지점을 묘사하면서 흔히 갑자기 들려오는 커다란 소음 혹은 쉽사리 분별되지 않는 음향의 소용돌이라는 비유를 즐겨 사용하였다. 이상이 겪어내고 작품 속에 재현해 낸 경험에 따르면 일상적 소음의 세계를 벗어난 고독의 공간에는 실상 고독이 존재하지 않는다. 곧 거기에서는 소란스러운 웅성거림이 들려온다. 언어적 질서 바깥의 중성적인 웅성거림, 언어적 질서의 세계로 편입되기를 거부한 채 자신을 보호하고 있는 소음이 들려오는 것이다. 이상은 그러한 감각적 경험을 매우 강렬한 형태로 체험하였던 듯하다. 그래서 그는 '누구는 나를 가리켜 孤獨하다고 말하느냐/이 群雄割據를 보라/이 戰爭을 보라'고 말하는가 하면, 그 소리가 얼마나 시끄러운지 자신이 '그들의 淪落의 發熱의 한복판에서 昏睡한다'(「空腹」)[96]고까지 표현하였다. 「거울」에서는 진정한 책, 근원적 자아가 자리 잡고 있는 세계가 '저렇듯조용한세상'으로 비유되었는데, 사실은 그 左의 세계는 조용한 곳이 아니라 엄청난 음향의 소용돌이가 물결치는 곳이었다.

　　이상은 세계의 의미에 대한 탐색의 은유였던 책읽기의 여정을 통해 자신이 이르게 된 상태를 안정된 질서와 체계를 형성하고 있던 감각이 낯선 대상에 직면하여 완전히 붕괴하고 대신에 절대적인 혼란과 착란을 일으키게 되는 경험으로 제시하였다. 갑자기 들려오는 음향의 소용돌이는 그 감각착란의 한 현상이라고 할 수 있다. 다음에서는 그러한 경험이 좀 더 강렬하고 전면적인 형태를 띠고 나타났다.

　　　탁한 空氣는 빠져나갈 구멍을 잃고 있다. 송사리떼같은 細菌의 蠢動이 肉眼
　　에도 보이는 것만 같다. 나는 코를 손가락으로 집어봤다. 끈적거리면서 양쪽 壁

---

96) 『李箱詩全集』, 114–115면.

面은 희미한 소리마저 내면서 附着했다. 나는 더 숨을 쉴 수가 없다. 정신이 아찔했다. 顔面은 순식간에 빨갛게 물들어갔다. 다시마가 집채같은, 큰 콘크리트같은 波濤에 흔들리고 있는 것이 보였다. 一瞬間 그들 다시마는 뱀장어로 變形돼 갔다. 毒氣를 품은 푸르름이 나의 肉體를 壓搾했다. 나를 내부로 질질 끌고 갔다. 이제 완전히 나는 선머슴애가 되고 말았다. 歲月은 나의 少年의 것이다. 풀밭이 먼 데까지 펼쳐져 있다. 언덕 넘어 牧草 냄새가 풍겨 온다. 빨간 지붕이 보였다. 여기는 대체 어디란 말인가?

「첫번째 放浪」[97]

　인용문에는 세계라는 텍스트의 가장 모호하고 불명확한, 그러나 가장 진실된 페이지를 접했을 때 겪게 되는 일상적 감각의 전면적인 붕괴와 착란의 경험이 제시되어 있다. 화자는 유독한 공기가 자신의 몸속으로 침투해 들어오고 있는 것을 느낀다. 그러면서 환상이 보이고 실제의 사물들이 변형되어 보이는 幻視를 경험한다. 화자의 눈에는 '송사리떼같은 細菌의 蠢動'이 보이는가 하면, '다시마가 집채같은, 큰 콘크리트 같은 波濤에 흔들리고 있는 것이 보이고', 그의 코에서는 '희미한 소리마저' 들리고, '다시마는 뱀장어로 變形'되는 것이다. 이렇듯 세계의 실체를 해독하고자 하는 독서의 여행은 일상세계 안에서 안정된 형태를 갖추고 있던 감각들의 전면적인 혼란과 붕괴를 불러일으키는데, 급기야 그러한 과정을 통해 화자는 자기 아닌 다른 사람으로 바뀌어 버린다. '나는 선머슴애가 되고 말았다'에서 사실은 이 '선머슴애'는 화자의 본래 모습이라고 할 수도 있다. 화자는 독서의 여행을 통하여 과거 기억의 심연 속에 자리 잡고 있었던 자신의 시원－자아의 근원적 모습인 少年으로 돌아간 것이다. 다시마가 뱀장어로 변형된 것 역시 동일한 감각의 논리에 의해 설명될 수 있다. 다시마

---

97)『李箱문학전집3』, 160－161면.

는 자신의 본래의 모습인 뱀장어로 변형된 것이다. 아무튼 이렇듯 베일이 벗겨진 세계의 모습은 처음에는 혼란스럽고 불분명한 모습으로 제시된다. '여기는 대체 어디란 말인가'라는 화자의 진술은 그 벌거벗은 세계의 풍경 앞에 섰을 때 느끼는 혼란과 당혹감의 표현이다.

> 밤 소란한 靜寂 속에서 未來에 실린 記憶이 종이처럼 뒤엎어진다
> 벌써 나는 내 몸을 볼 수 없다 푸른 하늘이 새장 속에 있는 것 같이 멀리서 가위가 손가락을 연방 잘라간다
> 검고 가느다란 무게가 내 눈구멍에 넘쳐 왔는데 나는 그림자와 서로 껴안는 나의 몸뚱이를 똑똑히 볼 수 있었다
>
> 「喀血의 아침」[98]

마치 환상적인 초현실주의 그림의 한 장면과 같은 위의 묘사에서 역시 이상은 일상적 질서 바깥의 지대−풍경 없는 세계, 혹은 소음이 들려오는 공간에서 겪어낸 체험을 재현하고 있다. 이상의 감각적 경험에 따르면 그곳에서는 역시 '소란한 靜寂'이 들려온다. 그런데 그와 동시에 '未來에 실린 記憶'이 한순간에 조감되면서 논리적 설명을 거부하는 기묘한 감각의 혼란과 정체감의 상실 상태가 이어진다. 화자는 '가위가 손가락을 연방 잘라'간다고 말하는가 하면, '그림자와 서로 껴안는 나의 몸뚱이를' 마치 자신의 몸에서 분리된 관찰자의 입장에서 '똑똑히 볼 수 있었다'고 진술한다. 일견 매우 황당하고 기괴해 보이는 이러한 경험들은 사실은 우리 주위에서 그리 어렵지 않게 볼 수 있는 현상들이다. 이상은 마치 등산가들이 고지대에서 겪는 극한 체험과 유사한 경험을 재현하고 있는데[99], 그것들은 일상의 세계 안

---

98) 『李箱문학전집3』, 327면.
99) 한 등반가의 회고록에 나타난 고소체험에 관한 증언에는 이상이 작품 속에 재현해 놓은 경험들과 매우

에서 상대적으로 확고하고 안정된 정체감을 형성하고 있던 자아가 또 다른 세계, 더 높고 깊은 세계에 직면하였을 때 겪는 경험들이다.

그런데 그렇듯 착란과 혼란으로 뒤범벅된 순간은 표면적으로 보이듯 가장 혼란스러운 때가 아니라 역설적이게도 인간의 지각과 감각이 최고로 명징하게 빛나는 순간이기도 하다. 이상이 말하고 있는 것은 세계에 대한 가장 명확한 통찰이 이루어지는 순간이자 기원을 찾기 위한 그의 탐색이 도착하는 지점인 것이다. 이러한 논의들을 통해 분명하게 확인할 수 있는 것은 이상이 고고학적인 발굴의 성격을 띠는 체계 바깥의 독서를 통하여 세계의 책을 해독하는 순간에 이르렀다는 사실이다. 그리고 그 지점에서 이상은 존재의 대변화라고 부를 수 있을 경험을 하였다. 어두운 과거의 증거일지도 모르는 언어적 질서 바깥의 세계와 대면하게 되면서 그가 의지하던 관습과 전통의 세계가 그 토대에서부터 흔들리게 되는 것을 느꼈던 것이다. 다음에서는 그 지점의 풍경화라고 할 수 있는 장면이 그려져 있다.

自畵像(習作)
　여기는 도무지 어느 나라인지 分間을 할 수 없다. 거기는 太古와 傳承하는 版圖가 있을 뿐이다. 여기는 廢墟다. '피라미드'와 같은 코가 있다. 그 구녕으로는 '悠久한 것'이 드나들고 있다. 空氣는 退色되지 않는다. 그것은 先祖가 或은 내 前身이 呼吸하던 바로 그것이다. 瞳孔에는 蒼空이 凝固하여 있으니 太古의 映像의 略圖다. 여기는 아무 記憶도 遺言되어 있지는 않다. 文字가 닳아 없어진 石碑처럼 文明의 '雜沓한 것'이 귀를 그냥 지나갈 뿐이다. 누구는 이것이 '떼드마스크'(死面)라고 그랬다. 또 누구는 '떼드마스크'는 盜賊 맞았다고도 그랬다.

유사한 경험이 나타나 있다. '떨어지면서 이제는 죽는구나 생각하는 순간, 불안이 가시고 지난날의 일들이 눈앞을 스치며 시간감각이 없어진다. 그리고 …(중략)… 자신이 자기 몸 밖에 빠저나와 있다고 느낀다. 〈자기가 자신의 관찰자가 되는 체험〉은 고소에서 겪는 극한체험 가운데서 대표적인 것이다. 이 밖에도 죽음의 지대에서는 묘한 소리가 들리거나 환각증상이 일어나며 대자연과 일체감을 느끼고 말을 하지 않아도 뜻을 전달할 수가 있다(라인홀트 매스너, 김영도 옮김, 『죽음의 지대』, 평화출판사, 1994, 23면).'

죽음은 서리와 같이 내려 있다. 풀이 말라 버리듯이 수염은 자라지 않은 채
거칠어갈 뿐이다.

「失樂園」100)

　　이 작품에는 체계와 질서 바깥의 독서를 통해 이른 지점, 右의 세계를 완전히 벗어난 左의 세계의 풍경이 그려져 있다. 그러니까 앞의 「첫번째 放浪」의 화자가 감각의 착란이라는 고통을 모두 견디고, 少年이 되는 존재 탈바꿈의 경험을 한 이후에 이른 지점에서 느끼고 보게 된 풍경이 제시되어 있는 것이다. 그런데 체계와 질서 바깥의 독서를 통하여 이른 곳은 문자가 없는 곳이며 '文字가 닳아 없어진 石碑'만이 있는 곳으로 나타난다. 거기에 펼쳐져 있는 것은 다름 아닌 '太古의 映像'이다. 거기에는 '太古와 傳承하는 略圖'가 있을 뿐이며, '아무 記憶도 遺言되어 있지는 않다.' 다시 말해 그곳은 일상적 세계의 관습과 전통이 부과하는 기억이 소멸한 곳이다. 여기에서 다시 확인할 수 있듯이 이상의 독서는 세계의 진상과 근원의 자아를 찾아가는 과거로의 고고학적 여행이라는 성격을 띠고 있었다. 이상의 독서는 표면적 인식과 지각을 형성하고 있던 언어적 질서와 체계의 껍질들을 조심스럽게 혹은 과격하게 깨뜨려가는 고고학적 발굴과도 같은 과정을 거쳤던 것이고, 이를 통해 그는 '太古의 映像'과 '文字가 닳아 없어진 石碑'만이 존재하는 지점에 도착했던 것이다. 그러한 의미의 독서가 완료된 후의 정황은 다음에서도 발견할 수 있다.

---

100) 『李箱문학전집3』, 193면.

八

娼婦가 分娩한 死兒의 皮膚全面에 文身이 들어 있었다. 나는 그 暗號를 解題하였다.

…(중략)…

十

나의 방의 時計 별안간 十三을 치다. 그때, 號外의 방울소리 들리다. 나의 脫獄의 記事.

不眠症과 睡眠症으로 시달림을 받고 있는 나는 항상 左右의 岐路에 섰다.

나의 內部로 향해서 道德의 記念碑가 무너지면서 쓰러져 버렸다. 重傷. 세상은 錯誤를 傳한다.

12 + 1 = 13 이튿날(卽 그때)부터 나의 時計의 침은 三個였다.

…(중략)…

十二

거울의 屈折反射의 法則은 時間方向留任問題를 解決하다. (軌跡의 光年運算)

나는 거울의 數量을 빛의 速度에 의해서 計算하였다.

…(중략)…

別報. 象形文字에 의한 死都發掘探索隊 그의 機關紙를 가지고 聲明書를 發表하다.

거울의 不況과 함께 悲觀說 擡頭하다.

「一九三一年」[101]

이 작품은 체계와 질서의 바깥 거리에서 수행한 공포의 독서를 마치고 그 결과를 작성한 보고서와도 같은 작품이다. 여기에서 상상 속의 한 권의 책은 '死兒의 皮膚 全面'에 새겨져 있는 문신으로 나타나 있다. 이상의 독시행위란 그 文身, 암호의 해독과정이었다. 그런데 그

---

101) 『李箱詩全集』, 238 - 239면.

娼婦가 分娩한 死兒의 皮膚全面에 文身이 들어 있었다. 나는 그 暗號를 解題하였다.

…(중략)…

十

나의 방의 時計 별안간 十三을 치다. 그때, 號外의 방울소리 들리다. 나의 脫獄의 記事.

不眠症과 睡眠症으로 시달림을 받고 있는 나는 항상 左右의 岐路에 섰다.

나의 內部로 향해서 道德의 記念碑가 무너지면서 쓰러져 버렸다. 重傷. 세상은 錯誤를 傳한다.

12 + 1 = 13 이튿날(卽 그때)부터 나의 時計의 침은 三個였다.

…(중략)…

十二

거울의 屈折反射의 法則은 時間方向留任問題를 解決하다. (軌跡의 光年運算)

나는 거울의 數量을 빛의 速度에 의해서 計算하였다.

…(중략)…

別報. 象形文字에 의한 死都發掘探索隊 그의 機關紙를 가지고 聲明書를 發表하다.

거울의 不況과 함께 悲觀說 擡頭하다.

「一九三一年」[101]

이 작품은 체계와 질서의 바깥 거리에서 수행한 공포의 독서를 마치고 그 결과를 작성한 보고서와도 같은 작품이다. 여기에서 상상 속의 한 권의 책은 '死兒의 皮膚 全面'에 새겨져 있는 문신으로 나타나 있다. 이상의 독시행위란 그 文身, 암호의 해독과정이었다. 그런데 그

101) 『李箱詩全集』, 238 - 239면.

02. 책읽기 73

렇게 해서 해독된 세계의 책의 내용을 보고 난 뒤의 경험을 화자는 매우 충격적인 것으로 드러냈다. 그것은 기존의 인식과 개념체계가 근본적으로 산산이 부서져 내리는 경험으로 제시되었다. 「一九三一年」의 화자는 자신이 감옥에서 탈옥했다고 진술하고 있고, 그 순간 자신이 이르게 된 시간을 일상적 세계의 시간인 12시를 벗어나 있는 13시라고 표현하는가 하면, 또한 그 순간 자신의 내부에서 '道德의 記念碑'가 무너지는 소리를 들었다고 말하고 있다. 그런데 실상 이 모든 의식의 경험과 진술들은 '象形文字에 의한 死都 發掘 探索隊'로서의 이상 자신이 일상적 세계의 배후에 자리 잡고 있는 세계의 진실과 실체를 통찰하고 난 뒤에 겪었던 감각적 경험들이라고 할 수 있다. 이상의 고고학적 독서 여행이 마감되었으며, 그의 관념 속에 존재했던 한 권의 책이 해독된 것이다. 그런데 그가 그럴 수 있었던 것은 이 작품의 화자가 말하고 있듯이 거울의 굴절반사의 법칙을 연구하여 거울의 굴절률의 왜곡을 피할 수 있었기 때문이고, 左와 右의 기로에서 방황하다가 左의 논리를 깨우쳤기 때문이다.[102]

한편 위 작품에서 화자가 바깥에서 행해지는 격렬한 독서를 통하여 이르게 된 지점이 13시라는 비일상적인 시간으로 표현되었는데,

---

102) 이상 작품에서는 左의 세계와 右의 세계의 기로에서 겪는 혼란, 그리고 右의 세계에서 左의 세계로의 이행이 이루어지고 난 이후의 회고담이 빈번하게 나타나 있다. '嘔吐가 자꾸만 치밀어 목은 左로 향하고 右로 향했다'(「첫번째 放浪」, 『李箱문학전집3』, 163면)나 '인쇄소 속은 죄 左다. 직공들 얼굴은 모두 거울 속에 있었다. 밥 먹을 때도 일일이 왼손이다. 아마 또 내 눈이 왼손잡이였는지 모르지만 나는 쉽사리 왼손으로 직공과 악수하였다. 나는 교묘하게 左된 지식으로 직공과 회화하였다'(「散策의 가을」, 『이상 문학전집3』, 30면) 같은 구절들을 예로 들 수 있다. 이상의 상상력 속에서 인쇄소 안, 즉 책의 세계는 左의 세계에 속해 있었다. 따라서 이상이 자신의 관념 속에 추상적인 형태로 보존하였던 그 책을 읽어내려면 左의 지식을 가져야 한다. 「明鏡」의 화자가 책을 읽을 수 없었던 이유는 바로 그가 右된 지식의 소유자로 머물러 있었기 때문이다. 그런데 어떤 순간 이상은 右된 지식을 버리고 左된 지식을 소유하게 되었으며 이에 따라 그 책을 읽을 수 있었던 것이다. 이렇듯 右된 지식의 극복과 左된 지식의 획득은 책을 읽어내기 전에 이상이 속해 있었던 관습적 세계의 전면적이고 완전한 붕괴와 전복을 뜻한다. 左와 右의 교차, 右에서 左로의 이행의 움직임은 이상이 독서를 통해 경험한 존재의 전면적인 전환을 상징하고 있다.

이상의 작품 속에서 책을 해독해낸 순간의 경험을 비일상적인 시간 속에서 겪는 감각적 체험으로 치환시키는 장치 역시 자주 발견된다.

一層우에있는二層우에있는三層우에있는屋上庭園에올라서南쪽을보아도아무것도없고北쪽을보아도아무것도없고해서屋上庭園밑에있는三層밑에있는二층밑에있는一層으로내려간즉東쪽에서솟아오른太陽이西쪽에떨어지고東쪽에서솟아올라西쪽에떨어지고東쪽에서솟아올라西쪽에떨어지고東쪽에서솟아올라하늘복판에와있기때문에時計를꺼내본즉서기는했으나시간은맞는것이지만時計는나보담도젊지않으냐하는것보담은나는時計보다는늙지아니하였다고아무리해도믿어지는것은필시그럴것임에틀림없는고로나는時計를내동댕이쳐버리고말았다.

「運動」103)

얼핏 우스꽝스러운 이야기에 불과한 듯해 보이는 이 작품에서 이상은 세계의 배후에 숨어있는 어두운 진실을 깨닫게 된 순간의 경험을 4층집의 옥상에 올라가서 겪은 경험으로 치환시켜 이야기하였다. 이 작품의 공간적 배경으로 기능하고 있는 '一層우에있는二層우에있는三層우에있는屋上庭園'이란 일상세계 바깥의 세계, 인간의 일상세계를 가장 먼 거리에서 바라다볼 수 있는 지점을 뜻한다. 그 지점은 죽음의 자리이기도 하다. 왜냐하면 삼층 위에 있는 옥상정원이란 사층의 세계이고, 四는 死와 등치되기 때문이다. 다시 말해 이 작품의 화자가 올라가 본 사층의 옥상정원은 死가 암시하는 죽음의 세계를 뜻한다. 그 죽음은 물론 상징적인 죽음으로서 일상의 삶이 무의미해지는 경험을 가능하게 한다. 이 작품에 재현되고 있는 경험이 바로 그러한 지점에서 겪었던 경험이다.

그런데 이상은 그 특별한 지점에서 겪었던 체험을 역시 비일상적인

---

103) 『李箱詩全集』, 132면.

시간의 경험으로 변용시켜 표현하고 있다. 죽음의 지대는 무엇보다도 시간에 묶여 있는 일상의 세계의 바깥이란 점에서 일상적 시간 바깥의 시간이 존재하고 있는 곳이다. 화자는 거기에서 '시계를꺼내본즉서기는했으나시간은맞는다'고 말하는데, 그 진술은 화자가 일상적 시간이 정지하고 대신에 초월적 시간, 일상적 삶의 허구성이 한순간에 조감되고 일별되는 참된 시간의 도래를 경험하였음을 뜻한다. 이때 화자는 일상성을 벗어난 존재이며, 따라서 일체의 일상적 시간의 바깥에 거주한다. 한마디로 화자는 시계보다도 더 늙은 존재가 되었고, 시계를 내동댕이쳐 버리고 시간 바깥에 있을 수 있는 존재가 되었다. 화자는 13시의 존재가 되어 해가 '하늘복판에와있는' 순간을 자각할 수 있게 된 것이다. 그러니까 이 작품은 일상적 시간 밖으로의 외출과 거기에서 맞닥뜨리는 심연의 경험, 無의 체험을 재현하고 있다. 그 無의 심연을 엿본 후 화자는 올라간 순서의 역순으로 일상의 세계로 하강한다. 그리고 거기에는 역시 한없이 익숙하고 권태로운 반복과 되풀이만이 존재하는 관습과 일상의 세계가 기다리고 있다. '東쪽에서솟아오른太陽이西쪽에떨어지고東쪽에서솟아올라西쪽에떨어지고東쪽에서솟아올라西쪽에떨어지고'라는 진술에는 그 습관과 일상의 세계에 대해 느끼는 화자의 불만과 짜증의 태도가 은밀하게 스며 있다.

　이상이 「運動」에서 묘사하였던 경험은 그야말로 '풍경 없는 세계'에서나 가능한 경험이다. 13시의 지점, 풍경 없는 세계에서는 일상의 공간에서는 도저히 불가능한 여러 경험들이 가능해지는데, 그것들을 이상은 다양한 형태로 작품 속에 드러내었다. 그리고 이러한 묘사들을 통해 은폐되어 있던 세계의 진실을 목격하게 된 어떤 순간을 그리고 있었다. 「運動」에서 13시로 표상되었던 그 비일상적인 시간이 다음에서는 '年齡의 眞空'이라는 모습으로 변용되어 나타난다.

사람은光線보다빠르게달아나면사람은光線을보는가. 사람은光線을본다. 年齡
의眞空에있어서두번結婚한다. 세번結婚하는가. 사람은光線보다도빠르게달아나라.

未來로달아나서過去를본다. 過去로달아나서未來를보는가. 未來로달아나는것
은過去로달아나는것과同一한것도아니고未來로달아나는것이過去로달아나는것이
다. 擴大하는宇宙를憂慮하는者여. 過去에살으라. 光線보다도빠르게未來로달아
나라.

사람은다시한번나를맞이한다. 사람은보다젊은나에게적어도相逢한다. 사람은
세번나를맞이한다. 사람은젊은나에게적어도相逢한다. 사람은適宜하게기다리라.
그리고파우스트를즐기거라. 메퓌스트는나에게있는것도아니고나이다.
「線에關한覺書5」[104]

화자는 역시 일상의 시간 바깥으로 외출하였던 한 순간을 이야기
하고 있다. 그 외출의 방법으로 제시된 것이 '未來로 달아나서 過去를'
본다거나 '過去로 달아나서 未來를' 보는 것이다. 과거에서 현재로, 그
리고 다시 미래로 흐르는 선조적이고 일상적인 시간의 흐름을 거역
하거나 앞질러 감으로써 그 시간의 바깥으로 외출한다는 것이다. 그
리하여 화자는 '年齡의 眞空'이라는 말로 표현된 비일상적인 시간에
위치해 있게 되는데, 그 비일상적인 시간 속에서 화자는 일상적인 삶
의 공간 안에서는 볼 수 없었던 '擴大하는 宇宙'를 목격하게 된다. 동
시에 그 '擴大'된 우주에서 화자는 '보다 젊은 나' 즉 근원의 자아와
상봉한다. 그러한 의식의 사건을 화자는 최종적으로 '파우스트'에서
'메퓌스트'로 이행한 존재의 전환으로 집약하였다. '보다 젊은 나'와

---

104) 『李箱詩全集』, 157면.

의 상봉이라는 사건은 다음과 같이 '太古의 事實'의 목격이라는 사건
으로 변용되어 나타나기도 하였다.

速度etc의統制例컨대光線은每秒當300,000킬로미터달아나는것이確實하다면
사람의發明은每秒當600,000킬로미터달아날數없다는法은勿論없다. 그것을 幾
十倍幾百倍幾千倍幾萬倍幾億倍幾兆倍하면사람은數十年數百年數千年數萬年
數億年數兆年의太古의事實이보여질것이아닌가. 그것을끊임없이崩壞하는 것이
라고 하는가

「線에關한覺書1」[105]

「線에關한覺書5」와 「線에關한覺書1」은 과거, 현재, 미래가 모두 조
감되는 혹은 과거, 현재, 미래가 동시에 존재하는 영점의 시간, 진공
의 시간 속에서 마주치게 되는 경험을 재현하고 있다. 그 비일상적인
시간 속에서 겪었던 경험을 이상은 '彈丸이 一圓鑄를 疾走했다'(「線에
關한覺書4」)[106]거나 '腦髓는 부채와 같이 圓까지 展開되었다, 그리고
完全히 回轉하였다'(「線에關한覺書3」)[107]라고 표현하기도 하였는데, 이
는 이상이 그 비일상적인 시간의 경험들을 통해 드러내고 싶었던 것
이 사실은 세계의 과거와 현재, 그리고 미래, 자아의 과거와 현재와
미래를 모조리 조감해 버렸던 실존적 각성의 순간에 겪었던 감각적
체험이었음을 의미한다. 그 순간에 마주치게 되는 사건들이 '보다 젊
은 나'와의 상봉이나 '太古의 事實'의 목격이라는 형태로 제시되었던
것은 이 때문이다.

결국 세계의 의미를 탐색하는 영혼의 탐색의 상징이었던 지난한

---

105) 『李箱詩全集』, 147-148면.
106) 『李箱詩全集』, 155면.
107) 『李箱詩全集』, 153면.

독서의 여정이 마감되었으며, 그 독서의 대상인 세계의 진실이 적혀 있는 추상적인 한 권의 책은 해독되었다. 이상은 그 순간의 경험을 다양한 비유들을 통해 우회적으로 재현하였던 것인데, 다음에서는 그 책을 읽었던 장면이 직접적으로 그려진다.

> 개는 故鄕얘기를 하듯 말했다. 개의 얼굴은 憂鬱한 表情을 하고 있다.
> ……東洋사람도 왔었지. 나는 東洋사람을 좋아했다. 나는 東洋사람을 硏究했다. 나는 東洋사람의 屍體로부터 마침내 東洋文字의 奧義를 發掘한 것이다……
> ……자네가 나를 좋아하는 것도 말하자면 내가 東洋사람이라는 단순한 理由이지?……
> ……얘기는 좀 다르다. 자네, 그 문패에 쓰여져 있는 글씨를 가르쳐 주지 않겠나?
> ……지워져서 잘 모르지만, 아마 자네의 生年月日이라도 쓰여져 있었겠지……
> ……아니 그것 뿐인가?……
> ……글쎄, 또 있는 것 같지만, 어쨌든 자네 故鄕 地名같기도 하던데, 잘은 모르겠어……
>
> 「猫」108)

「線에關한覺書5」에서 '메퓌스트'로 표상되었던, 대문자 책을 해독한 후의 자아가 '개'로, 이상의 관념 속에 추상적인 형태로 존재하면서 그의 문학적 상상력의 한가운데에 위치해 있었던 세계의 진실이 적혀 있는 한 권의 책은 '東洋 文字'로 변용되어 나타나 있다. 이상 자신의 분신이라고 할 수 있는 이 작품의 '개'는 '東洋 사람의 屍體로부터 東洋 文字의 奧義를 發掘'하는 데 성공하였다. 그런데 그 '개'가 독서의 마지막 지점에서, '문패에 쓰여져 있는 글씨'에서 읽어내었던 것

---

108) 『李箱문학전집3』, 313면.

은 다름 아닌 자신의 '生年月日'이고 자신의 '故鄕 地名'이다. 이는 결국 이상의 독서가 자신의 기원을 찾는 영혼의 고고학적 여행이었으며, 이 여행이 마감되고 이상은 자신이 해독한 한 권의 책을 통해 자아의 본래의 모습을 목도하는 어떤 순간에 이르렀음을 뜻한다.

5) 타자의 체험

그런데 그렇게 하여 발견된 근원적 자아와 세계의 모습이 분명히 달갑지 않았던 것으로 보인다. 독서의 결과 자체가 무언가 불길한 사실의 확인이라는 성격을 띠고 나타나는 것이다. 이상이 「獚」에서 말하고 있는 체험들은 세계에 대한 가장 명확한 통찰에 이르는 때, 기원을 찾기 위한 탐색이 마감되는 지점이다. 그런데 그 지점은 정체성의 토대를 무너뜨리고 그를 파멸시킨다. 단적으로 말한다면 그 독서의 순간은 이상이 자신의 운명을 한순간에 모조리 알아차렸다는 결과로 나타났는데, 곧이어 그 깨달음의 순간은 주체의 자유의지나 자발적인 삶의 기획이 불가능하다는 각성의 순간으로 변해 버린다. 왜 그러한가?
어떤 개체가 자신의 현재와 과거, 미래를 한순간에 다 알아버린다면 그 순간 그는 죽은 존재가 된다고 말할 수 있다. 자아의 전 운명이 이미 태어나기 전부터 결정되어 있다고 하는 사실은 곧바로 자아의 죽음을 의미하기 때문이다. 그러한 사태는 주체적인 삶의 기획을 근본에서 부정함으로써 자연스럽게 개체의 죽음을 불러온다. 자아는 실은 他者에 불과한 것으로 판명되는 것이다. 이상은 그의 의식과 상상 속에서 자아의 운명이 남김없이 기록되어 있는 한 권의 거대한 책을 읽어버림으로써 자아가 운명의 꼭두각시에 불과하며, 자아는 처음부터 없었던 것이나 마찬가지라는 통찰과 각성에 이르렀던 것으로 보인다. 그것은 개체의 운명이 개체의 힘이 아니라 개체 바깥의 어떤 것에 의해서 결정된다는 깨달음으로서, 이는 그가 전통과 관습이 실존에 부과하는 끊을 수 없는 끈덕진 힘을 인식하였음을 의미한다.

> 箱은 그러나 조종을 받고 있었다. 그는 저 十年이 하루같은 몸짓을 그만 두지는 못한다. 산다는 것은 어쩌면 이다지도 재미없는 몸짓의 連續인 것일까. 허나 그만 두든 그만 두지 않든 人形 자신의 意思에 의한 것은 아니다.
>
> 「不幸한 繼承」109)

> 몸과나래도가벼운듯이잠자리가활동입니다.
> 한데그것은과연날고있는걸까요
> 흡사진공속에서라도날을법한데,
> 혹누가눈에보이지않는줄을이리저리당기는것이아니겠나요.
>
> 「蜻蛉」110)

위의 인용문들에서 이상은 모두 주체적인 자유의사를 부정하는 타율적인 힘의 존재에 대한 각성과 두려움을 이야기하고 있다. 여태껏 자신이 자유의사에 의해 영위되는 것으로 믿었던 삶 자체가 하나의 꼭두각시 짓, 다른 힘에 의해 조종되는 인형의 몸짓에 불과하지 않았던가 하는 공포 어린 깨달음이, 눈에 보이는 모든 사물들의 뒤에 감추어져 있으면서 사실은 그 사물들을 움직이는 진정한 힘으로 작용하는 '눈에 보이지 않는 줄'을 자각하고 응시하게 만들었던 것이다. 이러한 각성과 시선은 바로 '左의 세계', '풍경 없는 세계'에서 읽어내고 해독한 절대악에 대한 독서 이후에 확보되었다.

---

109) 『李箱문학전집2』, 214면.

110) 『李箱詩全集』, 215면.

살펴보았듯 실존의 타자적 속성에 대한 각성과 깨달음이 삶을 명철하게 파악하고자 하였던 이상의 열망과 의지가 이르게 된 최종적인 지점이라고 할 수 있다. 관습과 체계의 바깥으로 외출하여 그것들과 절연한 상태의 시원의 자아, 절대적으로 판명한 세계의 진상을 발견하려 하였던 이상은, 기존의 관습과 질서 속에 묶여 있던 자아와는 다른 의미의, 더 높은 차원의 운명의 문자에 의해 조종되고 결박되어 있는 자아, 他者로서의 자아를 발견하게 된 것이다. 이 발견을 통해 세계와 자아의 의미에 대한 순진한 인식은 전면적으로 붕괴하고 전복되는데, 그래서 이상은 그러한 순간에 의식이 맞닥뜨렸던 경험을 뉴턴의 사과가 만들어낸 세계사의 한 장면으로 치환시켰다.

> 능금한알이 墜落하였다 地球는부서질 程度만큼 傷했다 最後 이미 如何한 精神도 發芽하지아니한다.
>
> 　　　　　　　　　　　　　　　　　　　　　　　　　　　　　「最後」111)

뉴턴의 사과는 세계인식의 절대적인 변화와 전복을 불러일으켰었다. 그것은 동시에 중력의 힘, 만유인력과도 같은 법칙에의 절대적인 종속이 있을 수밖에 없는 삶, 자아의 주체적인 경영이 있을 수 없는 삶에 대한 각성의 한 순간을 상징하기도 한다. 「最後」에서 이상은 일상세계 배후에 은폐된 채 숨어 있었던 세계의 진실을 대면하였던 자신의 경험을 떨어지는 사과를 보고 만유인력의 법칙에 대한 암시를 받았던 뉴턴의 경험과 비교함으로써, 양자의 동일성을 부각시키고자 하였던 것이다.

---

111) 『李箱詩全集』, 233면.

이렇듯 이상은 이 세계는 주체적인 실존의 영위가 불가능한 공간이라고 생각하였는데, 따라서 그에게 이 세계는 빈 집으로 인식되었다. '地球는빈집일境遇封建時代는눈물이날이만큼그리워진다'(「線에關한覺書1」)[112]라는 진술이 그래서 가능해지는데, 여기에서 봉건시대가 그리워진다는 것은 실존의 타자적 운명에 대한 각성과 깨달음 이전의 행복한 무지의 시절이 차라리 그리워진다는 뜻으로 이해할 수 있다.

결국 일상세계의 배후를 뚫고 들어가 세계의 숨겨진 의미를 탐색하고자 했던 이상의 탐색은 독자적인 개체로서의 자아의 죽음이라는 사건으로 마감되었다. 이러한 의식의 드라마를 이상은 시종일관 그의 상상 속에 추상적인 형태로 자리 잡고 있었던 한 권의 책을 해독하고자 하는 독서의 행위로 표상하였는데, 그러한 유추관계가 좀 더 선명한 형태로 제시되어 있는 작품들을 살펴봄으로써 논의를 정리하고자 한다. 다음 작품은 세계의 의미에 대한 탐색으로서의 독서경험의 과정을 일목요연하게 드러내고 있다. 이상이 어떠한 동기와 열망을 안고 독서를 시작했는지, 독서의 과정에서 그가 어떠한 체험들을 겪었는지, 그리고 그 독서의 최종적인 결과는 무엇인지가 정연하게 제시되어 있는 것이다.

> 玩具店의 二層에서 그는 太陽에 對照되고 있었다.
> 生活을 拒絕하는 意味에서 그는 蓄音機의 레코오드를 거꾸로 틀었다.
> 樂譜가 거꾸로 演奏되었다.
> 그는 언제인가 이 일을 어느 늙은 樂聖한테 書信으로 써 보낸 일이 있다.
> 한 번 만나고 싶다는 回答을 받고 그는 二十二歲의 瓢瓢한 姿態를 그 늙은 樂聖의 秘室에 나타냈다.

---

112) 『李箱詩全集』, 148면.

樂聖은 한 臺의 地球儀를 그에게 보이었다. 그것은 그가 日常, 玩具店의 二層에서 愛賞하여 마지 않는 것이었다.

「君의 애드레스를 찾아보게」하는 말을 듣고 그는 조용히 그 地球儀를 調査하기 시작하였다.

五大洲의 大陸에서 最小의 珊瑚礁에 이르기까지 陸地라는 陸地는 모두 꺼멓게 칠해져 있었다. 그리고 다만 文字라고는 물이 된 部分에 「거꾸로 記錄된 樂譜의 世界」라고 씌어져 있을 뿐이었다.

「저한테 地上에 살 수 있는 場所, 資格이 없다고라도 말하시는 것인가요」

樂聖은 그저 默默히 그를 다음의 秘室로 引導하였다.

…(중략)…

그는 樂聖의 앞에서 창백하게 입술을 떨고 있는 거울 속의 그 자신의 姿態를 들여다보고 있었지만, 곧 昏倒해서 樂聖 앞에 쓰러졌다.

「無題(1)」113)

  작품의 앞머리에서 화자는 '玩具店의 二層'에 있는데, 이는 일층으로 표상되는 일상세계의 생활을 거절하고 그 공간 바깥으로 의식의 외출을 기도하였던 독서 여정의 첫머리를 떠올리게 한다. 이어 화자는 '蓄音機의 레코오드를 거꾸로 틀었다. 樂譜가 거꾸로 演奏되었다'고 말하는데, 이것은 이상이 수행해 온 독서가 세계와 자아의 근원적인 모습이 살아있는 과거로의 계보학적 여행이라는 성격을 띠고 있었음을 감안할 경우 납득할 수 있는 비유이다. 그렇게 존재의 시원과 세계의 진상이 자리 잡고 있는 과거로의 여행을 계속하다가 화자는 '樂聖'이라고 불리는 한 사람을 만난다. '樂聖'이라고 불리는 이 사람은, 이상의 상상 속에서는 자신이 읽고자 했던 책의 저자였다. 따라서 그 '樂聖'이 화자에게 가르쳐 주는 것이야말로 이상이 읽고자 했던 책의 내용이라고 할 수 있다. 그렇다면 '樂聖'이 화자에게 보여주는 '地球

---

113) 『李箱문학전집3』, 297면.

儀’는 이상이 읽으려고 하였던 세계라는 제목을 가진 추상적인 한 권의 책이 모습을 바꾸어 나타난 것임을 알 수 있다. 그리고 화자가 그 ‘地球儀’를 조사하는 순간은 바로 이상이 세계의 진실을 명철하게 파악하게 되는 순간인 것이다.

그런데 ‘樂聖’이 화자에게 보여준 地球儀는 모두 ‘꺼멓게’ 칠해져 있는 것으로 나타나 있다. ‘五大洲의 大陸에서 最小의 珊瑚礁에 이르기까지 陸地라는 陸地는 모두 꺼멓게 칠해져 있었’고 ‘다만 文字라고는 물이 된 部分에 「거꾸로 記錄된 樂譜의 世界」라고 씌어져 있을 뿐이었다’는 것이다. 화자는 ‘樂聖’의 권유에 따라 자신의 ‘애드래스’를 찾아보았으나, 다시 말해 주체적인 삶의 기획이 가능한지의 여부를 탐색해 보았으나, 그 ‘地球儀’에는 빈 공간이 없다. 모든 것이 기록되어 있으며 자아의 정체성을 보장할 문자가 씌어질 빈 공간이란 없는 것이다. 이것이 바로 이상이 파악한 도서관으로서의 세계, 문자 세계의 실상이다. 그러한 각성에 이른 후 화자는 ‘곧 昏倒해서 樂聖 앞에 쓰러지고’ 만다.

「無題(1)」에서 이상은 독서의 과정을 재현하고 나아가 그 독서가 도달한 지점을 제시하였다. 다음 작품 역시 독서의 과정과 그 독서가 불러오는 압도적인 부정의 체험을 증언하고 있다.

> 기침이난다. 空氣속에空氣를힘들여배알아놓는다. 답답하게걸어가는길이내스토오리요기침해서찍는句讀를심심한空氣가주물러서식여버린다. 나는한章이나걸어서건너지를적에그때누가내經路를디디는이가있다. 아픈것이내首에베어지면서鐵路와열十字로어울린다. 나는무너지느라고기침을떨어뜨린다. 웃음소리가요란하게나더니自嘲하는表情위에毒한잉크가끼얹힌다. 기침은思念위에그냥주저앉아서떠든다. 기가탁막힌다.
>
> 「行路」114)

이상 자신의 분신이 분명한 「行路」의 화자는 자신의 전 삶을 한 권의 책으로, 자신의 삶의 행로를 그 책의 스토리를 읽어 나가는 독서 행위로 상상하고 있다. 산다는 것은 한 권의 책을 읽는 일인 것이다. 그런데 그 독서는 순탄하게 진행되지 못한다. 이상은 그 고통스러운 삶의 행로를 신체적 이상의 증상이라 할 기침행위로 변용시켰다. 그래서 기침하면서 걸어가는 길이 힘들게 한 권의 책을 읽는 일, 곧 고통스럽게 진행되는 화자 자신의 삶과 동일시되는 것이다. 화자는 기침을 짓눌러 버리는 유독한 공기를 상대하고 견뎌내면서 독서를 계속해 나간다. 그 공기는 순탄한 삶의 행로를 위협하는 온갖 장애물들을 의미한다고 할 수 있다.

　그런데 화자는 그 자아의 책의 한 장을 채 읽기도 전에 근본적인 사건을 경험한다. '내 경로를 디디는 이'의 출현이라는 사건이 그것이다. 그 타자는 웃음소리와 함께 등장한다. 이 작품에서 기침과 웃음소리가 대립하고 있음을 주목할 필요가 있다. 그 웃음소리는 화자의 연약한 기침소리를 압도해 버린다. 그때 느끼는 당혹감, 허탈감이 '기가 탁막힌다'는 진술로 나타났다. 그 타자는 화자로 하여금 자아가 타자일 뿐이라는 사실을 확인시켜 주고, 자아의 책이 이미 다 씌어져 있으므로 더 이상 화자가 읽어나가야 할 새로운 내용이 없음을 알려준다. 그러니까 이 작품의 화자는 소설을 읽다가 그 소설의 결말을 미리 알아버린 독자에 해당한다. 이에 따라 화자는 이제껏 밟아 나가던 삶의 길에서 튕겨져 나와 그 길과 열십자로 어긋나 버린다. 일상적인 삶의 공간에서 이탈하고 튕겨져 나오게 되는 것이다.

---

114) 『李箱詩全集』, 63면.

이렇듯「行路」는 자신의 삶을 한 권의 책으로 이해하고 인생살이를 그 책을 읽어나가는 독서 행위로 파악하였던 한 사람이 독서의 과정 중에 겪었던 근본적인 역전과 변화의 경험을 담고 있다.「行路」의 화자를 바로 이상 자신의 모습이라고 보아도 무리가 없다. 다음 작품 역시 절대의 책을 읽고 난 후 그 책에 적혀 있는 내용에 대해 보이는 이상의 반응을 잘 보여준다.

> 그이는白紙위에다鉛筆로한사람의運命을흐릿하게草를잡아놓았다. 이렇게홀홀한가. 돈과過去를거기다가놓아두고雜踏속으로몸을記入하여본다. 그러나거기는他人과約束된握手가있을뿐, 다행히空欄을입어보면長廣도맞지않고안드린다. 어떤빈터전을찾아가서실컷잠자코있어본다. 배가아파들어온다. 苦로운發音을다삼켜버린까닭이다. 奸邪한文書를때려주고또멱살을잡고끌고와보면그이도돈도없어지고疲困한過去가멀거니앉아있다. 여기다座席을두어서는안된다고그사람은이로位置를파헤쳐놓는다. 비켜서는惡臭에虛妄고複讐를느낀다. 그이는앉은자리에서그사람이平生을살아가는것을보고는살짝달아나버렸다.
>
> 「易斷」115)

화자는 삶으로 파악된 독서의 여정을 계속하던 중 '그이'라고 불리는 한 사람을 만난다. 물론 이 작품에 나타나는 '그이'는「無題(1)」의 '樂聖'이나「行路」의 '내 경로를 디디는 이'와 동일한 인물로서 이상은 그를 대문자 책의 저자로 상상하였다. 그가 펼쳐준 책을 화자는 읽는다. 물론 그 책에 그려진 한 사람의 운명은 화자의 운명이다. 화자는 거기에 자신의 과거, 현재, 미래가, 예약된 운명이 이미 기록되어 있음을 알게 된다. 그리고 그 책을 통해 화자는 자신의 삶의 허구성을 인식하게 된다. 자신이 주체적인 삶의 기획이 불가능한 인형, 꼭두각

---

115)『李箱詩全集』, 61면.

시에 불과하다는 것을 깨닫는 것이다. 그러한 정황에 설득력을 부여하기 위해 이상은 자신의 관념 속에 추상적인 형태로만 존재하였던 책에 '周易'이라는 구체적인 형태를 부여하였다. '周易'은 자아의 자유의지와 독립성을 부정하는 책의 성격을 잘 구현하고 있기 때문이다. 한편 '이렇게 홀홀한가'는 그 깨달음의 순간에 화자가 느꼈던 감정의 직접적인 표출이라고 할 수 있다.

그런데 이 작품에서 화자는 그 책을 단순히 수동적으로 수용하는 데에서 나아가 자신의 죽음을 불러오는 그 책을 부정하려는 시도를 보여 준다. 화자는 자신의 운명이 미리 예약되어 있는, '그이'가 펼쳐 준 책을 읽은 이후에도 새로운 삶을 시도한다. 그러나 제대로 되지 않아, 다시 '그이'를 찾아간다. '그이'는 도망가고 없다. '그이'는 화자가 평생 동안 운명의 지배에서 벗어날 수 없으리란 것을 알고 도망간 것이다.

「易斷」에서 이상은 점을 치는 사람에게 점을 보는 어떤 화자를 내세워, 자아의 죽음이라는 절망적인 깨달음으로 귀결되는 어두운 삶의 진실 자체를 부정하고 무시하고자 하는 시도를 보여 주었다고 할 수 있다. 그러나 그러한 시도는 결국 실패하고 말았다. 여기에서 보듯 이상의 관념 속에 존재하였던 한 권의 거대한 책, 삶의 진실이 적혀 있는 절대의 책은 피하거나 거부할 수 없는 운명을 상징하였다. 그러므로 그 추상적인 형태로만 존재하였던 책에 군이 물질적인 형태를 부여한다면 '周易'이나 法典의 형태를 줄 수 있을 것이다. 왜냐하면 그것들은 모두 단 한 개의 어휘마저 고치거나 삭제, 첨가할 수 없는 절대성을 띠고 있으며 동시에 인간의 운명에 대한 심판의 내용을 담고 있기 때문이다. 그래서 이상은 자신의 상상 속에 추상적인 형태로만 존재하였던 한 권의 거대한 책을 모든 인간의 운명이 미리 기록되어 있다고 여겨지는 周易으로, 혹은 '風景이 없는 世界의 風景을 요구하지 않는 不滅의 法律'(「얼마 안되는 辯解」)[116]이자 '野蠻스러운 法律'(「얼마 안 되는 辯解」)[117]로 표상하였던 것이다. 또한 그렇기 때문에 이상은 다음과 같이 그 추상적인 한 권의 책을 판결문으로, 자신을 그 판결문을 받아 든 피고로 상상하기도 하였다.

> 내가 받은 自決의 判決文 題目은 「被告는 一朝에 人生을 浪費하였느니라. 하루 被告의 生命이 延長되는 것은 이 乾坤의 經常費를 구태여 騰貴시키는 것이어늘 被告가 들어가고자 하는 쥐구녕이 거기 있으니 被告는 모름지기 그리 가서 꽁무니 쪽을 돌아다보지는 말지어다」 이렇다. 나는 내 言語가 이미 荒漠한 地上에서 蕩盡된 것을 느끼지 않을 수 없을 만치 精神은 空洞이요, 思想은 당장 貧困하였다.
>
> 「童骸」[118]

판결문을 받아 든 피고로서의 이상에게는 어떤 선택권이나 거부권이 허용되지 않는다. 판결문의 내용은 받아들이느냐 마느냐의 질문을 허락하지 않는, 절대적 권력에 의한 일방적 선고의 형태로 나타나기 때문이다. 그리고 그 판결문은 이상 자신의 죽음을 선고한다. 그의 문학적 상상 속에서 자아의 책을 구성하는 모든 페이지는 단어로 빽빽이 채워져 있었고, 그 책의 줄거리마저 이미 오래전에 완성된 형태로 기록되어 있었다. 따라서 이상 자신의 주체적인 삶의 영위란 허구에 불과하며, 그런데도 더 이상의 삶을 유지한다는 것은 '乾坤의 經常費

---

116) 『李箱문학전집3』, 293면.
117) 『李箱문학전집3』, 294면.
118) 『李箱문학전집2』, 279 - 280면

를 구태여 騰貴시키는 일'일 뿐이다. 이렇듯 절대의 책은 자아를 죽여 버린다. 달리 말하면 그 독서는 자아를 지워 버린다.

> 보라. 내 팔. 皮骨이 相接. 아아아야. 웃어야 할 터인데 筋肉이 없다. 울려야 筋肉이 없다. 나는 形骸다. 나ㅡ라는 正體는 누가 잉크 짓는 약으로 지워 버렸다. 나는 오직 내ㅡ痕迹일 따름이다.
>
> 「失花」119)

고유하고 독자적인 실존의 영위가 불가능하다는 비관적 인식, 삶에 대한 절망감을 '나는 形骸다. 나ㅡ라는 正體는 누가 잉크 짓는 약으로 지워 버렸다'는 진술로 집약하고 있다. 이렇듯 피하거나 거부할 수 없는 자아의 죽음을 확인한 이상은 다음과 같이 단호하게 자신의 죽음을 알리는 부고를 썼다.

> 근심은 나를 싸고돌며 그리는 동안에 이 肉身은 風磨雨洗로 저절로 다 말라 없어지고 말 것입니다. 밤의 슬픈 空氣를 原稿紙 위에 깔고 蒼白한 동무에게 편지를 씁니다. 그 속에는 自身의 訃告도 同封하여 있읍니다.
>
> 「山村旅情」120)

> 天평위에서 三十年동안이나 살아온사람(어떤科學者) 三十萬個나넘는 별을 다헤어놓고만 사람(亦是) 人間七十 아니二十四年동안이나 뻔뻔히살아온 사람(나) 나는 그날 나의 自敍傳에 自筆의 訃告를 揷入하였다.
>
> 「一九三三,六,一」121)

「一九三三,六,一」에서 이상은 자신의 24년 동안의 생애가 부끄러움

---

119) 『李箱문학전집2』, 369면.
120) 『李箱문학전집3』, 112면.
121) 『李箱詩全集』, 186면.

도 모른 채 얼빠진 자기기만 속에 영위되어 온 것이었다고 고백한다. 지나온 자신의 삶은 사실은 타자의 조종을 받는 줄도 모른 채 유지되어 온 꼭두각시의, 인형의 몸짓에 불과한 것으로 드러났기 때문이다. 그리고 담담하게 자신의 죽음을 알리는 부고를 쓴다. 세계와 자아의 근원적 진실을 탐색하였던 독서의 여정은 결국 자아의 죽음이라는 비극적인 사실의 확인으로 마감되었다.

이상의 논의를 통해 알 수 있듯이 이상의 작품 속에 나타나는 책과 책읽기의 은유들은 찾고 해독해내야 할 세계, 자아의 진상과 거기에 이르고자 하는 영혼의 탐색을 상징하고 있었다. 세상에 대한 새로운 해석을 시도하면서 겪었던 자신의 체험을 이상은 일관되게 독서의 과정 중에 조우하였던 경험들이라는 형태로 치환시켜 재현해내었다. 지금까지 이상의 작품 속에 나타나는 책과 책읽기의 비유들이 내밀하게 형성하고 있는 맥락을 추적하고 재구성함으로써, 이상이 그의 작품 속에 은밀한 형태로 재현해 놓은 세계의 의미를 탐색하기 위한 그의 정신적 여정과 그 과정 중에 그가 겪어내었던 경험들을 드러내고자 하였다. 살펴본 바, 그 경험들은 세계를 명철하게 파악하고자 하는 집요한 욕망과 의지가 자신을 실현하는 과정 중에 겪어내어야만 했던 고통스러운 경험들이라는 양상으로 나타났으며, 이러한 과정들을 거쳐 이상은 결국 세계는 공허하며 자아의 자유의지라는 것은 허구에 불과하다는 절망적이고 비관적인 인식에 이르게 되었음을 알 수 있었다.

03

글쓰기

1) 글쓰기의 의미

이상에게 책과 책읽기는 새롭게 찾아내고 해석해야 할 세계의 의미와 그 의미를 탐색하기 위한 정신적 탐구의 은유였다. 이에 따라 그는 세계를 새롭게 해석하는 과정에서 자신이 겪었던 경험들을 책과 책읽기의 은유들을 통하여 작품 속에 재현하였다. 그런데 책읽기의 행위와 동시에 이루어지면서 그것과 대비되는 경험을 불러오는 것이 글쓰기의 경험이었다. 이상의 작품에서 글쓰기의 행위는 책읽기의 경험에 대한 반발과 저항이라는 의미를 띠고 나타났다. 책읽기의 경험이 매 순간 자아의 죽음과 세계의 공허함을 확인시킨다면 글쓰기는 그러한 공허와 허무에 맞서는 행위로 제시되었던 것이다. 다시 말해 이상은 그 허구성과 기만성이 확인된 세계 속에서 어떻게 살아가야 할 것인가라는 문제와 그에 대한 답찾기의 시도들을 일관되게 자신이 글을 쓰면서 겪었던 경험들로 치환시켜 작품 속에 재현하였다. 이상에게 글쓰기라는 행위는 허무와 절망에 맞서는 삶의 방식을 찾기 위한 정신적 탐색의 환유였던 것이다. 다음에서는 이상의 작품에 나타난 글쓰기의 비유들을 찾아내고 그 비유들이 형성하고 있는 내밀한 맥락을 복원함으로써, 이상이 그 비유들 속에서 은밀하게 표명하였던 실존적 탐색과 그 탐색의 과정 중에 겪은 경험들, 그리고 그 탐색이 이르게 된 지점을 살펴보고자 한다.

앞에서 이상의 작품에 나타나는 책읽기의 은유들이 사실은 세계의 의미에 대한 이상의 정신적 탐구의 경험들을 담고 있다는 전제 아래 그 경험의 양상을 살펴보았다. 그리고 이를 통해 이상이 자아의 허구성에 대한 비관적인 인식에 이르게 되었음을 확인할 수 있었다. 이에 따라 이상에게 독서의 행위란 곧 매 순간 자아의 죽음과 세계의 공허함을 확인하는 행위와 등가의 관계를 갖고 나타나게 되었다. 따라서 이상의 작품에서 책을 읽는다는 것은 곧바로 죽음과 허무를 되씹는 의식의 움직임과 동일한 것이었다. 다음과 같이 책과 시체가 동일시되어 나타나는 것은 바로 그 때문이었다.

> 어둠침침한 그의 방 안에는 몇권의 책이 시체(屍體)와 같이 이곳저곳에 조리 없이 산재하여 있을 뿐이었다.
>
> 「十二月十二日」[122]

그런데 이상의 작품에는 바로 이 독서의 행위에 대한 반발과 저항의 움직임들이 또한 끈덕지게 나타나는 것을 확인할 수 있다.

---

122) 『李箱문학전집3』 131면.

멀리 내 뒤에서 讀書소리가 들려왔다

「破帖」123)

　　나는 나의 讀書를 뾰족하게 접어서 종이 飛行機를 만든 다음 어린아이와 같
이 나의 自棄를 태워서 죄다 날려버렸다

「恐怖의 記錄」124)

　　독서를 떠난다거나 버린다는 것은 일상적인 어법으로서는 이상하
고 문법에 맞지 않는 표현이지만, 사실은 그 말들은 매 순간 엄습하
는 자아의 죽음과 세계의 허구성 앞에서 느끼는 절망감으로부터 벗
어나고자 하는 이상의 마음의 움직임을 표현하고 있는 것으로 이해
하여야 한다. 그러한 마음의 움직임을 이상은 다음과 같이 책을 덮는
행위로 표현하기도 하였다.

　　박물관으로 하여 가만히 표지를 덮는 것일세. 모든 새로운 광채 찬란한 역사
는 이제부터 전개할 것일세.

「十二月 十二日」125)

　　밝고 맑은 눈이 자꾸만 더 말뚱말뚱하기만 하다. 책을 덮었다. 活字는 箱에게
서 흘러 떨어졌다. 나는 嚴格한 姿勢를 하지 않으면 아니된다.

「첫번째 放浪」126)

　　그는 조용히 四角진 달의 探鑛을 줏어서, 그리고는 知識과 法律의 창문을 내
렸다.

「얼마 안 되는 辨解」127)

---

123) 『李箱詩全集』, 205면.
124) 『李箱문학전집2』, 202면.
125) 『李箱문학전집2』, 47면.
126) 『李箱문학전집3』, 159면.
127) 『李箱문학전집3』, 294면.

이상의 상상 속에 추상적인 형태로만 존재하였던, 세계의 진실이 적혀 있는 대문자 책은 매 순간 그에게 절망과 허무감만을 안겨 준다. 그런데 위의 인용문들에서 이상은 자아의 부인할 수 없는 죽음을 기록하고 있는 그 책을 단호하게 덮어 버린다. 이상이 완강한 자세로 덮어 버리는 그 책은 물론 「明鏡」의 책이고, 「아침」의 책이고, 「火爐」의 책이며, 「易斷」의 책이다. 책을 덮는다는 행위는 바로 그 책의 무효화를 꾀하는 기도이자, 그 책에 대한 반항, 거부의 몸짓으로 보인다. '책을 덮는다'는 표현에는 책 속에 함몰하지 않고 그 책에 대항하려는 태도가 담겨 있는 것이다. 그런데 이상에게 책이 자아의 죽음과 세계의 공허함을 의미한다는 사실을 환기해 본다면, 그 책을 덮어 버리는 행위는 바로 삶의 허무와 절망에 맞서고자 하는 욕망과 의지를 뜻한다는 것을 알 수 있다.

이렇듯 이상의 작품 속에서는 책을 읽는 행위와 책을 덮는 행위가 동시에 나타나고 있는데, 그 두 행위는 실제로는 매 순간 이루어지는 삶의 허구성에 대한 인식과 그 허무와 절망에 맞서고자 하는 의식의 움직임을 상징하고 있었다. 그런데 물론 책을 덮는다는 행위는 삶의 의지의 표명이지만, 그것이 허무와 절망에 맞서는 구체적인 삶의 방식을 지시하고 있지는 못하다. 책을 덮는다는 동사가 표상하는 삶의 의지가 좀 더 구체적이고 진전된 모습으로 나타나는 것은, 자아의 죽음에 대항하여 새로운 자아를 창조하고 만들겠다는 욕망이 출현하면서부터이다.

> 나는24歲나도어머니가나를낳으시드키무엇인가를낳아야겠다고생각하는것이었다
>
> 「肉親의 章」[128]

七年이 지나면 人間 全身의 細胞가 最後의 하나까지 交替된다고 한다. 七年 동안 나는 이 六親들과 關係없는 食事를 하리라. 그리고 당신네들을 爲하는 것도 아니고 또 七年 동안은 나를 爲하는 것도 아닌 새로운 血統을 얻어 보겠다.

「失樂園」129)

인용문들이 표명하고 있는, 새로운 자아의 어머니가 되고 싶다는 욕망은 자아의 죽음과 삶의 공허에 맞서서 고유하고 독자적인 자아를 창조하고 그럼으로써 허무와 절망을 극복하고자 하는 욕망이다. 완전히 새로운 인간, 전통과 관습을 대표하는 혈연적 관계마저도 초월하는 초인을 탄생시키고자 하는, 그렇게 되고자 하는 욕망인 것이다. 그러한 열망과 지향을 이상은 '人生을 橫斷하는 壯烈한 方向'(「얼마 안 되는 辯解」)130)이라고 불렀는데, '어떤 그한테 끌리어서 그라는 骨片은 方向을 거꾸로 걸었다'(「얼마 안 되는 辯解」)131)라고 말할 때의 '어떤 그'가 바로 이상이 꿈꾸었던 새로운 자아라고 할 수 있다.

삶의 공허와 자아의 붕괴라는 사건에 맞닥뜨렸던 이상은 새로운 자아를 창조하는 삶의 방식을 통해 그 절망감을 극복하고자 하였다. 그런데 중요한 것은 이상이 자아의 죽음과 세계의 공허에 맞서 새로운 자아를 창조하려는 욕망을 글쓰기의 의지와 동일시하고 있었다는 점이다.

---

128) 『李箱詩全集』, 223면.
129) 『李箱문학전집3』, 191면.
130) 『李箱문학전집3』, 292면.
131) 『李箱문학전집3』, 291면.

그는 '죽어도 떨어지고 싶지 않은'그 무엇을 찾으려고 죽자 하고 애를 썼다. 하지만 그에게 있어서의 '그것'은 詩以外의 무엇에서도 있을 수 없었다. 그의 에스프리는 落書할 수 있는 비좁은 壁面을 棺桶 속에 設計하는 것을 承認했다.

「얼마 안 되는 辨解」[132)]

이후 나의 육신은 그런 故鄕에는 있지 않았다. 나의 자신 나의 詩가 차압당하는꼴을 목도하기는 차마 어려웠기 때문

「一九三三.六.一」[133)]

인용문들은 자아의 죽음과 삶의 허무에 맞서는 새로운 삶의 방식을 탐색하고자 하는 이상의 지향이 어떠한 형태로 나타났었는지를 잘 보여 준다. 인용문에서 보듯 이상에게 글을 쓴다고 하는 것은 새로운 자아를 창조하는 행위와 동일한 사건이었다. 물론 여기서의 詩는 장르개념으로서의 서정시를 뜻하지 않고, 새로운 자아를 창조하려는 삶의 의지와 욕망을 표상한다. 이상이 말하는 '詩'는 '인류가 아직 만들지 아니한 글자'(「地圖의 暗室」)[134)]의 다른 이름으로서 완전히 새롭고 독창적인 언어 조직체를 뜻한다. 삶의 허무와 자아의 죽음에 대항하여 새로운 자아를 창조하고자 하는 욕망과 의지가 자신만의 독자적인 언어 조직체를 생산해내고자 하는 욕망의 형태로 치환되었던 것이다. 그래서 이상은 자아의 죽음을 가져오는 적, 절대의 책에 맞서기 위하여 펜과 잉크, 원고지를 준비한다.

보산은적을물리치기준비에착수하였다.잉크와펜원고지.

「休業과 事情」[135)]

---

132) 『李箱문학전집3』, 289면.
133) 『李箱詩全集』, 186면.
134) 『李箱문학전집2』, 165면.

이상에게 글쓰기는 죽음에 맞선, 생명을 담보로 한 행위였던 것인데, 이에 따라 글쓰기의 공간은 자아의 죽음을 강요하는 적에 맞선 거대한 싸움터로 인식되었다. 그는 자아를 재구성하고 창조해 내기 위하여, 자아의 해체라는 적과 맞서 싸우는 전사로서 펜이라는 칼을 들고 전장인 원고지 앞에 앉았고, 그래서 펜이 그의 최후의 칼이 될 수 있었다('펜은 나의 최후의 칼이다.'—「十二月十二日」).136) 그에게 글쓰기란 기존의 관습과 체계를 넘어서, 동시에 절대의 책이 매 순간 확인시키는 자아의 죽음과 붕괴에 맞서서 자아를 보존하고 새로운 자아를 창조하고 만들어가는 실존의 행위였다. 글쓰기가 '진지한 인간투쟁'(「十二月十二日」)137)이며, 인간의 조건을 넘어서기 위한 '염세(厭世)에 대한 결사적인 투쟁'(「十二月十二日」)138)으로 상상될 수 있었던 것 역시 그 때문이다.

그런데 이렇듯 이상이 글쓰기를 자아의 죽음과 삶의 공허에 맞서는 실존적인 투쟁의 은유로 이해하였다면, 이상에게 글을 쓴다는 행위가 갖는 의미는 『천일야화』에 나오는 세헤라자드의 '이야기하기'와 동일한 것이었음을 알 수 있다. 매일 밤마다 한 가지씩 이야기를 만들어내야 하는 세헤라자드에게 '이야기하기'는 다른 어떤 것도 대신해줄 수 없는, 존재의 보존과 연장의 수단이었다. 세헤라자드는 엄습하는 죽음의 공포 속에서, 그 죽음을 저지하고 죽음의 날을 하루하루 연기하기 위해 밤이면 밤마다 새로운 이야기를 시작해야만 했다.

135) 『李箱문학전집2』, 160면.
136) 『李箱문학전집2』, 68면.
137) 『李箱문학전집2』, 99면.
138) 『李箱문학전집2』, 47면.

그녀의 이야기는 엄존하는 죽음을 삶의 영역 바깥으로 몰아내고 임박해오는 그 죽음을 부인하려는 실존적인 싸움이었다.

이상은 세헤라자드와 마찬가지로 글을 쓰는 행위를 통해 사실은 실존적인 싸움을 전개하고 있었다. 그에게 글쓰기는 허구적 모조품, 복제품으로 전락해 버림으로써 죽음과 붕괴에 노출된 자아를 보존하려는 절박한 싸움이었고 나아가 새로운 자아를 창조하려는 실존의 형식이었다. 바로 이러한 문학적 상상력을 배경으로 삼아, 이상의 작품에서는 절망과 허무를 극복하는 삶의 방식을 찾으려는 정신적 탐색과 새롭고 독자적인 언어 조직체를 생산하고자 하는 욕망은 완전히 동일한 사건으로 나타났다. 이상은 자아라는 빈 공책에 펜이라는 칼로 '붉은 잉크'(「血書三態」)[139]를 찍어, 고유하고 독자적인 자아를 구축하고자 하였다.[140]

> 皮膚는 한 장밖에 남아 있지 않다
> 거기에 나는 파랑 잉크로 함부로 筋을 그렸다
>
> 「獚의記(作品第二番)」[141]

> 女人의 窓戶紙같이 蒼白한 얼굴에 금이 가면서 그리로 웃음이 가만히 내다보나 봅니다. 女人은 내 그윽한 空冊에다 樂譜처럼 생긴 글字로 證書를 하나 쓰고 指章을 찍어 주었습니다.
>
> 「슬픈 이야기」[142]

인용문들은 모두 이상이 새롭게 무엇인가가 씌어져야 할 빈 공책

---

139) 『李箱문학전집3』, 24면.

140) 이상의 작품에서 잉크는 언제나 피와 동일시되어 나타난다. 그는 잉크로 글을 쓴 게 아니라 피로 자신의 삶을 썼다고 할 수 있다.

141) 『李箱문학전집3』, 319면.

142) 『李箱문학전집3』, 65면.

으로 자아를 상상하고 있었음을 증명해 준다. 그에게 글쓰기란 바로 그 자아의 공책, 원고지에 새로운 삶을 적어가는 행위였다.

> 아름다운 詩를 想起한다. 또는 범할 수 없는 슬픈 詩를 想起한다. 그리곤 고개를 수그리면서 외워본다. 恐怖의 海嘯는 얼마쯤 멀어진다.
>
> 「첫번째 放浪」143)

인용문에서 화자는 '아름다운 詩', '범할 수 없는 슬픈 詩'를 상기하고 있는데, 이때 화자가 말하는 '아름다운 詩'나 '범할 수 없는 슬픈 詩'들은 단순히 활자로 이루어진 언어조직체에 머무는 것이 아니다. 이상은 위의 구절 속에서 허무와 절망을 극복하고 새로운 자아를 창조하고자 하는 욕망을 드러내고 있었다. 이렇듯 이상에게 글을 쓴다는 행위는 직접적으로 삶의 본질적 한계를 극복하고자 하는 움직임과 동일한 것으로 상상되었는데, 이에 따라 '힘세찬 삶의 의지'의 다른 이름인, 기존 언어의 의미체계에서 해방된 글을 쓰고자 하는 열망은 이상의 글에서 보기 드물게 강렬한 정서적 울림을 동반하고 나타나게 되었다.

> 나는 나의 기억을 소중히 하지 않으면 안된다. 나의 精神에선 이상한 香氣가 나기 시작했으니 말이다. 이 뼈만 남은 몸을 赤土 있는 곳으로 運搬하지 않으면 안되겠다. 나의 透明한 피에 이제 바야흐로 赤土色을 물들여야 할 時機가 왔기 때문이다. 赤土 언덕 기슭에서 한 마리의 뱀처럼 말라 죽을지도 모르지만, 나는 아름다운 꺾으면 피가 묻는 古代스러운 꽃을 피울 것이다. 이제 모든 사정이 나를 두렵게 하고 있다. 사람들이 平和롭다는 그것이, 昇天하려는 相念 그것이, 그리고 사람들의 痴呆症 그것마저가. 그러한 온갖 威脅을 나는 참고 견디지 않으면 안된다. 그러한 것들의 侵犯으로 精神의 入口를 空虛하게 해서는 안된다.
>
> 「첫번째 放浪」144)

---

143) 『李箱문학전집3』, 165면.

화자는 어떤 희망의 대상을 발견한 후 무력감과 허무로부터 몸을 빼내어 자신을 추스른다. 그 희망의 대상이 '아름다운 꺾으면 피가 묻는 古代스러운 꽃'이라는 모습으로 나타나고 있는데, 화자는 자신이 비록 '赤土 언덕 기슭에서 한 마리의 뱀처럼 말라 죽을지도 모르지만', 그러나 그 꽃을 피우고 말겠다는 의지와 희망을 불태우고 있다. 이때 화자가 지향하고 있는 그 꽃은 결국 '아름다운 詩' 혹은 '인류가 아직 만들지 아니한 글자' 등과 동일한 함의를 가지고 있다. 인용문에서 이상은 글쓰기를 통해 실존의 조건과 한계를 극복하고자 하는 열망을 이야기하고 있었던 것이다. 그리고 인용문은 동시에 그러한 욕망이 탄생하면서부터 그가 새롭게 삶의 의지를 회복하게 되었음을 확인시켜 주고 있다.

이상의 논의를 통해 이상 작품에 나타나는 글쓰기의 은유들은 실존의 조건과 한계를 넘어서 새로운 삶의 방식을 모색하려는 정신적 탐험을 상징하고 있다는 것이 분명하게 드러난 것으로 보인다. 詩, 글자, 펜, 잉크, 원고지 등의 비유들을 통해 이상은 거대한 실존적 탐색의 드라마를 은밀하게 재현하고 있었던 것이다. 이상의 작품 속에서 그러한 비유관계는 우연적이거나 부수적인 형태가 아니라, 매우 의식적이고 철저한 형태로 이루어져 있었다. 따라서 그 비유관계를 고려하지 않으면 이상 문학의 해명 자체가 불가능다고 판단된다. 이후의 논의를 통해 이상의 작품 속에서 그렇듯 삶의 근본적인 조건을 극복하고 넘어서기 위한 실존적 탐구의 상징으로 기능하고 있는 글쓰기의 행위가 어떠한 양상을 띠고 전개되며, 그 과정에서 이상이 감당해야만

---

144) 『李箱문학전집3』, 166면.

하였던 경험들은 어떤 모습으로 재현되어 있는지를 살펴보고자 한다.

그런데 이상의 글쓰기의 경험 속에 투영되어 있는 실존적 탐구의 양상을 좀 더 분명하게 파악하기 위해서는 글을 쓴다는 행위에 이상이 부여하였던 독자적인 의의에 대한 좀 더 진전된 이해가 전제되어야 한다. 왜냐하면 이상에게 있어서 글쓰기는 단순히 허무와 절망으로부터 벗어나기 위한 도피처나 대안으로서의 의의만을 갖지는 않았던 것으로 보이기 때문이다. 자기 현존만으로 이루어진 글을 찾아가는 과정, 자아의 죽음을 유예하는 삶의 방식으로서의 글쓰기는 비상하게 흥분된 어조를 띠고 나타나는데, 그 흥분은 이상이 글쓰기에 부여하는 색다른 가치를 배경으로 삼고 있었다.

> 나는 이제는 다른 말을 찾아내이지 않으면 안되게 되었다. 나는 嚴冬과 같은 天文과 싸워야 한다. 氷河와 雪山 가운데 凍結하지 않으면 안된다. 그리고 나는 달에 對한 일은 모두 잊어버려야 한다. ─새로운 달을 發見하기 爲하여─ 금시로 나는 도도한 大音響을 들으리라. 달은 墜落할 것이다. 地球는 피투성이가 되리라. 사람들은 戰慄하리라. 負傷한 달의 惡血 가운데 遊泳하면서 드디어 結氷하여 버리고 말 것이다. 異常한 鬼氣가 骨髓에 侵入하여 들어오는가 싶다. 太陽은 斷念한 地上 最後의 悲劇을 나만이 豫感할 수가 있을 것 같다. 드디어 나는 내 前方에 疾走하는 내 그림자를 追擊하여 앞설 수 있었다. 내 앞에 달이 있다. 새로운─ 새로운─ 불과 같은─ 或은 華麗한 洪水같은─
>
> 「失樂園」[145]

화자는 '嚴冬과 같은 天文'으로 표상된 절대의 책에 맞서 '다른 말', '새로운 달'을 찾아내겠다는 의지를 표명하고 있다. 이는 물론 절대의 책이 매 순간 확인시키는 자아의 죽음과 삶의 공허를 극복하여 새로운 자아를 창조하고 새로운 삶의 방식을 모색하려는 의지와 욕망의

---

145) 『李箱문학전집3』, 194면.

다른 표현이다. 또 그 의지는 절대의 책이 자아에게 강요하는 沈默을 打撲하는 '새로운-새로운-불과 같은-或은 華麗한 洪水'를 일으키려는 희망으로 표현되고 있기도 하다. 그런데 위의 인용문에는 그러한 의식의 움직임과 의지만으로는 설명될 수 없는 말들이 보인다. '달은 墜落할 것이다. 地球는 피투성이가 되리라. 사람들은 戰慄하리라. 負傷한 달의 惡血 가운데 遊泳하면서 드디어 結氷하여 버리고 말 것이다. 異常한 鬼氣가 骨髓에 侵入하여 들어오는가 싶다. 太陽은 斷念한 地上 最後의 悲劇을 나만이 豫感할 수가 있을 것 같다'와 같은 진술들이 그것이다.

이토록 흥분에 찬 어휘들은 글쓰기라는 행위에 이상이 부여하는 가치가 단순히 자아의 죽음에 대한 방어의 차원이나 새로운 삶의 방식의 모색이라는 차원을 넘어선 또 다른 무엇을 지향하고 있었음을 암시한다. 우선 거기에는 무엇인가를 파괴하고 훼손하려는 강력한 의지가 개재되어 있다. 그리고 그 파괴의 대상은 기존의 '달'로 나타나 있다. 이어서 화자는 자신이 '다른 말'과 '새로운 달'을 찾아냄으로써 기존의 '말'과 기존의 '달'은 추락하고 피투성이가 되고 말 것이며, 그때 기존의 '달'만을 전부인 양 착각하고 바라보던 세상 사람들은 전율과 공포에 떨게 되리라고 호언장담하고 있다. 이 같은 진술을 통해 알 수 있는 것은 이상이 자신의 글쓰기를 기존의 '달'과 '말'로 표상되는 무엇인가에 대한 반항으로, 파괴의 작업으로 상상하였다는 점이다. 물론 위의 인용문에서는 그 '달'과 '말'의 실체가 구체적인 형태로 드러나 있지는 않다. 그 '달'과 '말'이 무엇을 표상하는지는 다음의 인용문들에서 확인할 수 있다.

「생을 부정할 아무 이유도 없다. 허무를 운운할 아무 이유도 없다. 힘차게 살아야만 하는 것이······」재생한 뒤의 나는 나의 몸과 마음에 채찍질하여 온 것일세. 누구는 말하였지.「신에게 대한 최후의 복수는 내 몸을 사바로부터 사라뜨리는 데 있다」고. 그러나 나는「신에게 대한 최후의 복수는 부정되려는 생을 줄기차게 살아가는 데 있다.」이렇게······.

「十二月 十二日」[146]

과연 이 한 몸은 광대한 우주에 비하면 티끌만한 가치도 없다. 그런데도 이 야망은 어떻게 된 것인가. 이 불안은 뭔가. 이 악에의 충동은 또 뭔가. 신은 이 순간에 있어서 건강체인 나의 앞에서 단연 무력하다. 그러나 그렇다고 해도 나는 그 신을 이길 수는 없지만 그러나 나는 신에 대해 저주의 마음 같은 것은 추호도 갖고 있지 않다. 왜냐하면 나의 이 불안감은 끝없는 환희 속에서 신의 의지, 신의 제재를 인정하지 않기 때문이다.

「夜色」[147]

위의 인용문들에서는 '아름다운 詩', '인류가 아직 만들지 아니한 글자'를 만들고자 하는 열망을 갖게 됨으로써 이상이 새롭게 확보한 '힘세찬 삶의 의지'가 '신에게 대한 최후의 복수', '악에의 충동'으로 표상되고 있다. 이상의 상상력 속에서는 실존의 조건에 대한 절망과 허무를 극복하고 넘어서려는 '힘세찬 삶의 의지'가 곧 '아름다운 시', '인류가 아직 만들지 아니한 글자'를 만들어 내려는 글쓰기의 욕망과 동일한 것이었다. 그렇다면 결국 위의 구절은 이상이 자신의 글쓰기의 행위를 절대자의 의지를 거역하고 그에 반항하고자 하는 복수극이자 악에의 충동으로 상상하고 있었음을 말해준다. 매 순간 삶의 공허함과 죽음 앞에서 해체되고 분산되는 자아를 보존하고 구원하려는 욕망에 의해 추동되는 이상의 글쓰기는, 매 순간 자아의 죽음을 확인

---

146) 『李箱문학전집2』, 42 – 43면.
147) 『李箱문학전집3』, 339면.

시키는 절대의 책에 맞서는, '원한과 울분에 짖는 단말마의 전율할 신에 대한 복수의 맹세'와 '끝없는 환희 속에서 신의 의지, 신의 제재를 인정하지 않'는 악의 문학이자 복수극이었던 것이다. 그래서 이상은 유일하고 독창적인 글을 쓰고자 하는 자신의 욕망을 '용납되지 않는 애(愛)', '눈 먼 [盲]애'(「十二月十二日」)[148]이며 '생에 대한 살인적 집착과 살신성인적(殺身成人的) 애(愛)'(「十二月 十二日」)[149]이자, 불요불굴의 미덕(나의 顔面에 풀이 돋다. 이는 불요불굴의 미덕을 상징한다.—「一九三一年(作品第一番)」)[150]으로 표상하였던 것이다. 자신의 글쓰기를 신에의 저항, 악의 충동 등으로 상상하였던 이상은, 스스로를 '健全한 神으로부터 버림받은 人間'(「어리석은 夕飯」)[151]이라고 느꼈으며, 절대의 책에 맞서고 도전하는 자신에게서 '법칙이라는 것의 때로의 기발한 예외'(「十二月十二日」)[152]를 느꼈으며, 동시에 '긍정에서 부정에 항거하는 투쟁—최후의 피투성이의 일전(一戰)이 남아 있다'(「十二月十二日」)[153]고 상상하였다. 이상이 자신의 글쓰기를 신에게 도전하고 반항하였던 카인의 행위와 동일시할 수 있었던 것은 이 때문이다.

> 창조주에게 가장 저주받은 것과도 같았고 도주하던 「카인」의 일행들의 모양과도 같았다
>
> 「十二月 十二日」[154]

---

148) 『李箱문학전집2』, 100면.
149) 『李箱문학전집2』, 100면.
150) 『李箱詩全集』, 236면.
151) 『李箱문학전집2』, 125면.
152) 『李箱문학전집2』, 100면.
153) 『李箱문학전집2』, 100면.
154) 『李箱문학전집2』, 132면.

이상의 상상력 속에서, '창조의 신(創造神)은 나로부터 그 조종(操縱)의 실줄[絲線]을 이미 거두었는가?'(「十二月十二日」)[155]라고 물으면서 글쓰기를 감행하는 자신은 '고독한 奇術師 「카인」'(「破帖」)[156]이었던 것이다.

　이렇듯 이상은 자신의 글쓰기 행위를 개인적인 실존의 차원이 아니라 인류의 운명을 상징하는 복수극으로 상상하였고, 이 때문에 그의 글쓰기는 비상하게 흥분하고 광휘에 찬 것이 되었다. 글쓰기는 죽음에 저항하는 방어적이고 수동적인 자기보존의 의미를 넘어서, 적극적이고 공격적으로 기존의 의미체계, 절대의 책의 문자들을 삭제하고 전복함으로써 전혀 새로운 의미체계를 생산하고 새로운 자아를 창조하려는 거대한 기획이었다. 그런데 글쓰기의 의미가 이렇게 확장된다면 당연히 새로운 의미체계를 구축하고 새로운 자아를 창작하려는 이상의 글쓰기는 이 세상에 내놓는 새로운 복음으로서의 자격을 부여받게 된다. 또 기존의 복음에 저항하는 카인의 행위는 비록 절대의 책에 맞서는 불경스러운 행위이지만, 삶에 헌신하는 사람의 입장에서 보면 억압받고 감추어진 새로운 진리를 제시하려는, 인류에 대한 애정과 순교자적인 열정에 의해 추동되는 행위로 격상된다. 이에 따라 이상은 자신의 글쓰기의 행위를 인류의 무지와 어리석음을 계도하고 계몽할 수 있는 새로운 복음을 제시하고자 하는 숭고한 사명의 수행으로 상상하였다. 다음의 인용문에 드러나 있는 황홀경은 그러한 상상력을 배경으로 삼고 있었다.

---

155) 『李箱문학전집2』, 131면.

156) 『李箱詩全集』, 207면.

늦은 봄의 저녁은 어지러웠다. 인간과 온갖 물상과 그리고 그런 것들 사이에
끼기워 있는 공기까지도 느른한 난무(亂舞)를 하고싶은 대로 하고있는 것만 같았
다. 젖빛 하늘은 달을 중심으로 하여 타기만만(墮氣滿滿)을 계속 방사하고 있으
며 마비된 것같은 별들은 조잡한 회화(會話)를 계속 하고 있는 것 같았다. 온갖
것들은 한참 동안만의 광란에 지쳐서 고요하다. 그러나 대지는 넘치는 자기열락
을 이기지 못하여 몸 비트는 것 같이 저음(低音)의 아우성 소리를 그대로 단조로
이 헤뜨리고만 있는 것도 같았다. 그 속에 지팡이를 의지하여 T씨의 집으로 걸어
가는 그의 모양은 전연히 세계에 존재할 만한 것이 아닌만치 타계에서 꾸어온
괴존재라도 같았다.

「十二月 十二日」[157]

　　인용문에서 이상은 '지팡이를 의지'한 채 늦은 봄의 저녁 거리를
걸어가는 한 사람을 내세워 사실은 원고지 앞에 앉아 글자를 적어 나
가는 자신의 모습을 매우 환상적인 형태로 바꾸어 묘사하고 있다.
'마비된 것같은 별들은 조잡한 회화(會話)를 계속 하고 있는' 이 세상
은 환락과 무지에 눈멀어 있으나, 가난한 세계의 진상을 알아챈 등장
인물은 이 세계가 강요하는 거짓과 자기기만에 현혹당하지 않고 세
상의 한가운데를 뚫고 의연히 걸어간다. 따라서 그의 그러한 모습은
'전연히 세계에 존재할 만한 것이 아닌만치 타계에서 꾸어온 괴존재
라도 같았다'라고 묘사된다. 그런데 그 등장인물이 걸어가고 있는 길
은 소수의 선택된 사람들에게만 허락된 영광의 길이다. 절대자에게서
버림받고 동시에 현실세계에서도 이해되지 못하는 삶의 聖徒들만이
걸어가는 길인 것이다. 다음의 인용문에서 이상이 그 길을, 다시 말해
자신의 글쓰기의 행위를 얼마나 영광스럽고 긍지에 찬 것으로 상상
하였는지를 엿볼 수 있다.

---

157) 『李箱문학진집2』, 102면.

그는 지금 모든 세상에 끼치는 많은 노력에도 불구하고 보수받지 못하였던
모든 거룩한 성도(聖徒)들과 함께 보조를 맞추어 새로운 우주의 명랑한 가로를
걸어가고 있는 것이었다. 그의 눈에는 일상에 볼 수 없었던 밝고 신선한 자연과
상록수(常綠樹)가 보였고 그의 귀에는 일상에 들을 수 없었던 유량 우아한 음악
이 들려왔다. 그리고 그가 호흡하는 공기는 맑고 따스하고 투명하였고 그가 마시
는 물은 영겁을 상징하는 영험의 생명수였다. 그는 지금 논공행상(論功行賞)에
선택되어 심판의 궁정(宮廷)을 향하여 걷고 있는 것이다. 순간 후에 그의 머리에
얹혀질 월계수의 황금관을 생각할 때에 피투성이된 그의 일신은 기쁨에 미쳐 날
뛰었다. 대 자유를 찾아서 우주애(宇宙愛)를 찾아서 그는 이미 선택된 길을 걷고
있는 데 다름없었다.

「十二月 十二日」[158]

　　이상은 자신의 글쓰기를 무한히 영광에 찬 행위로 상상하였다. 그
것은 절대자가 대문자 책에 미리 적어놓은 실존의 운명에 맞서는 행
위로서, 거짓의 복음을 폐기하고 새로운 진리를 세상에 제시하는 숭
고한 사명을 수행하는 행위이기 때문이다. 물론 글쓰기는 숭고한 행
위임에도 불구하고 이중으로 고독한 행위이기도 하다. 절대자의 명령
과 의지를 거역한다는 점에서 성경의 카인처럼 절대자의 저주를 무
릅써야 하는 동시에 세상으로부터도 제대로 이해받지 못하는 행위이
기 때문이다. 그러나 이상에게는 그 저주와 몰이해 자체가 영광스러
운 것으로 받아들여졌다. 그 저주는 삶의 거짓을 통찰하고 거기에 도
전하는 자만이 감당할 수 있는 저주이기 때문이다. 또한 비록 당장에
는 이해받지 못하더라도 미래 인류의 법정에서는 순교자의 월계관을
수여받게 될 것이기 때문에 세상의 몰이해 자체가 영광스럽게 인식
되었다. 바로 그러한 생각이 '지금 논공행상(論功行賞)에 선택되이 심
판의 궁정(宮廷)을 향하여 걷고 있는 것이다. 순간 후에 그의 머리에

---

158) 『李箱문학전집2』, 141면.

얹혀질 월계수의 황금관을 생각할 때에 피투성이가 된 그의 일신은 기쁨에 미쳐 날뛰었다'라는 진술을 가능하게 만들었다.

2) 까맣게 그슬린 백지

살펴본 대로 이상은 열에 들뜬 듯한 낭만적인 정열에 가득 차 있었다. 그는 거짓된 세상에 맞서 유일하게 진실한 공간으로서의 글쓰기라는 신화에 사로잡혀 있었으며, 그것을 이용하여 거짓에 빠진 세계에 경종을 울리고 혁명을 일으키는 순교자가 되겠다는 서정적 환상과 황홀에 들려 있었다.[159] 그러나 이 비상한 흥분과 광휘에 찬 어조에 의해서 표명되고 있는 글쓰기에 대한 욕망과 서정적 환상이 실제로 구현되지는 못하였다.

이상이 처해 있었던 상황을 약간의 상상력을 가미하여 재구성하면 다음과 같은 그림을 떠올릴 수 있다. 그는 자아의 죽음을 불러왔던 절대의 책에 맞서는 새로운 진리, 자아의 진실을 세계에 전하려는 불타는 열망으로, 매 순간 죽음과 해체의 위협 앞에 노출되어 있는 자아를 재구성하려는 욕망으로 펜을 들고 원고지 앞에 앉아 있었다. 빈 원고지가 놓여 있는 책상 앞에 앉아 이상은 자신의 글쓰기가 갖는 거대한 의미를 새기며 그 상상이 제공하는 환상을 즐기고 있었던 것이다. 중요한 것은 그가 실제로 그 빈 원고지에 글을 쓰고 있지는 않았다는 점이다. 그는 다만 상상의 공간에 머물러 있었을 뿐이다.

---

159) 이상 문학의 저변에 이러한 낭만적 열정과 환상이 깔려 있다는 점이 흔히 무시되는 듯하지만, 이 점을 고려하지 않으면 이상 문학의 여러 다른 측면을 제대로 이해할 수 없다. 특히 이상 문학의 또 다른 축을 형성하고 있는 문자 행위에 대한 과격하고 전면적인 야유와 조롱, 거부와 절망은 이러한 희망과 서정적 환상을 배경으로 했을 때에 비로소 제대로 이해될 수 있다.

이상이 상상의 형태로 꿈꾸었던 자기 구원의 양식으로서의 글쓰기는 실제의 형태를 갖지는 못하였다. 자신의 책을 씀으로써 절대의 책에 맞서는 독자적이고 새로운 의미체계를 건설하려는 낭만적 열망은, 실제에 있어서는 그가 그 과정에서 절대의 책의 의미체계와 언어에 의존할 수밖에 없으며 따라서 그것들을 조건 지우고 있는 세계의 절대적 테두리에서 벗어날 수 없다는 현실에 직면하였기 때문이다. 그리고 그러한 한계 속에서 진행되는 그의 글쓰기는 바로 글 쓰는 사람으로서의 그를 파멸시키는 덫으로서 작용한다. 그러한 사정을 잘 보여주는 것이 다음의 인용문이다. 여기에서 보면 아무것도 써넣지 않은 원고지 위에서 이미 예기치 않은 상황이 벌어진다.

> 다시금 귀뚜리는 아무것도 아직 써넣지 않은 나의 原稿用紙 위에 앉았다. 그리곤 나의 運命을 점쳐 주기라도 할 그런 자세이다. 이번은 몹시도 생각에 골똘한 것 같다. 그리고 나의 이 펜촉이 달리는 소리를 열심히 盜聽하고 있는 것만 같다. 귀뚜리여, 이 사각거리는 소리를 듣기만 해도 너는 능히 나의 이 모자란 글을 읽어내릴 수 있을 것이다. 정녕 先知者같은 整頓된 그 理智的인 모습을 보면, 나는 그렇게 생각되니 말이다. 그러나 어떠냐, 나는 이렇게 많은 거짓말을 하고 있다. 얄미운 놈이라고 생각하느냐, 요사한 놈이라고 생각하느냐. 하지만 너만은 알 것이다. 보다 속 깊이 싹트고 있는 나의 惡에 대한 衝動을, 그리고 염치도 없는 나의 慾望을, 그리고 이 大海 같은 나의 絕望까지도, 그리고 너만이 나를 용서할 것이다. 나를 순순히 받아들여줄 것이다. 그러나 귀뚜리는 다시 흰 벽으로 옮아 앉았다. 그것이 내가 筆舌로서 호소할 수가 전혀 없는 수많은 깊은 惡과 고통마저 알고 있다는 꼭 그런 얼굴인 것이다. 나는 나의 無能함이 폭로되는 것을 생생하게 보았던 것이다. 나는 더욱 깊이 絕望할 수밖에 없다.
>
> 「첫번째 放浪」[160]

화자는 아직은 아무것도 적혀 있지 않은 원고지 앞에 앉아 있다.

---

160) 『李箱문학전집3』, 173 – 174면.

그리고 앞에서 그 출생의 배경을 살펴보았던 숭고한 열정과 순교자적인 사명감을 느끼면서 자신의 칼로 상상하였던 펜을 들고 글을 쓰려고 한다. 그의 상상 속에서 아직 아무것도 써넣지 않은 그 원고지는 새로운 삶이 펼쳐지는 황홀한 무대가 될 것이다. 그런데 난데없이 귀뚜라미가 그 원고지 위에 나타나 글을 쓰는 화자를 감시한다. 그 귀뚜라미는 글을 통해 자아를 구성하려는, 절대의 책에 맞서 자아의 책을 쓰려는 화자의 갈망을, 악의 충동을 꿰뚫어보고 있다. 그 귀뚜라미는 '보다 속 깊이 싹트고 있는 나의 惡에 대한 衝動을, 그리고 염치도 없는 나의 慾望을, 그리고 이 大海 같은 나의 絶望까지도' 모두 알고 있다는 듯이 화자를 도청하고 감시하고 있는 것이다. 인용문은 바로 그 귀뚜라미의 시선에 막혀 결국 화자가 글을 쓰지 못하게 되는 정황을 그리고 있다. 화자는 자신의 무능을 인식하고 절망한다. 자신의 글이 거짓말임을, 모자란 글임을 귀뚜라미는 훤히 알고 있다고 생각되기 때문이다. 그 귀뚜라미의 시선을 의식하다 보니, '이렇게 늘어놓는 동안에 자기 말이 자기 눈에 띄었다'(「十二月十二日」)[161]는 사태가 벌어지고, 결국 화자는 단 한 개의 글자도 적지 못하게 된다.

위의 인용문에서 이상은 귀뚜라미의 시선을 의식하는 글 쓰는 사람을 내세워 글쓰기의 조건과 한계에 대한 자의식적 반성을 전개하고 있었던 것으로 보인다. 인용문에 등장하는 귀뚜라미는 '아름다운 詩', '인류가 아직 만들지 아니한 글자'를 만들고자 하는 이상의 시도를, '줄기차게 살아가겠다는 가엾은 악지'(「十二月十二日」)[162]를 비웃는 어떤 시선이라고 할 수 있다. 따라서 그것은 이상이 세계를 새롭

---

161) 『李箱문학전집2』, 86면.
162) 『李箱문학전집2』, 51면.

게 해석하기 위하여 펼쳐 들었던 책의 저자가 보내는 시선이라고 할 수도 있고, 혹은 그가 막 글을 쓰려고 하는 바로 그 순간에 그의 글을 감시하는 또 다른 자아라고 할 수도 있다. 그 또 다른 자아는 글쓰기를 통해 새로운 삶의 방식을 발견함으로써 삶의 절망적 조건을 넘어서고자 하는 이상의 시도가 허망한 노력임을 알고서 무력하고 허망한 기도를 감시하고 비웃는 것이다. 그렇다면 무엇 때문에 글쓰기를 통해 자아를 구원하려는 이상의 시도가 그렇듯 무력하고 허망한 바람으로 탄핵받게 되는 것일까?

이상은 글쓰기를 통해 자신의 과거와 현재, 미래가 기록되어 있는 절대의 책에 의해 파괴된 자신의 정체성을 회복하려고 하였다. 따라서 그가 글쓰기를 통해 획득하고자 했던 것은 절대적인 개체성이라고 말할 수 있다. 절대의 책에 기록되어 있지 않은 유일하고 독립적인 정체성을 글쓰기를 통해 얻고자 하였던 것이다. 그러나 그가 글쓰기에 사용할 수밖에 없는 여러 가지 기제는 사실은 그러한 요구와는 상반되는 것들이다. 글쓰기의 유일한 매재인 언어는 유일과 독창에 대한 요구를 근본에 있어서 거부한다. 언어는 오래된 것이다. 거기에는 역사의 지문이 묻어 있다. 그 지문 안에서 이루어지는 사고나 의식이란 것도 따라서 독자적인 것이 될 수 없다. 문자 자체에 대한 그리고 언어 그 자체에 대한 완전한 굴복을 요구하며 언어는 인간의 정신에 독재적인 힘을 행사한다고 말할 수 있다.

蒼空. 秋天 蒼天 靑天 長天 一天 蒼穹 (大端이깜깜한地方色이아닐는지)하늘은視覺의이름을發表했다.

視覺의이름은사람과같이永遠히살아야하는數字的인어떤一點이다. 視覺의이름은運動하지아니하면서運動의코오스를가질뿐이다.

「線에關한 覺書7」[163]

위의 인용문에서 화자가 불평하고 있듯, 모든 사물과 현상의 존재
는 '大端히 갑갑한 地方色'에 불과한 '視覺의 이름'으로 표현되고 드러
날 수밖에 없다(視覺의 이름은 사람과 같이 永遠히 살아야 하는 數字的
인 어떤 一點이다). '視覺의 이름'이란 눈에 보이는 것에 이름을 부여
하는 행위, 명명화의 작업을 뜻한다. 그러나 이름은 사물과 현상의 전
체상을 전달하지 못한 채 다만 한정된 형식의 체계와 질서 안으로 끌
어들일 뿐이다. 인용문의 표현을 빌리자면 '視覺의 이름은 運動하지
아니하면서 運動의 코오스를 가질 뿐'이다. '視覺의 이름'은 사물과 현
상의 복잡하고 우여곡절 많은 국면들을 단순화시켜서 보편적이고 일
반적인 질서 속으로 억지로 끌어들인다. 그리고 그 과정에서 이름은
필연적으로 사물과 현상을 왜곡하게 된다. 그런 점에서 모든 언어는
거짓말이라고 할 수 있으며, 언어를 매재로 삼는 모든 글쓰기는 거짓
말의 혐의에서 자유로울 수 없는 것이다[164]. 이상의 글쓰기 역시 그
러한 조건 때문에 주체적이고 독자적인 것을 창조해낼 수 없다. 바로
이 점이 유일하고 독자적인 글, '인류가 아직 만들지 아니한 글자'를

---

163) 『李箱詩全集』, 165면.

164) 소설이 성립하기 위한 조건과 관련된 다음과 같은 지적은 그대로 글쓰기의 조건과 한계에 대한 일반론
으로 확대될 수 있다.

소설은 거짓말을 해야 한다. 만일 진리가 현상학적 환원에 의해 얻을 수 있는 것과 동일한 것이라면, 말,
사고 그리고 말과 사고의 패턴들은 진리의 적이다. …(중략)… 즉 진리는 침묵의 시나 침묵의 소설에서
만이 발견되리라는 것이다. 소설은 말을 시작하고 소설이 되기 시작하자마자 인과율, 합치, 발전, 인물의
성격, 문제되는 과거와 어느 정도 광범위하게 작중인물의 구상보다는 작가의 구상에 의해 결정되는 미
래 등을 부과한다. 인물들에게도 선택권이 있겠지만, 소설에는 그 나름의 목적이 있다. …(중략)… (소설
가)는 그의 소설과 합작해야 한다. 그는 '자기기만' 속에서 커가는 것이다(프랭크 커모드, 조초희 옮김,
『종말의식과 인간적 시간』, 문학과지성사, 1993, 149 - 151면).

만들려고 하였던 이상을 절망하게 하는 뒷으로 작용하였다. 글쓰기의 조건과 한계에 대한 그 자각과 인식이 귀뚜라미의 시선으로 표현된 이상의 문학에 대한 자의식의 내용이었던 것이다. 그리고 그 자의식이 그로 하여금 백지를 앞에 두고 앉은 시작의 순간부터 글을 쓰지 못하게 했던 것이고 글을 쓰는 동안에도 끊임없이 자기 글의 무능력을 의식하게 만들었다.

보았듯 이상은 빈 원고지에 첫 글자를 쓰기도 전에, 고유하고 독자적인 삶의 기획을 가능하게 해줄 것으로 보였던 글쓰기가 사실은 전혀 그렇지 못하다는 것을 명료하게 인식하고 있었다. 다시 말해 글을 쓰기 시작하기도 전에 이미 글쓰기의 무용성과 한계를 알아버렸다고 할 수 있다. '언어 자체가 오래된 것이라면, 그리고 유일하고 독창적인 것을 쓰려는 그 어떤 시도도 언어라는 매재를 떠나고 버릴 수 없는 한, 모든 글쓰기는 결국 오래된 것, 낡아버린 것에 불과하지 않겠는가? 결국 모든 글은 모두 모방이고 표절일 뿐이지 않겠는가?'라는 질문에 이상은 노출되었던 것이고 그 질문에 발 묶여 버렸던 것이다.

이처럼 이상이 독자로서 세계를 해석하는 과정에서 겪었던 경험은 작가로서의 이상의 경험으로 되풀이되었다. 그것들은 모두 진정한 책을 찾는 독자로서의 이상을, 그리고 진정한 책을 쓰려는 작가로서의 이상을 좌절시켰다. 다음의 진술은 글쓰기의 조건과 한계에 대한 이상의 자의식적 성찰과 반성의 결과를 극도의 명료함과 간결한 형태로 집약하고 있다.

白紙는 끼맣게 끄슬러 있었다.

「哀夜」165)

이상에게 글쓰기는 자아의 죽음과 세계의 공허함에 맞선 실존의 형식이었다. 그는 글을 쓴다는 행위를 삶의 허무와 절망을 극복하고 새로운 삶의 방식을 모색하는 실존적 탐구의 은유로 받아들였고, 이에 따라 유일하고 독창적인 자아의 정체성이 거부되는 삶의 진실에 맞서서 새로운 자아를 창조하려는 실존적 탐색을 유일하고 독창적인 글을 쓰고자 하는 글쓰기의 욕망으로 치환시켜 이해하였다. 그런데 그러한 욕망이 성취되기 위해서는 무엇보다도 글쓰기의 공간 자체가 유일과 독창에 대한 요구를 수용할 수 있어야 한다는 것이 필수적인 전제조건으로 따른다. 그러나 사실은 글쓰기는 그 유일과 독창에 대한 요구를 근본적으로 부정한다. 바로 그러한 비극적 인식을 이상은 위의 진술을 통해 선명하게 드러내었다.

이상의 상상 속에서 원고지는 순수한 백지의 상태로 비어 있어야만 했다. 그래야만 그 위에 '인류가 아직 만들지 아니한 글자'를 적어 넣을 수 있는 것이다. 그런데 하얗게 비어 있으리라고 믿었고 또 그러기를 바랐던 그 백지가 사실은 이미 모든 것이 그려 넣어진, 그래서 자신이 무엇인가를 써 넣을 여백이 존재하지 않는다는 것을 깨닫게 되었던 것이다. 이상의 상상에 의하면 그 백지는 사실은 문자가 까맣게 칠해진 '古風스러운 地圖'(「狂女의 告白」)[166]일 뿐이었다. 결국 이상이 잘못 겨냥하였던 것이다. 그가 순결한 백지일 것이라고 믿었던 글쓰기의 공간, 원고지는 애초부터 순결한 흰색의 백지 상태로 있지 않았으며, 따라서 글쓰기를 통해 새로운 삶의 방식을 모색하고자 하였던 이상의 기도는 근거 자체가 상실되었다. 이미 까맣게 글자가

---

165) 『李箱문학전집3』, 306면.
166) 『李箱詩全集』, 136면.

적혀 있는 백지 위에 무엇인가를 적어 넣는다는 것은, 더구나 '인류가 아직 만들지 아니한 글자'를 생산한다는 것은 처음부터 불가능한 것이다.[167]

이상은 '나는 確實히 老翁이다. 그날 하루하루가 <人生은 짧고 藝術은 길다>하는 엄청난 平生이다'(「終生記」)[168]라는 말을 한 적이 있는데, 이는 문자가 인생에 행사하는 압도적인 지배력에 대한 공포를 말하고 있는 것으로 이해할 수 있다. 이상이 꿈꾸었던 것은 예술보다 더 긴, 예술의 바깥에 있는 삶과 글쓰기였다. 그러나 관습적이고 전통적인 문자의 세계는 과거와 미래로 뻗어 있어서 그의 인생과 글쓰기는 그것에서 탈출하지 못한다. 언어와 문자의 지배력에 갇혀서 유일하고 독창적인 것을 생산해낼 수 없다는 압도적인 절망감이 거기에는 표현되어 있는 것이다. 그리고 이상에게 글쓰기가 삶의 허무와 공허를 넘어서는 새로운 삶의 방식의 탐색을 상징하였다는 사실을 환기한다면, 위의 사태는 곧 그러한 실존적 탐구의 좌절이라는 사태와 동일한 것임을 알 수 있다.

이렇듯 자아의 주체적 삶을 부정하는 전통과 체계로부터 벗어나

---

167) 회화의 경우에도 마찬가지의 논리가 적용될 수 있다. 다음에서 들뢰즈가 말하는 대로, 회화의 경우에도 화가의 작업이 시작하기 이전에 이미 화폭 위에 주어져 있는 여건들이 있는데, 따라서 화가에게는 순백의 표면을 채울 것이 없다고 말할 수 있다.

화가가 순백의 표면 앞에 있다고 믿는 것은 실수이다. 구상적 믿음은 이 실수로부터 유래한다. …(중략)… 화가는 자기의 머릿속에, 혹은 자기 주변에, 혹은 화실 안에 많은 것을 가지고 있다. 따라서 그가 자기 머릿속이나 자기 주변에 가지고 있는 모든 것은 다소간 잠재적으로, 다소간 현재적으로, 그가 자기 작업을 시작하기 이전에 이미 화폭 속에 있다. 이 모든 것은 현행적이거나 잠재적인 이미지라는 자격으로 화폭 위에 현재하고 있다. 따라서 화가는 순백의 표면을 채울 것이 없다. 차라리 그는 비우고, 거추장스러운 것을 치우며, 깨끗이 청소하는 일만 가지고 있다. 따라서 그는 모델로서 기능하는 어떤 대상을 화폭 위에 재생하기 위해 그리는 것이 아니다. 그는 이미 거기 있는 이미지들 위에서 그린다. 그리하여 그는 그 기능이 모델과 복사라는 관계를 뒤집을 어떤 화폭을 생산한다. 한마디로, 정의해야 할 것은 바로 화가의 작업이 시작하기 이전에 화폭 위에 있는 이러한 주어진 여건들이다(들뢰즈 지음, 하태환 옮김, 『감각의 논리』, 민음사, 1995, 125 – 126면).

168) 『李箱문학전집2』, 378면.

그 스스로의 의미체계를 만들려 했던 이상의 시도는, 바로 그 관습과 체계로부터 표절의 비난을 받았다. 이에 따라 작가로서의 이상에게 표절자의 낙인을 찍는, 독특하고 진정한 책을 쓰려는 이상에게 거짓말쟁이의 낙인을 찍는 존재가 그의 작품 속에 끊임없이 등장하였다. 이상의 내부에는 머뭇거리고 비틀거리는 한 사람이 있고, 영원 속에 자리 잡은 또 다른 한 사람이 있었다. 이상은 그 타자를 원본의 소유자로서 자신의 글을 복사본으로 전락시키는 장본인으로 상상하였다.

> 나의아버지가나의곁에서조을적에나는나의아버지가되고또나는나의아버지의아버지가되고그런데도나의아버지는나의아버지대로나의아버지인데어쩌자고나는자꾸나의아버지의아버지의아버지의 …… 아버지가되느냐나는왜나의아버지를껑충뛰어넘어야하는지나는왜드디어나와나의아버지와나의아버지의아버지와나의아버지의아버지의아버지노릇을한꺼번에하면서살아야하는것이냐
>
> 「詩第二號」169)

작중에서 화자는 아버지에 대한 자신의 부정에도 불구하고, 존재하는 아버지뿐만 아니라 아버지의 아버지, 곧 선조들의 역할을 하지 않으면 안 되는 삶에 대해 비판적으로 반성하고 있다. 그의 '血液 속에 滔滔히 밀려 흐르고 있는 不幸한 祖上의 體臭'(「不幸한 繼承」)170) 때문에 그는 자신의 삶과 함께 아버지의 역할을 동시에 수행하면서 살 수밖에 없다. 그는 상속자에 불과한 것이다.

> 한 마리의 뱀은 한 마리의 뱀의 꼬리와 같다 또는 한 사람의 나는 한 사람의 나의 父親과 같다
>
> 「遺稿1」171)

---

169) 『李箱詩全集』, 21면.
170) 『李箱문학전집2』, 211면.

「詩第二號」에서 이상은 아버지와 조상을, 유일하고 독창적인 글을 쓰고자 하는 자신에게 표절자의 낙인을 찍으면서 자신을 한낱 상속자로 만들어 버리는 존재로 등장시켰다. 그 타자가 있는 한 이상의 글쓰기는 사본의 운명에서 벗어나지 못하는 것이다. 이렇듯 이상은 언어를 매재로 삼는 글쓰기는 바로 그 매재 때문에 반복으로서의 운명을 원죄처럼 지닐 수밖에 없는 것으로 이해하였고, 그러한 인식이 강요하는 의식의 경험들을 타자에 대한 공포, 그 타자와의 대결과 패배라는 형태로 그려내었다. 다음 작품 「肉親」에서는 「詩第二號」의 아버지가 '크리스트에 酷似한 사나이'로 모습을 바꿔 등장하였다.

> 크리스트에酷似한襤褸한사나이가있으니이이는그의終生과殞命까지도내게떠 맡기려는사나운마음씨다. 내時時刻刻에늘어서서한時代나訛辭인트집으로나를威 脅한다. 恩愛나의着實한經營이늘새파랗게질린다. 나는이육중한크리스트의別身을 暗殺하지않고는내門閥과내陰謀를掠奪당할까참걱정이다. 그러나내新鮮한逃亡이 그끈적끈적한聽覺을벗어버릴수가없다.
>
> 「肉親」172)

이 작품에 등장하는 '크리스트의 別身'은 역시 독특하고 고유한 글을 쓰려는 이상에게 표절자의 낙인을 찍는 존재이다. 따라서 그 '크리스트의 別身'을 살해하지 않는 한, 이상이 주체적인 삶의 기획의 방법으로서 선택하였던 글쓰기 - '나의 着實한 經營', '내 門閥과 내 陰謀'가 약탈당할 수밖에 없다.

> 墳塚에계신白骨까지가내게血淸의原價償還을强請하고있다.   天下에달이밝아

---

171) 『李箱詩全集』, 234면.
172) 『李箱詩全集』, 92면.

서나는오들오들떨면서到處에서들킨다. 당신의印鑑이失效된지오랜줄은꿈에도생
각지않으시나요 - 하고나는의젓이대꾸를해야겠는데나는이렇게싫은決算의函數
를내몸에지닌내圖章처럼쉽사리끌러버릴수가참없다.

「門閥」173)

  이 작품에서는 글 쓰는 자로서의 이상에게 표절자의 낙인을 찍는
타자가 역시 '墳塚에 계신 白骨'로 모습을 바꾸어 나타나고 있다. 그런
데 특이하게도 「詩題二號」와 「肉親」에서 작가 이상과 그 타자 사이에
맺어져 있던 상속관계가 이 작품에서는 부채관계로 변용되어 나타나
고 있다. 작중의 '墳塚에 계신 白骨'은 채권자로서, 화자에게 원금상환
을 요구하고 있는데, 그래서 화자의 삶은 그 '墳塚에 계신 白骨'에게
잠시 빌린 돈을 이용하여 이자를 부풀리는 고리대금업에 불과한 것
으로 상상되고 있다. '墳塚에 계신 白骨'은 바로 그 원금을 갚으라고
독촉하는 것이다.

  「門閥」에서 이상은 원금 상환의 요구에 시달리는 화자를 내세워,
언어의 부채에서 자유롭지 못한 글 쓰는 자로서의 자신의 고민과 절
망을 그려내었다. 결국 이 작품 역시 언어의 인력에서 벗어날 수 없
는, 그 때문에 순결한 언어, '인류가 아직 만들지 아니한 글자'만이 휘
황하게 살아 숨쉬는 '아름다운 詩'와 같은 언어 조직체를 생산할 수
없는 글쓰기의 조건을 반성적으로 성찰하고 있는 이상 자신의 모습
을 보여 주고 있다. 이상의 문학적 사유 속에서 글쓰기는 그러한 '決
算의 函數', 채무관계에서 영원히 자유롭지 못한 것이다. 그것이 글쓰
기의 운명이고 조건이며, 한계이다.

  한편 「門閥」은 글쓰기의 한계와 관련된 비극적인 인식의 소유자였던

---

173) 『李箱詩全集』, 83면.

이상의 정서적 반응 역시 분명하게 보여 주고 있다. 작중 화자는 '血淸의 原價償還'을 요구하고 독촉하는 '墳塚에 계신 白骨'에 대한 공포로 몸을 떨고 있는데(天下에 달이 밝아서 나는 오들오들 떨면서 到處에서 들킨다), 그 화자의 모습에는 글쓰기의 한계에 대한 자의식적 성찰에 두려워하는 이상 자신의 모습이 투영되어 있다고 보아야 한다. 글쓰기를 무력하게 만드는 타자에 대한 공포는 다음 작품에서도 나타난다.

> 나와그알지못할險상궂은사람과나란히앉아뒤를보고있으면氣象은沒收되어없고先祖가느끼던時事의證據가最後의鐵의性質로두사람의交際를禁하고있고가졌던弄談의마지막順序를내어버리는이停頓한暗黑가운데의奮發은참秘密이다그러나오직그알지못할險상궂은사람은나의이런努力의氣色을어떻게살펴알았는지그때문에그사람이아무것도모른다하여나는또그때문에억지로근심하여야하고地上맨끝整理인데도깨끗이마음놓기참어렵다.
>
> 「定式」174)

여기에서는 「門閥」의 '墳塚에 계신 白骨'이 '그 알지 못 할 險상궂은 존재'라는 또 다른 이름으로 등장한다. '그 알지 못 할 險상궂은 존재'는 '先祖가 느끼던 時事의 證據'를 무기로 삼아 유일하고 독창적인 글을 쓰고자 하는 이상 자신과 상상 속에만 존재하는 유일하고 독창적인 글 사이를 가로막고 있다. '그 알지 못 할 險상궂은 존재' 때문에 이상은 유일하고 독창적인 글에 이르지 못한다. '그 알지 못 할 險상궂은 존재'가 있는 한 글쓰기는 복제와 거짓말의 혐의에서 영원히 자유로울 수 없다. 그래서 이상은 한순간도 마음을 놓지 못하고 '억지로 근심하여야 하고 地上 맨 끝 整理인데도 깨끗이 마음 놓기 참 어렵다.' 아무리 도망치려 해도 그 타자는 이상보다 영원히 앞서 있다.

---

174) 『李箱詩全集』, 193면

지금까지의 논의를 통해 확인할 수 있었듯, 이상은 자신의 존재가 상속받은 존재요, 씌어진 존재에 불과한 것으로 인식하였다. 그 상속 관계를 청산했을 때 비로소 '인류가 아직 만들지 아니한 글자'를 생산해낼 수 있는데, 그러나 그에게 그것은 근본적으로 불가능한 바람으로 여겨졌다. 이상은 그 '可憎한 傳統'[175]을 몸에 찍힌 도장처럼 지워 버릴 수 없는 어떤 것으로 상상하였던 것이다.

> 싸늘한손이내이마에닿는다. 내이마에는싸늘한손자국이烙印되어언제까지지워지지않았다
>
> > 「詩第十四號」[176]

> 성은 움직이고 있다. 못쓰게 된 전차처럼. 아무도 그 몸뚱이에 달라붙은 때자국을 지울 수는 없다.
>
> > 「恐怖의 城砦」[177]

> 아니 이거 무슨 물건이 바로 이 내 몸에 달라붙어서 떨어지지 않기 때문이겠지. 요놈은 떼쳐버려야지—
>
> > 「不幸한 繼承」[178]

> 손가락같은 女人이 입술로 指紋을 찍으며 간다. 불쌍한 囚人은 永遠의 烙印을 받고 健康을 헤쳐간다.
>
> > 「遺稿1」[179]

이상은 자신의 몸에 도저히 지울 수 없는 도장이나 낙인, 혹은 '온갖 육중한 指紋'(「山村旅情」)[180]이 찍혀 있다고 상상하였는데, 그러한

---

175) 『李箱문학전집3』, 39면.
176) 『李箱詩全集』, 47면.
177) 『李箱문학전집3』, 337면.
178) 『李箱문학전집2』, 209면.
179) 『李箱詩全集』, 234면.

상상과 진술 속에서 이상은 결국 유일하고 독창적인 글을 쓰고자 하는 자신의 의지와 욕망을 근본적으로 배반하는 글쓰기의 조건과 한계를 반성하고 있었다.

3) 활자허무시대의 도래

이상은 글쓰기를 삶의 허무와 맞서 싸우는 실존적 투쟁의 상징으로 받아들였다. 유일하고 독창적인 글을 쓰고자 하는 욕망이 겪게 되는 경험들을 작품 속에 재현함으로써 이상은 실존의 조건과 한계를 넘어서고자 하는 정신의 탐구가 겪게 되는 경험들을 드러내고 있었던 것이다. 그런데 이상은 또한 글쓰기의 유일한 매재인 언어는 독창과 유일의 요구를 근본에서 부정한다는 사실을 처음부터 명철하게 인식하고 있었다. 그의 생각에 따르면, 유일하고 독창적인 작품을 창작하려는 시도인 글쓰기는 오래되고 낡아 버린 언어를 이용하는 순간에 이미 실패한다. 글쓰기는 유일하고 독자적인 사물과 사태를 일반적이고 보편적인 개념의 세계로 편입시키면서 그 독자성과 유일성을 부정하는 것이다. 이러한 문학적 사유에 따라 이상은 글을 씀으로써 자신이 '단지 원숭이와 같이 사물과 실재를 흉내 내고 있을 뿐이지 않는가' 하고 끊임없이 자문하였다.

> 원숭이는 그를흉내내이고 그는원숭이를흉내내이고 흉내가흉내를 흉내내이는
> 것을 흉내내이는것을 흉내내이는것을 흉내내이는것을 흉내내인다
> 「地圖의 暗室」181)

---

180) 『李箱문학전집3』, 108면.

똑같은 문학적 사유와 회의에 의해 이상은 자신을 한 번도 진실을 붙잡지 못하고 기존의 것만을 반복하여 찍어내는 인쇄공으로 비유하기도 하였다.

> 인쇄공장 우중충한 속에서 활자처럼 오늘도 내일도 모레도 똑같은 생활을 찍어내었다.
>
> 「幻視記」182)

물론 여기에서는 별다른 변화도 없이 매일 매일 반복되는 일상의 생활이 인쇄 공장에서 찍혀 나오는 비슷비슷한 활자들로 비유되고 있다. 그러나 그러한 상황은 동시에 이상이 생각하는 글쓰기 자체의 운명이기도 하였다. 이상에게 글쓰기는 그 극단에서 생각해 볼 때 결국은 반복과 되풀이에 불과하였다. 그래서 그는 자신의 글들이 축음기와 마찬가지로 똑같은 소리만을 반복할 뿐이며('축음기는나팔과같이홍도깨비청도깨비를불러들였다' – 「興行物天使」),183) 그 자신은 앵무새와 마찬가지로 똑같은 소리만을 반복하고 되풀이하는 장난감과도 같은 존재일 뿐이라고 생각하였던 것이다('箱은 錄音된 玩具처럼 토오키 브로마이드 – 신나게 지껄었다' – 「不幸한 繼承」).184) 글을 쓴다는 것이 낡은 육친의 몸을 다시 낡은 짐수레에 실어오는 일에 불과하다는 연상이 그래서 가능해진다('자아, 나르자! 저 악취에 싸여 있는 육친의 한 뭉치를 그는 낡은 짐수레에 싣고 날라 와야 한다. 노동이

다'ー「恐怖의 記錄」).[185)

  결국 이상에게 글쓰기는 구원의 수단이 아니라 뼈아픈 회의와 강
렬한 질문의 대상이 되었다. '오늘 같은 不德한 活字虛無時代'[186)가 도
래한 것이다. 다음은 글쓰기에 대한 회의에 빠진 이상의 내면풍경을
그리고 있다.

> 原稿紙 틈에 끼기워 있는 3030用紙를 꺼내어 한두 자 쓰기를 始作하였다.
> 「그렇다 나는 確實히 거짓에 살아왔다.ー그때에 나에게는 體驗을 伴侶한 무서
> 운 動搖가 왔다.ー이것을 나는 根本的인 줄만 알았다. 그때에 나는 果然 한때의
> 慘酷한 乞人이었다. 그러나 오늘까지의 거짓을 버리고 참에서 살아갈 수 있는
> '人間'이 되었다ー나는 이렇게만 믿었다. 그러나 그것도 事實에 있어서는 根本
> 的은 아니었다. 感情으로만 살아나가는 가엾은 한 昆蟲의 內 波紋에 지나지 않
> 았던 것을 나는 發見하였다. 나는 또한 나로서도 또 나의 周圍의 모ー든 것에게
> 對하여서도, 차라리 여지껏 以上의 거짓에서 살지 아니하면 아니되었다……云
> 云」이러한 文句를 늘어놓는 동안에 그는 또한 몇 절의 짧은 詩를 쓴 것도 記憶
> 할 수도 있었다. 펜이 無聊히 종이 위를 滑走하는 동안에 그의 意識은 차츰차츰
> 朦朧하여 들어갔다. 어느 때 어느 句節에서 무슨 말을 쓰다가 펜을 떨어뜨리었
> 는지 그의 記憶에서는 全然 알아내일 길이 없다. 그가 펜을 든 채로 그대로 意
> 識을 잃고 말아버린 것만은 事實이다.
>
> 「病床以後」[187)

  이상 자신이라고 보아도 무리가 없을 화자는 책상 앞에 앉아 '原稿
紙 틈에 끼기워 있는 3030用紙를 꺼내어' 그 위에 글자를 적어 나간다.
그러나 지금 그가 쓰고 있는 글은 이전의 글들과는 사뭇 다르다. 그
는 이제껏 자신이 써왔던 자신의 글들을 대상으로 글을 쓴다. 자신의

---

185) 『李箱문학전집3』, 331면.
186) 『李箱문학전집3』, 51면.
187) 『李箱문학전집3』, 58-59면.

글쓰기의 여정을 반추하고 있는 것이다. 그러한 반성을 거치고 난 후 화자는 자신의 글쓰기의 여정이 기껏 '感情으로만 살아나가는 가엾은 한 昆蟲의 內 波紋에 지나지 않았던 것'을 고백하게 된다. 글쓰기를 자신의 삶의 모든 것이 걸린 운명의 형식으로 수용하였던 화자가 그러한 정열과 욕망 자체가 자기기만에 불과하였음을 고통스럽게 고백하고 있는 것이다. 이 고백이 얼마나 고통스러운 것인지는 그가 그 고백의 도중에 펜을 떨어뜨리고 의식을 잃어버린다는 상황을 통해 짐작할 수 있다.

사랑에 빠진 연인들 사이의 내면에서 벌어지는 감정의 드라마와 예술적인 글을 쓰고자 하는 작가의 내면에서 일어나는 사건의 공통점에 주목하였던 롤랑바르트는 그의 책에서 문학 행위를 '하나의 창작품으로 (특히 글쓰기로) 사랑의 감정을 표현하려는 욕망이 야기하는 속임수, 갈등, 막다른 길'[188]이라고 정의한 바 있다. 속임수, 갈등, 막다른 길이라는 단어들이 풍기는 어감에서 드러나듯 문학 행위에 대한 그의 시각은 그리 긍정적이지 않았다. 어느 정도의 유보조건을 단다면 이상이 문학을 바라보았던 시각은 롤랑바르트의 그것과 거의 유사하였다. 문학을 자신의 필생의 과업으로 삼았으면서도 이상이 문학을 바라보는 시각의 중심에는 문학의 매재인 언어 자체에 대한 깊은 불신과 회의가 자리 잡고 있었다.

글쓰기에 숭고한 사명과 실존적 의의를 부여했던 이상으로서는 위와 같은 각성은 감당하기 어려운 실망과 절망을 불러왔다. 그런데 분출구를 찾을 수 없었던 그 실망과 절망은 곧바로 공격적인 비판과 풍

---

188) 롤랑 바르트, 김희영 옮김, 『사랑의 단상』(문학과지성사, 1991), 129면.

자로 바뀌었다. 글쓰기에 대한 실망과 그에 기인한 절망감을, 글쓰기의 조건과 한계를 현장검증하고 풍자하는 패러디의 문학을 통해 달래고자 하였던 것이다. 이에 따라 이상의 많은 작품들에, 세계의 해석과 그것을 언어를 통해서 하나의 문학으로 만드는 과정에 대한 냉정한 해부, 글쓰기 자체에 대한 결렬한 풍자, 비판이 나타나게 되었다. 이들 작품을 통해 이상은 유일하고 독자적인 세계에 이르는 통로인 듯 보였던 글쓰기가 실상은 사물을 왜곡하고 변질시켜버리는 모조와 흉내의 행위에 불과하다는 쓰디�쓴 인식을 확인하였으며, 동시에 순진한 낭만주의자들을 과격하고 격렬하게 조롱하고 야유하였는데, 이후의 논의들을 통해 그러한 의식의 움직임들을 살펴보고자 한다.

> 이슬을아알지못하는다-리야하고바다를알지못하는金붕어하고가繡놓여져있다. 囚人이만들은小庭園이다. 구름은어이하여房속으로야들어오지아니하는가. 이슬은窓琉璃에닿아벌써울고있을뿐. 季節의順序도끝남이로다. 算盤알의高低는旅費와一致하지아니한다. 罪를내어버리고싶다. 罪를내어던지고싶다.
>
> 「囚人이 만들은 小庭園」189)

「囚人이 만들은 小庭園」에서 묘사되고 있는 정원과 정원을 구성하고 있는 소품들은 모두 가짜이고 위조품이다. 수놓아져 있다는 표현으로 보아 화자가 바라보고 있는 정원은 실제의 정원이 아니라 수놓아진 그림이라는 것을 알 수 있다. 당연히 그림 속의 정원에 있는 꽃, '다리야'는 이슬을 모르는 인공 꽃, 조화이고, 금붕어는 실상 바다를 모르는 인공고기이다. 이 정원은 오직 가짜와 위조품으로만 구성되어 있는 가짜 정원인 것이다. 「囚人이 만들은 小庭園」에서 묘사되고 있는

---

189) 『李箱詩全集』, 22면.

가짜 정원의 풍경을 통해 이상은 글쓰기의 한계와 모순을 반성적으로 사유하고 있었다. 화자가 바라보고 있는 정원은 사실은 언어의 감옥에 갇힌 이상 자신이 만들어낸 '작품'이라는 이름의 정원이라고 할 수 있다. 그는 자신을 감옥에 갇힌 囚人으로, 자신이 창작해낸 글을 정원으로 비유했던 것이다. 이상의 문학적 사유 속에서 글쓰기는 언제나 위조품과 가짜만을 생산해낸다. 위의 작품은 살아있는 금붕어와 구름, 이슬을 창조해 내려 했으나 오래되고 낡아 버린 언어를 매재로 해야 한다는 조건 때문에 언제나 가짜, 모조품에 불과한 것들만을 생산해냈던 자신의 글쓰기의 경험을 재현하고 있는 것이다.

글쓰기가 궁극적으로 담아내고자 하고 재현해 내고자 하는 사물은 작품이라는 인공정원 안에 들어오지 못한다. 이 작품의 정원과 그 바깥의 사물−이슬, 구름 사이에 가로 놓여 있으면서 그 둘의 교통과 합치를 방해하고 차단하는 유리창은 언어와 주관성의 작용이 만들어내는 의식의 감옥을 벗어날 수 없는 한계를 상징한다고 할 수 있다. 유리창을 넘어 그 너머를 보려는 노력, 벽을 꿰뚫고 그 배후의 존재를 담아내려는 글쓰기의 노력은 나르시스적인 한계 때문에 결코 성공할 수 없는 것이다. 모든 시인들은 언어로는 대체할 수 없는 구체적인 경험이나 경험의 대상을 경험한 그 모습 그대로 원고지 위에 담아내려고 한다. "그러나 이와 같은 시인의 욕망은 완전히 모순된 불가능한 꿈일 수밖에 없다. 왜냐하면 경험의 의식과 표현에 불가피한 언어는 그 본질상 추상이어야 하며, 따라서 그 언어가 표현하고 의미하려는 대상과 거리를 갖게 마련이다. 아무리 정확하고 적절한 언어라 하더라도 논리상 그 언어는 그가 표현하려고 하는 대상과는 일치하지 않는다. 즉 그 대상과는 다르다."190)

이렇듯 이상에게 인공과 흉내는 글쓰기의 운명이고 원죄로 이해되었다. '罪를 내어 버리고 싶다. 罪를 내어 던지고 싶다'는 진술은 그와 같은 인식이 전제되었을 때 비로소 온전히 이해될 수 있다. 이상은 글쓰기를 사물을 서투르게 흉내 내고 나아가 변질시킬 뿐인 행위라고 여겼는데, 그래서 다음과 같은 그림이 이상이 생각하였던 글쓰기의 풍경화였다고 말할 수 있다.

종이로 만든 푸른솔닢가지에 또한종이로 만든흰鶴同體한개가 서있다 쓸쓸하다
「普通記念」191)

이상의 문학적 상상력에 따르면, 종이로 만든 나뭇가지와 종이로 만든 새가 쓸쓸하게 있는 모습, 그것이 실재와 일치하지 못하고 다만 자연의 서투른 흉내와 거짓말에 그치고 마는 글쓰기의 풍경화라고 할 수 있다.

마찬가지의 문학적 상상력에 따라 '銀盤에 四肢를 뻗고서 呼吸이 凶作인 수염을 잘라도, 새들은 날아오지 않는다'(「구두」)192)거나, '살아 숨 쉬는 뻐꾸기는 날아가 버리고 원고지 위에 남아 있는 것은 木造의 뻐꾸기일 뿐'이라는 진술이 나타났다.

시계가뻐꾸기처럼뻐꾹거리길래쳐다보니木造뻐꾸기하나가와서모으로앉는다그
럼저게울었을理도없고제법울까싶지도못하고그럼아까운뻐꾸기는날아갔나
「正式」193)

190) 박이문, 『문학과 언어의 꿈』(민음사, 2003), 182면.
191) 『李箱詩全集』, 189면.
192) 『李箱문학전집3』, 303면.
193) 『李箱詩全集』, 194면.

자신이 얻는 것은 고양이가 아니라 고양이의 대리일 뿐이라고 말할 때도 역시 동일한 사유와 성찰을 전제하고 있다.

> 나는 고양이의 代理를 보지 않으면 아니된다
>
> 「무제(2)」194)

다음 작품 역시 마찬가지의 경험을 드러내고 있다.

> 每日같이烈風이불더니드디어내허리에큼직한손이와닿는다. 恍惚한指紋골짜기로내땀내가스며드자마자쏘아라. 쏘으리로다. 나는내消化器管에묵직한銃身을느끼고내다물은입에매끈매끈한銃口를느낀다. 그러더니나는銃쏘으드키눈을감으며한방銃彈대신에나는참나의입으로무엇을내어뱉았더냐.
>
> 「詩第九號」195)

여기에서는 절박하게 유일하고 독자적인 것을 말하려고 하였으나 실제로 그의 입을 통해, 말의 형태를 갖추어서 산출된 것은 자신의 본래 의도와는 전혀 다르게 변질된 것일 뿐인 경험을, 몸-총, 말-총탄의 유추관계로 변용시켜 재현하였다. 이는 어떠한 도덕적, 심리적 혹은 사회적인 태도도 언어를 통해서 드러낼 수 없다는 언어에 대한 태도를 반영한다.

이상은 실재를 얻으려고 하지만 실제로 얻어지는 것은 모두 가짜이고 모조품일 뿐이었던 자신의 글쓰기의 경험을 다양한 비유들을 동원하여 재현하고 있었다. 그런데 그렇게 되면 글 쓰는 자로서의 이상은 더 이상 자신을 순교자나 예언자로 상상할 수가 없다. 오히려

---

194) 『李箱문학전집3』, 300면.
195) 『李箱詩全集』, 39면.

비루하고 서투른 흉내꾼이거나 사기꾼, 혹은 거짓말쟁이가 그가 생각했던 시인, 작가의 진짜 신분이라고 할 수 있다. 다음 작품에 그러한 자기비판과 풍자의 한 양상이 잘 나타나 있다.

때묻은빨래조각이한뭉텅이空中으로날라떨어진다. 그것은흰비둘기의떼다. 이손바닥만한한조각하늘저편에戰爭이끝나고平和가왔다는宣傳이다. 한무더기비둘기의떼가깃에묻은때를씻는다. 이손바닥만한하늘이편에방망이로흰비둘기의떼를때려죽이는不潔한戰爭이始作된다. 空氣에숯검정이가지저분하게묻으면흰비둘기의떼는또한번이손바닥만한하늘저편으로날아간다

「詩第十二號」196)

이 시 역시 표면적으로는 지극히 사소한 사건을 재치 있게 그려낸 유희적 성격이 강한 소품으로 보인다. 얼핏 보면 이 시는 빨래하는 동작을 흰 비둘기에 묻어 있는 때를 씻어내는 행위로 치환시켜 약간의 흥미와 재미를 유발하고 있을 뿐 더 이상의 깊이 있는 해석의 여지는 없어 보인다. 그런데 그렇게만 보면 이 시는 온전히 해명되지 못한다. 그렇게 읽고 말면 작품 속에 엄연히 존재하면서 해명되지 못하는 부분이 너무 많다.

다시 꼼꼼하게 살펴보면 이 시에서 빨래하는 행위는 비둘기의 때를 벗겨내는 정도가 아니라 비둘기를 살해하는 행위로 비유되고 있다. 이 시를 단순히 빨래하는 행위를 비둘기의 때를 벗겨내는 행위와 동일시한 것으로 읽으면 빨래가 왜 '불결한 전쟁'으로 비유되며, 그 행위를 통해 비둘기가 왜 죽게 되는지 등의 질문에 답할 수 없게 된다. 실제로는 더러운 것을 씻어내는 빨래질이 왜 피를 보고 죽음을

---

196) 『李箱詩全集』, 45면

부르는 '불결한 전쟁'으로 비유되는지를 알 수 없는 것이다.

「詩第十二號」는 표면적인 이야기 이상의 무엇을 담고 있는 것으로 보인다. 무엇보다도 첫인상과는 다르게 화자가 지금 빨래하는 장면을 보고 있으며 거기에서 비둘기 떼의 죽음을 상상한다고 보기는 어렵다. 이 시는 실제로 벌어지는 빨래 행위를 이야기한 시가 아니다. 화자 앞에 펼쳐지고 있는 실제의 사건은 빨래질이 아니라 글을 쓰는 행위이다. 여기에서 글을 쓰는 행위는 더러운 빨래를 세탁하는 장면으로 변용되었다. 더러운 때를 벗겨내기 위해 행해지는 세탁 행위가 '인류가 아직 만들지 아니한 글자'를 만들어 내고, 원초적인 모습 그대로의 사물과 실재를 재현하고자 하는 글쓰기의 기도와 동일시되고 있는 것이다. 그러나 그 세탁 행위(글쓰기)는 바라던 결과를 얻지 못한다.

이 작품의 배후에서 작동하고 있는 상상력에 따르면, 글쓰기는 사물로서의 흰 비둘기를 산 채로 포획하려는 실험이고 모험이다. 그러나 현실의 글쓰기는 기껏 흰 비둘기에게 조그만 때를 묻히는 불순한 작업으로 전락해 버린다. 언어에 포획되지 않는 그 비둘기는 글쓰기 공간 밖에서 그때를 가볍게 털어버린다. 글쓰기의 궁극적 대상인 사물, 실재로서의 흰 비둘기는 언어의 포충망에 사로잡히지 않으며(쏜氣에 숯검정이가 지저분하게 묻으면 흰 비둘기의 떼는 또 한 번 이 손바닥만 한 하늘 저 편으로 날아간다), 혹은 글쓰기의 공간 안에 사로잡힌 비둘기는 모두 죽어 버린다. 글쓰기는 결국 '이 손바닥만 한 하늘 이 편에 방망이로 흰 비둘기의 떼를 때려죽이는 不潔한 戰爭'일 뿐인 것이다. 따라서 글쓰기는 불결할 뿐만 아니라 무용한 짓이다. 화자는 글쓰기가 경험의 대상인 사물을 재현하려고 하는 과정에서 그것을 온전히 그려내기는커녕 오히려 왜곡하고 변질시키며 급기야

'때려죽이는' 것은 아닌가 하고 의심하고 있는 것이다. 바로 그러한 생각이 더 나아가 글쓰기를 '비둘기 떼를 때려죽이는 불결한 전쟁'으로 비유하게까지 만들었다.

「詩第十二號」에서 이상은 글을 쓰는 행위를 향해 신랄한 야유와 조롱을 보냈다. 글쓰기는 언어로 특별한 순간의 경험, 사물을 보존하고 재현하는 긍정적인 행위인 듯하지만 사실은 사물을 왜곡하고 변질시키기까지 한다는 것이다. 마치 작중의 빨래질이 얼핏 비둘기의 때를 벗기는 긍정적인 행위인 듯 보이지만 사실은 몽둥이로 비둘기 자체를 때려죽이는 행위로 비유되는 것처럼. 문학행위는 순결한 경험에 언어의 추상성을 덧입힘으로써 생생하고 구체적인 경험의 대상을 오염시키고 살해하는 불결한 전쟁인 것이다. 그 불결한 전쟁은 '손바닥만한하늘이편', 즉 원고지 위에서 펼쳐진다.

「詩第十二號」에서 한 번 더, 그리고 훨씬 분명한 형태로 확인할 수 있는 것은 이상이 언어와 사물의 문제를 인식론적인 관점이나 논리적인 관점이 아니라 윤리적인 관점을 견지한 채 바라보았다는 점이다. 그에게 언어와 사물의 문제는 사유와 성찰의 힘으로 극복할 수 있으리라 여겨지는 앎의 문제가 아니었고, 해결할 수 없는 모순인 줄 알면서도 끝끝내 행동으로 감당해야 할 존재론적인 구조의 문제도 아니었다. 그것은 의심할 여지없이 선악의 문제였고 가치와 선택의 문제였다. 글쓰기는 사물을 왜곡하고 오염시키는 불결한 행위로 탄핵받았고 범죄행위로 인식되었다. 「囚人이 만들은 小庭園」에서 화자가 느닷없이 '罪를내어버리고싶다. 罪를내어던지고싶다'라고 말했던 이유가 여기에 있다.

「詩第十二號」에서 이상은 매우 과격하게 글쓰기를 풍자, 비판하고 있는데, 여기에서 글 쓰는 자아는 불결한 언어로 글쓰기를 행함으로써 순결한 사물을 더럽히고 죽이는, 사악한 그러나 한없이 무력한 죄인으로 나타나고 있음을 알 수 있다. 이러한 글쓰기에 대한 혐오와 풍자, 거짓말 제작자로서의 글 쓰는 자를 향한 자기비판은 이상 작품 곳곳에 나타나 있으며 이상 문학의 중요한 주제를 형성하였다.

> 男子를 搬搬하는 石頭
> 男子는 石頭를 白丁을 싫어하드키싫어한다
>
> 얼룩고양이와같은꼴을하고서太陽群의틈사구니를쏘다니는詩人
> 꼭끼요ᅳ.
> 瞬間磁器와같은太陽이다시또한個솟아올랐다
>
> 「대낮」197)

이 작품 역시 글쓰기에 대한 이상의 자의식적 반성과 비판적 풍자, 나아가 혐오감을 선명하게 드러내고 있다. 이상의 문학 의식 속에서 글쓰기는 사물을 배반하고서야 얻어지는 것이며, 글 쓰는 자는 무능력한 거짓말쟁이일 뿐이다. 글 쓰는 자가 작품 속에 담아내는 것은 실제의 태양이 아니라 '磁器와 같은 太陽'일 뿐인데, 그러한 성찰과 사유를 바탕으로 글을 쓰는 시인, 작가가 '얼룩 고양이와 같은 꼴을 하고서 太陽群의 틈사구니를 쏘다니는 이'로 격하되고 있다.198)

글쓰기를 사물, 실재와 합치하지 못한 채 가짜와 위조만을 생산해

---

197) 『李箱詩全集』, 181면.

198) 이상이 다음과 같이 말할 때 사실은 거기에는 자신은 거짓말쟁이에 불과하다는, 글 쓰는 자로서의 자의식적 반성이 낳은 자괴감이 숨어있는 것으로 보인다.

'不肖 李箱은 말끝마다 참 참 소리가 많아 늘 듣는 이들의 웃음을 사는데 제 딴은 참 소리야말로 참 아름다운 話術인줄 믿고 그리는 것이어늘 웃는 것은 참 이상한 일입니다(「아름다운 조선말」, 『李箱문학전집3』, 356면).'

내는 작업일 뿐이라고 생각하였던 이상은 그 가짜됨의 현장을 끊임없이 검증하는 동시에 그렇듯 가짜와 위조에 불과한 글을 생산하는 자신을 자기비판하고 풍자하였던 것인데, 이상의 글쓰기는 그런 의미에서 글쓰기가 아니라 反글쓰기였으며, 이상 문학의 주제는 진정한 글쓰기의 불가능성이었다고 말할 수 있다.

4) 글쓰기, 매춘과 불륜

그런데 위에서 살펴본 글쓰기와 관련된 이상의 반성적 사유와 그에 따른 경험들을 집약적으로 담고 있는 것이 그의 작품 속에 나타나는 이상 자신과 여자들과의 관계맺음의 양상들이다. 그러므로 그 관계맺음의 양상들을 살펴봄으로써, 글쓰기에 대한 이상의 자의식적 반성이 어떤 방향으로 그를 이끌었으며, 글쓰기에 대한 풍자와 비판이 어떤 양상으로 전개되었는지를 좀 더 분명하게 확인할 수 있을 것이다. 이상은 글쓰기의 근원적 욕망이라고 할 수 있는 사물과의 일치에의 욕망을 여인과의 완전한 사랑, 융합으로 상상하였다. 이상에게는 여자와의 관계맺기가 글쓰기로 치환된 삶의 풍경화와 동일한 것이었다. 그러한 문학적 상상력에 따라 그는 여자를 언어로 상상하였다('그 여인의 이름은 워어즈였다' - 「AU MAGASIN DE NOUVEAUTES」).[199] 따라서 순결한 여자를 찾는다는 것은 사물과 실재를 완벽하게 재현할 수 있는 순결한 언어, 투명한 언어를 찾는 일과 동일한 행위로 상상되었다. 그 때문에 작품 속에서 그는 끊임없이 여자의 정조를 찾았

---

199) 『李箱詩全集』, 167면.

다('나의 神經은 娼女보다도 더욱 貞淑한 處女를 願하고 있었다'—「수염」).[200] 순결한 여자에 대한 강박관념은 사물을 훼손하지 않는 언어의 추구로, 여인과의 완벽하고 순결한 성적 합일은 언어와 사물의 완벽한 합일이라는 유추로 이어졌다. 완벽주의자였던 이상은 그 정조와 순결을 극단까지 추구하고자 하였다.[201] 따라서 다음 구절에 나타난 어떤 인물의 모습은 바로 고유하고 독창적인 글을 만들어내기 위하여 치열하게 글을 쓰는 이상 자신의 모습이었다고 할 수 있다.

> ─日分 票를 가진 사나이가 하나 貞操의 건널목을 바람을 헤치듯 가로질러
> 간다.
>
> 「不幸한 繼承」[202]

그런데 이상의 문학적 사유 속에서 그러한 의미의 순결한 글쓰기란 원천적으로 불가능하다. 글쓰기의 공간은 그가 절실하게 탐색하고 있는 절대적인 사랑이 아니라 매춘만이 있는 공간이기 때문이다. 그래서 이상의 작품에 등장하는 여자들은 한결같이 모두 정조가 없는 매춘부의 모습으로 그려진다. 순결한 여자는 죽어버리거나 아니면 현실 속에서는 퇴색한 순백색으로만 존재하는 것이다.

---

200) 『李箱詩全集』, 107면.

201) 맥락은 다르지만 다음과 같이 말했을 때, 김기림은 이상 문학의 중요한 한 측면을 정확하게 짚었던 것으로 보인다.

李箱을 가리켜 혹은 惡德의 시인, 「데카당」의 작가라 한다. 그가 그리는 세계가 주로 「데카당」적 생활면이요, 또 등장시키는 인물이 주로 女給이라든지 거기 붙어사는 생활력 없는 「거미」 같은 사람이라 해서 하는 소리일 게다. 그러나 그것은 언뜻 보아 눈에 뜨이는 표면이고 하나하나의 작품이 지니고 있는 「모랄」의 핵심은 차라리 추한 현실과 「데카당」의 진흙탕을 넘어 愛情과 人間性의 절대의 경지를 추구해마지 않는 어찌 보면 淸敎徒인인 면에 있는 듯하다. 그 작품에 가끔 매우 친절한 側光을 던저주는 그의 隨筆등 속에서 우리는 그의 참말 의도를 잘 엿볼 수 있는 것이다(김기림, 「李箱의 文學의 한모」, 『김기림 전집3』, 심설당, 1988, 181–182면).

202) 『李箱문학전집2』, 221면.

여자는참으로맑은물과같이떠돌고있었는데참으로고요하고매끄러운表面
은조악돌을삼켰는지아니심켰는지항상소용돌이를갖는退色한純白色이다
「狂女의 告白」203)

그의 작품들은 모두 순결한 여자는 없다는, 혹은 순수하고 거짓이
없는 완벽한 성적 결합이란 불가능하다는 쓰디쓴 사실을 확인하는
내용으로 일관하게 되었다.

내두루마기깃에달린貞操뺏지를내어보였더니들어가도좋다고그런다. 들어가도
좋다던女人이바로제게좀鮮明한貞操가있으니어때떠넌다나더러러世上에서얼마짜리貨
幣노릇을하는세음이냐는뜻이다. 나는일부러다홍헝겊을흔들었더니窈窕하다던貞
操가성을낸다. 그리고는 七面鳥처럼찔찔맨다.

「白晝」204)

화자는 순결한 여자와의 거짓 없는 성적 합일을 기대하며, '내 두
루마기 깃에 달린 貞操 뺏지를 내어 보이며' 어떤 집에 들어간다. 그
집의 입구에서 화자는 한 여자를 만난다. 그러나 처음에는 '窈窕'해
보이던 그 여자는 결국 정조가 없는, 닳고 닳은 매춘부에 불과하다는
사실이 확인되고 만다(窈窕하다던 貞操가 성을 낸다. 그리고는 七面鳥
처럼 찔찔맨다). 이 작품에서 이상은 매춘이 이루어지는 공간에 들어
서는 어떤 사람을 화자로 내세워 사실은 글쓰기의 행위를 비판적으
로 풍자하고 있었다. 이상에게 글쓰기의 공간은 매춘의 현장으로 상
상되었던 것이다. 「白晝」는 결국 모든 언어는 매춘부이며, 순결한 글
쓰기란 없다는 사실을 확인하는 작품이다.

---

203) 『李箱詩全集』, 135면.
204) 『李箱詩全集』, 82면.

마찬가지로 이상은 완벽한 연애나 사랑의 결합이란 불가능하다고 생각하였다. 순결한 여자가 없기 때문이다. 이상의 대부분의 소설들이 이야기하고 있는 것은, 두 마음을 가진 여자를 원망하는 화자가 등장하여 그 여자에게 속지 않기 위해 지적 유희를 즐긴다는 구조를 가지고 있다. 다시 말해 '女子 하나를 사이에 두고 男子가 사랑하는 경우'(「EPIGRAM」)205)를 상정하여 이상 자신의 분신임에 틀림없는 등장인물이 그 여자에게 배신당하는 이야기를 그리고 있는데, 그러한 이야기를 통해 글쓰기에 대한 자의식적 반성과 글쓰기에 대한 비판적 풍자를 행하고 있었다. 순결한 사랑이 원천적으로 불가능한 상황을 제시하는 방법을 통해 순결한 사물과 실재가 존재할 수 없는 글쓰기의 한계와 조건을 성찰하고 풍자하였던 것이다.

> 나는 일찍이 어리석었더니라. 모르고 姸이와 죽기를 約束했더니라. 죽도록 사랑했건만 面會가 끝난 뒤 大略 二十分이나 三十分만 지나면 姸이는 내가 「설마」 하고만 여기던 S의 품안에 있었다.
>
> 「失花」206)

> 어떤 點을 붙잡아 한 女人을 믿어야 옳을 것인가. 나는 대체 종잡을 수가 없어졌다. 하나같이 내 눈에 비치는 女人이라는 것이 그저 끝없이 輕佻浮薄한 음란한 妖物에 지나지 않는 것이 없다. 生物의 이렇다는 意義를 훌떡 잃어버린 나는 「奄臣」이나 무엇이 다르랴. 산다는 것은 내게 따는 必要 以上의 「揶揄」에 지나지 않는다. 그것은 무슨 한 女人에게 背叛당하였다는 고만 理由로 해서 그렇다는 것이 아니라 事物의 어떤 「포인트」로 이 믿음이라는 力學의 支點을 삼아야겠냐는 것이 숳혀 캄캄하여졌다는 것이다.
>
> 「恐怖의 記錄」207)

---

205) 『李箱문학전집3』, 179면.
206) 『李箱문학전집2』, 358면.
207) 『李箱문학전집2』, 198면.

이상의 작품에 등장하는 여인들은 한결같이 순결하지 못한 모습으로 나타난다. 그의 '눈에 비치는 女人'은 '그저 끝없이 輕兆浮薄한 음란한 妖物'에 지나지 않는다. 그런데 '한 女人에게 背叛당하였다는 고만 理由로 해서 그렇다는 것이 아니라' 만나는 여자들이 모두 '그저 끝없이 輕兆浮薄한 음란한 妖物'에 지나지 않는다는 사실이 이상을 죽음보다 더한 절망에 빠뜨리게 만든다(事物의 어떤 「포인트」로 이 믿음이라는 力學의 支點을 삼아야겠냐는 것이 全혀 캄캄하여졌다는 것이다). 왜 그런 것일까? 이상이 순결한 여인과 투명한 언어를 동일한 시선으로 바라보았고, 그가 '애정과 인간성의 절대적인 경지', 그 어떤 것에 의해서도 제한받거나 훼손되지 않은 순결한 언어의 정조를 추구하였으며, 그러한 탐구에 자신의 삶의 모든 것을 걸고 있었기 때문이다. 따라서 이상의 경우 여인의 순결에 대한 믿음의 상실은 곧 글쓰기를 통한 새로운 자아의 창작가능성에 대한 믿음과 근거 자체가 붕괴한다는 사건과 등가의 관계를 갖는다. 언어로 이해된 여자에게 애초부터 순결과 정조가 없다면 글쓰기를 통해 새로운 삶의 방식을 모색하려 했던 이상이 삶을 지속할 근거 자체가 없어지는 것이다.

한편 이상은 글쓰기의 조건과 한계에 대한 성찰과 반성을 거짓과 허위에 의해 영위되는 결혼생활이라는 비유를 통해 드러내기도 하였다.

> 안해는 아침이면 外出한다 그날에 該當한 한 男子를 속이려 가는 것이다 順序야 바뀌어도 하루에한男子以上은 待遇하지않는다고 안해는말한다 오늘이야말로 정말 돌아오지않으려나보다하고 내가 完全히 絶望하고 나면 化粧은있고 人相은없는얼굴로 안해는 形容처럼簡單히 돌아온다 나는 물어보면 안해는 모두率直히 이야기한다 나는 안해의日記에 萬一 안해가나를 속이려들었을때 함직한速記를 男便된 資格밖에서 敏捷하게 代書한다.
>
> 「紙碑」208)

이 작품의 표면적 의미는 단순하다. 거짓과 허위로 가득 찬 결혼생활이 묘사되고 있는데 그 책임은 항상 화자를 속이려고만 드는 아내에게 있는 것으로 되어 있다. 아내는 이상 자신의 분신임이 분명한 화자와의 진정한 사랑을 거부하고 화자를 속이려고만 드는 매춘부와 같은 존재이다. '化粧은 있고 人象은 없는' 그 아내는 화자에게 항상 거짓말을 하고 속임수를 씀으로써 진정한 결혼생활을 불가능하게 만드는 것이다.

흔하디 흔한 결혼생활의 한 단면을 무심하게 진술하고 있는 듯한 「紙碑」는 사실은 글쓰기의 조건과 한계에 대한 반성적 성찰을 담고 있다. 이상은 사물과 실재를 왜곡하거나 변질시키지 않는 언어를 찾아가는 진정한 의미의 글쓰기의 도정을 충만한 사랑에 의해 영위되는 여인과의 결혼생활로 유추하였던 것인데, 이때 아내는 직접적으로 언어를 상징한다. 그런데 그 아내, 언어는 화자에게 진실을 드러내 주지 않고, 사물과 실재를 왜곡하고 변질시켜 버린 껍데기, 거짓말만을 제공한다(나는 안해의 日記에 萬一 안해가 나를 속이려 들었을 때 함직한 速記를 男便된 資格 밖에서 敏捷하게 代書한다). 결국 이 작품에서 이상은 자신의 글은 그와 사물 중간에 끼어서 사물과의 교통, 합일을 방해하고 왜곡하는 언어(아내) 때문에 언제나 거짓말만을 기록한 日記가 되어 버리곤 했던 경험을 재현하고 있다. 다음 작품 역시 동일한 상상력에 의지하여 만들어진 작품이다.

　　先行하는 奔忙을 싣고 電車의 앞 窓은
　　내 透思를 막는데

---

208) 『李箱詩全集』, 198면.

出奔한 안해의 歸家를 알리는 [페리오드]의 大團圓이었다.

너는 어찌하여 네 素行을 地圖에 없는 地理에 두고 花瓣 떨어진 줄거리 모양
으로 香料와 暗號만을 携帶하고 돌아왔음이냐.

時計를 보면 아무리 하여도 一致하는 時日을 誘引할 수 없고
내것 아닌 指紋이 그득한 네 肉體가 무슨 條文을 내게 求刑하겠느냐.

그러나 이곳에 出口와 入口가 늘 開放된 네 私私로운 休憩室이 있으니 내가
奔忙中에라도 네 거짓말을 적은 片紙를 [데스크]위에 놓아라.

「無題」209)

작품 「紙碑」에서 '化粧은 있고 人象은 없는' 아내로 표상되었던 언
어는 여기에서는 본래의 '素行을 地圖에 없는 地理에' 둔 채 다만 '거
짓말을 적은 편지'만을 화자에게 전달하는 '出奔한 안해'로 모습을 바
꾸어 표상되고 있다. 낡아버린 기존의 의미체계로서의 언어는 실재와
사물을 내버려둔 채, 다만 그것들을 왜곡하고 변질시켜 버린 언어 조
직체만을 산출한다는 것이 작가가 은밀하게 숨겨놓은 본래의 의미라
고 할 수 있다. 그는 언제나 언어의 직접적인 상징인 아내에게서 불
결한 지문만을 촉지하였다('왕복엽서 ― 없어진 ¥ ― 눈을 감고 아내의
살에서 허다한 指紋 내음새를 맡았다' ― 「지주회시」).210) 이러한 사태
가 글쓰기를 통해 유일하고 독창적인 글을 쓰려고 하였던 이상을 절
망게 하였던 것이다.

그와 같은 경험에 따라 이상은 글 쓰는 자로서의 자기 자신을 다음
과 같이 풍자하고 야유하게 되었다.

209) 『李箱詩全集』, 213면.
210) 『李箱문학진집2』, 304면.

망신-아니 나는 대체 지금 무슨 「역할」을 하고 있는 것이냐 순간 나 자신이 한없이 미워졌다. 얼마든지 나 자신에 매질하고 싶었고 침뱉으며 조소하여 주고 싶었다.

나는 커다란 목소리로

자네는 미친 놈인가? 그럼 천친가? 그럼 극악무도한 사기한인가? 부처님 허리토막인가?

이렇게 부르짖는 외에 나는 내 맵시를 수습하는 도리가 없지 않은가. 울음이 곧 터질 것 같았다. 지난밤에 풀린 아랫도리가 덜덜 떨려 들어왔다.

「幻視記」[211]

「十二月 十二日」에서는 세상의 모멸과 몰이해를 무릅쓰면서도 새로운 진리의 복음을 전파하는 숭고한 사명의 담지자요, 거룩한 순교자로 나타났던 글 쓰는 자아가 여기에서는 배신당한 불쌍한 애인, 바람난 아내를 둔 오쟁이진 남편으로 격하되고 있다. 그 변화 앞에서 느끼는 당혹감이 '망신-아니 나는 대체 지금 무슨 「역할」을 하고 있는 것이냐 순간 나 자신이 한없이 미워졌다'는 진술 속에 담겨 있으며, 인용문은 그러한 변화 후의 심경을 직접적으로 토로하고 있다. 그러한 변화는 사실은 언어-정조 없는 여자 혹은 거짓말만을 하는 아내, 글쓰기-불순한 연애 혹은 거짓과 허위에 의해 영위되는 결혼생활의 유추가 성립하는 순간에 이미 예견된 것이었다고 할 수 있다.

지금까지 여인 혹은 아내가 등장하는 작품에 나타나는, 글쓰기에 대한 자의식적 반성과 사유를 검토해 보았다. 이를 통해 이상이 불결한 매춘이나 배신당한 연애, 혹은 허위와 속임수에 의해 유지되는 결혼생활 등의 비유들을 통해 글쓰기의 조건과 한계에 대한 사색과 반성들을 전개하였다는 것을 확인할 수 있었다. 결국 이상은 진정한 글

---

211) 『李箱문학전집2』, 293면.

쓰기란 불가능하다는 사실을 바로 글쓰기를 통해서 이야기하고 있었던 것이다. 그러한 상황을 이상은 다음과 같이 그의 작품에서 언어 바깥의 사물, 실재의 대명사로 나타나는 天使의 실종과 사망이라는 사건으로 변용시켜 표현하기도 하였다.

> 天使는ㅡ어디를 가도 天使는 없다. 天使들은 다 結婚해 버렸기 때문이다.
>
> 「失花」212)

> 천사는신발을떨어뜨리고도망한다
> 천사는한끼번에열개이상의덫을내어던진다
>
> 「興行物天使」213)

이상은 빈번하게 언어의 바깥, '地圖 없는 地理'에 위치한 사물과 실재를 天使로 표상하였는데, 그 천사는 절대로 글쓰기의 공간 안에 포획되지 않는다. 혹은 포획되면 본래의 모습을 잃어버린다. 물론 그러한 진술에는 진정한 글쓰기가 불가능하다는 사실을 확인하는 이상의 절망적 인식이 담겨 있다. 똑같은 경험을 재현하고 있는 다음 작품에서는 언어 바깥의 사물, 天使가 아내로 모습을 바꾸어 등장하였다.

> 내頭痛위에新婦의장갑이定礎되면서내려앉는다.싸늘한무게때문에내頭痛이비켜설氣力도없다.나는견디면서女王蜂처럼受動的인맵시를꾸며보인다.나는己往이주춧돌밑에서平生이怨恨이거니와新婦의生涯를沈蝕하는내陰森한손찌거미를불개아미와함께잊어버리지는않는다.그래서新婦는그날그날까무러치거나雄蜂처럼죽고죽고한다. 頭痛은永遠히비켜서는수가없다.
>
> 「生涯」214)

---

212) 『李箱文學全集2』, 360면.
213) 『李箱詩全集』, 143면.
214) 『李箱詩全集』, 89면.

이 작품은 화자의 생애가 한 新婦를 만남으로써 원한스럽게 진행되고 있다는 정황을 배경으로 삼고 있다. 화자에게 新婦와의 만남은 고통스러운 경험이다. 그 고통이 두통으로 변용되어 있다. 신부의 존재는 화자에게 두통을 일으키는데, 그 두통의 원인은 신부를 순결한 상태로 보호하고 지켜내지 못한다는 데에 기인한다. '내 陰森한 손찌거미'가 닿으면 新婦는 그날그날 까무러치거나 雄蜂처럼 죽고 죽고' 하기 때문이다. 얼핏 환상적인 소설에나 나올 법한 엽기적인 한 장면을 묘사하고 있는 이 작품은, 사실은 언어에 포획되어 글쓰기의 공간 안에 들어오는 순간 사물은 변질되거나 죽어버리는 글쓰기의 경험을 재현하고 있다. 그러한 상황이 언어 바깥의 절대적인 사물을 찾아가는 이상에게 감당할 수 없는 고뇌와 고통을 불러일으킨다. 다음 작품에서는 사물, 실재로서의 천사가 아내로, 다시 그 아내가 새로 비유되어 나타났다.

안해는 정말 鳥類였던가보다 안해가 그렇게 瘦瘠하고 거벼워졌는데도 날으지못한것은 그손까락에 낑기웠던 반지때문이다 午後에는 늘 紗을바를때 壁한겹걸러서 나는 鳥籠을 느낀다 얼마안가서 없어질때까지 그 파르스레한주둥이로 한번도 쌀알을 쪼으려들지않았다 또 가끔 미닫이를열고 蒼空을 쳐다보면서도 고운 목소리로 지저귀려들지않았다 안해는 날을줄과 죽을줄이나 알았지 地上에 발자국을 남기지않았다 秘密한발을 늘버선신고 남에게 안보이다가 어느날 정말 안해는 없어졌다 그제야 처음房안에 鳥糞내음새가 풍기고 날개퍼덕이던 傷處가 도배위에 은근하다 헤뜨러진 깃부시러기를 쓸어모으면서 나는 世上에도 이상스러운것을 얻었다 散彈 아아안해는 鳥類이면서 엄체 닭과같은쇠를 삼켰더라 그리고 주저앉았었더라 散彈은 녹슬었고 솜털내음새도나고 千斤무게더라 아아

「紙碑」215)

215) 『李箱詩全集』, 198면.

이 작품에서 그려지는 이야기는 「生涯」에 재현되었던 상황과 차이가 거의 없다. 여기에서는 鳥類로 변용되어 나타나는 '안해'가 언어 바깥의 사물을 상징한다. 그런데 그 '안해'는 화자의 방안, 鳥籠과도 같은 글쓰기의 공간 안에서는 본래의 모습을 잃어버린 채, '그렇게 瘦瘠하고 거벼워졌는데도 날으지 못한'다. 또 '그 파르스레한 주둥이로 한 번도 쌀알을 쪼으려 들지 않다 또 가끔 미닫이를 열고 蒼空을 처다보면서도 고운 목소리로 지저귀려 들지 않는다.' 결국 그 '안해는 날을 줄과 죽을 줄이나 알았지 地上에 발자국을 남기지 않는' 것이다. 이런 모든 사건은 글쓰기의 궁극적 대상인 사물은 언어에 포획되지 않고 언어 바깥에 존재하거나 아니면, 글쓰기의 공간 안에 들어오는 순간 죽어 버리는 글쓰기 경험의 알레고리이다. 사물과 실재의 본 모습은 일상적 의식과 지각의 시야에 들어오지 않는다(秘密한발을 늘버선신고 남에게 안보이다가 어느날 정말 안해는 없어졌다). 결국 조류로 변용된 '안해'는 상처를 입은 채 인식과 지각의 울타리 바깥으로 사라져 버리고 글쓰기의 공간 안에 남는 것은 그 '안해'가 남긴 鳥糞일 뿐이라는 것이 이 작품을 통해 이상이 재현하고자 하였던 의식의 경험이다.

거의 동일한 작중 상황과 상상력을 배경으로 삼아, 글쓰기는 단지 언어 바깥의 사물을 훼손하고 살해하는 행위일 뿐이라는 주제를 드러내고 있는 작품들을 살펴보았는데, 사실 이상 작품의 대부분이 이렇듯 동일한 주제를 단지 약간씩의 변화만을 주면서 변주하고 있었다고 보아도 무방할 듯하다. 이상은 글쓰기를 통해 새로운 삶의 방식을 모색하고 고유하고 독자적인 의미를 생산하려 했던 자신의 기도가 처음부터 불가능했다는 것을 누구보다도 잘 알고 있었다. 어떻게 보면 글쓰기의 가능성에 대한 그러한 회의와 절망적 자각이 그에게 찾아든 순간 이상의 글쓰기는 이미 소모적인 자기비판과 자기풍자의 길에 접어들었다고 말할 수 있다. 이상의 작품들이 동일한 주제의 사소한 변주들로 이루어졌던 것은 바로 그러한 사정에 말미암은 것이었다. 그러나 그렇다고 해서 그러한 작업들이 불필요하거나 무용하기만 했던 것으로 보이지는 않는다. 글쓰기 자체에 대한 풍자와 비판을 담고 있는 작품들을 지치지 않고 써 냄으로써, 글쓰기의 조건과 한계에 대한 반성과 성찰을 날카롭게 다듬을 수 있었던 것으로 보이기 때문이다.

5) 자가용복음의 종말

이상의 논의를 통해 글쓰기에 대한 이상의 절망과 회의가 어떠한 양상으로 전개되었는지를 살펴보았다. 이를 통해 알 수 있는 것은, 글쓰기의 조건과 한계에 대하여 누구보다도 예민하고 철저하게 반성하는 과정을 통해 결국 이상은 자신이 그토록 거대한 의미를 부여하였던 글쓰기가 애초부터 이룰 수 없는 욕망에 사로잡힌 어리석은 자기기만의 행위일 뿐이라는 인식을 날카롭게 다듬고 강화시켰다는 점이다. 이제 그 모든 과정들을 거친 이후 이상에게 있어서 글쓰기는 갖는 의미가 어떻게 변하였는지를 선명한 형태로 보여주는 작품들을 살펴봄으로써 이상의 논의를 정리하고자 한다.

> 房門을 닫고 죽은 팽틀을 아깝듯이 네 뚫린 쪽을 후후 불어본다. 소리나거라.
> 바람이 불거라. 恰似하거라. 故鄕이거라. 죽고싶은 사랑이거라. 每저녁의 꿈이거

라. 丹心이거라. 그러나 너의 곁에는 化粧있고 너의 안에도 리소―르가 있고 있
고 나면 都會의 雪景같이 지저분한 指紋이 쩔쩔 亂舞할 뿐이다. 겹겹이 中門일
뿐이다. 다시 房門을 열까. 아슬까. 망설이지 말까. 어림없이 말까. 어디를 건드
려야 너는 열리느냐 어디가 열려야 네 어저께가 보이느냐.

　馬糞紙로 만든 臨時 네 세간―銀箔으로 빚어놓은 瘦瘠한 鶴두루미. 그럼 天
氣가 없구나. 그렇다고 뒤통수도 없구나. 너는 아마 네 길을 실없이 걷나보다.

「最低樂園」216)

　　인용문에서 이상은 글쓰기의 공간을 '最低樂園'으로 표상하고 있다.
글을 쓴다는 행위에 절대적인 가치와 의의를 부여하였던 이상이 글
쓰기에 걸었던 온갖 기대와 희망의 세목들이 위 인용문의 서두에 명
령형의 어법으로 제시되어 있다. '소리 나거라. 바람이 불거라. 恰似하
거라. 故鄕이거라. 죽고 싶은 사랑이거라. 每저녁의 꿈이거라. 丹心이
거라'가 바로 그것들이다. 그것들은 모두 글 쓰는 자아로서의 이상이
글쓰기를 통해 성취하고자 했던 욕망의 구체적인 내용들이다. 그 세
목들은 결국은 기존의 낡아버린 의미체계로부터 해방된 순결한 언어
조직체의 생산, '인류가 아직 만들지 아니한 글자'를 만들기, 언어 바
깥의 사물과 실재를 왜곡하지 않고 재현해 내기라는 요구의 다른 이
름들이다. 한마디로 이상은 글쓰기를 통해 인공낙원을 건설하고자 했
던 것이다. 그러나 앞의 논의들에서 확인하였듯이 엄청난 熱度의 정
열과 애정을 갖고 글쓰기에 부과하였던 그러한 요구들은 글쓰기 자
체에 내재한 조건과 한계 때문에 처음부터 불가능한 것이었다.

　이상은 자신이 끈질기게 추궁하였던 글쓰기의 조건과 한계들에 대
한 성찰을 '그러나 너의 곁에는 化粧있고 너의 안에도 리소―르가 있
고 있고 나면 都會의 雪景같이 지저분한 指紋이 쩔쩔 亂舞할 뿐이다.

216) 『李箱문학전집3』, 187면.

겹겹이 中門일 뿐이다'라고 정리함으로써 글쓰기에 대한 회의를 숨김 없이 드러내고 있다. 그는 글쓰기의 공간에는 오래되고 낡아버린 기존의 의미체계만이 난무할 뿐이어서 그 안에서 유일하고 독자적인 의미체계를 구축한다는 것은 불가능하다고 생각했던 것이다. 그의 문학적 사유에 따르면 글쓰기는 실재와 사물의 서투른 모방, 흉내, 변질, 왜곡에 불과한 것이었다. 글쓰기의 공간이 '天氣'로 표상된 사물은 실종된 채, '馬糞紙로 만든 臨時 네 세간─銀箔으로 빚어놓은 瘦瘠한 鶴두루미' 등의 가짜와 위조의 세간들이 자리하고 있을 뿐인 '最低樂園'으로 표상될 수 있는 것은 이 때문이다. 글쓰기를 통해 '人工樂園'을 건설하고자 했던 이상은 동시에 처음부터 그 글쓰기의 공간이 '最低樂園'일 뿐이라는 사실을 분명하게 인식하고 있었던 것이다. 이상은 나아가 글쓰기의 공간을 분명하게 '失樂園'으로 규정하기도 하였다.

> 天使는 아무 데도 없다. '파라다이스'는 빈터다. 나는 때때로 二三人의 天使를 만나는 수가 있다. 제 各各 다 쉽사리 내게 '키쓰'하여 준다. 그러나 忽然히 그 당장에서 죽어 버린다. 마치 雄蜂처럼 ─ 천사는 천사끼리 싸움을 하였다는 소문도 있다. 나는 B군에게 내 향유하고 있는 천사의 시체를 처분하여 버릴 취지를 이야기할 작정이다. 여러 사람을 웃길 수도 있을 것이다. 사실 S군 같은 사람은 깔깔 웃을 것이다. 그것은 S군은 오척이나 넘는 훌륭한 천사의 시체를 십년 동안이나 충실하게 보관하여 온 경험이 있는 사람이니까─天使를 다시 불러서 돌아오게 하는 應援旗같은 旗는 없을까. 천사는 왜 그렇게 지옥을 좋아하는지 모르겠다. 지옥의 매력이 천사에게도 차차 알려진 것도 같다. 天使의 키쓰에 色色이 毒이 들어 있다. '키쓰'를 당한 사람은 꼭 무슨 病이든지 앓다가 그만 죽어버리는 것이 例事다.
>
> 「失樂園」217)

---

217) 『李箱문학전집3』, 191면.

이상은 아무런 망설임도 없이 '천사'는 없으며 '파라다이스'는 비어 있다고 단언하였다. 천사의 존재는 이상에게 있어서는 글쓰기의 궁극적 대상인 사물, '인류가 아직 만들지 아니한 글자', '아름다운 시'를 의미하였다. 그 천사를 만나기 위해 이상은 글쓰기의 낙원을 찾았던 것인데, 그러나 글쓰기의 공간에는 처음부터 천사가 없었다. 이상의 문학적 상상력에 따르면 천사로 표상된 사물은 글쓰기의 공간 안으로 들어오는 순간 변질되거나 죽어 버리기 때문이다(나는 때때로 二三人의 天使를 만나는 수가 있다. 제各各 다 쉽사리 내게 '키쓰' 하여 준다. 그러나 忽然히 그 당장에서 죽어 버린다). 따라서 글쓰기의 공간은 언제나 사물의 시체만이 뒹구는 '失樂園'이라고 할 수 있다.

이상은 자아의 진정성의 필요성과 그 불가능성을 광기로까지 체험하였던 작가이다. 그러나 이상이 자아의 진정성에 대한 희망을 가질 수 있는 유일한 공간인 글쓰기의 공간은 불행하게도 타자들이 공존하는, 고유하고 독창적인 실존만이 거주할 수는 없는 곳이다. 이러한 경험과 인식을 통해 결국 이상이 확인한 것은 글쓰기 자체의 조건과 한계 때문에, 자신의 욕망과 바람은 애초부터 성취 불가능한 꿈일 뿐이라는 쓰디쓴 자각이었다.

> 나는 내 좀 축축한 이불 속에서 참 여러 가지 발명도 하였고 논문도 많이 썼다. 시도 많이 지었다. 그러나 그것들은 내가 잠이 드는 것과 동시에 내 방에 담겨서 철철 넘치는 그 흐늑흐늑한 공기에 다−비누처럼 풀어져서 온 데 간 데가 없고 한잠 자고 깨인 나는 속이 무명 형겊이나 메밀껍질로 띵띵 찬 한 덩어리 베개와도 같은 한벌 神經이었을 뿐이고 뿐이고 하였다.
>
> 「날개」218)

---

218) 『李箱문학전집2』, 323–324면.

여기에서 이상은 자신이 삶의 모든 것을 걸고 추구하였던 글쓰기에 대한 회의와 그에 따른 절망감을 어떤 수사적 장식도 배제한 채정직하게 드러내고 있다. 그가 그토록 큰 정열과 욕망을 안고 발명하고 쓰고 지었던 논문, 시들은 모두 '방에 담겨서 철철 넘치는 그 흐늑흐늑한 공기에 다―비누처럼 풀어져서 온데간데없'어져 버렸다는 것이다. 나아가 이상은 글쓰기에 걸었던 자신의 희망과 야심이 말소되는 것을 명료하게 목격한다.

> 나는 불현듯이 겨드랑이 가렵다. 아하, 그것은 내 인공의 날개가 돋았던 자국이다. 오늘은 없는 이 날개, 머릿속에서는 희망과 야심의 말소된 페이지가 딕셔너리 넘어가듯 번뜩였다.
>
> 「날개」219)

인용문은 소설 「날개」의 마지막 장면인데, 이 장면에서 이상은 자신이 광기에 이를 정도로 추구하였던 글쓰기의 욕망이 소멸되고 말았음을 스스로 확인하고 있다. 글쓰기의 욕망이 '인공의 날개'로 표상되고 있는데, 그 날개가 지금의 이상에게는 없는 것이다.

> 自家用福音
> 或은 엘리엘리 라마싸박다니
>
> 「内科」220)

위 지문은 이상이 글쓰기에 걸었던 야심의 처음과 끝을 보여준다. 그에게 글쓰기는 고유하고 독자적인 자아의 창세기를 기록하는 자아

---

219) 『李箱문학전집2』, 344면.
220) 『李箱詩全集』, 225면.

의 복음, '自家用 福音'이었다. 한편 '엘리엘리 싸박다니'는 앞의 말에 대한 전복으로서 '자가용 복음'으로서의 글쓰기에 대한 회의와 절망을 암시한다. 이상에게 글쓰기는 '自家用福音'으로서 추구되었으나, 결국 '엘리엘리 라마싸박다니', '주여 주여 왜 나를 버리시나이까'라는 절망의 말로 종결되었다. 글쓰기는 새로운 복음도 자아의 창세기도 되지 못하였던 것이다.

보듯 글쓰기에의 순교자적인 집착은 글쓰기의 허구성에 대한 자각을 거쳐 글쓰기의 덧없음에 대한 무력감으로 종결되었다. 이러한 과정에는 진리의 불확정성에 대한 인식과 글쓰기의 근본적 조건, 한계에 대한 인식이 기반을 이루고 있었다. 이상은 유일한 신의 목소리는 침묵이기에 그러한 침묵을 어떠한 의미로 확정 짓는 것은 나르시스처럼 자신의 주관성을 투사하여 세계를 왜곡하는 일에 불과하다고 생각하였다. 또한 그의 생각에 의하면, 자아의 주관성은 애초부터 언어적 관습과 전통의 울타리 안에 갇혀 있다. 결국 이상은 글쓰기에서조차 자신을 둘러싼 허구의 세계를 벗어나지 못함으로써 자신의 글은 결국 표절에 불과하다는 인식을 갖고 있었던 것이다. 이상은 자신의 글쓰기에 대해서 도둑질과 구걸이었다고 가혹하게 자기비판하였는데('언제나 도둑질할 것만을 계획하고 있었다. 그렇지도 아니었다고 한다면 적어도 구걸이기는 하였다'-「수염」),[221] 그러나 그 도둑질과 구걸을 통해서도 사물과 실재의 한 조각마저 훔쳐내지 못하였다는 것이 글 쓰는 자로서의 자기인식이었다.

---

221) 『李箱詩全集』, 107면.

> 暴風이 눈앞에 온 경우에도 얼굴빛이 변해지지 않는 그런 얼굴이야말로 人間
> 苦의 根源이리라. 실로 나는 森林 속을 진종일 헤매고 끝끝내 한 나무의 印象을
> 훔쳐오지 못한 幻覺의 人이다. 無數한 表情의 말뚝이 共同墓地처럼 내게는 똑
> 같아 보이기만 하니 멀리 이 奔走한 焦燥를 어떻게 점잔을 빼어서 求하느냐.
>
> 「童孩」222)

　여기에서 이상은 자신이 모든 희망을 걸고 빠져들었던 글쓰기의
여정을 결산하는 보고서를 작성하였다고 할 수 있는데, 자신의 모습
을 '幻覺의 人'이라는 한마디로 요약하고 있다. 그의 생각에 따르면
절대적으로 새로운 무엇을 창작하고 만들어내야 하는 글쓰기는 사실
은 기존의 의미체계라는 원금을 빌려서 이자를 부풀리는 고리대금업
에 불과하며, 기존의 의미체계로 그 의미 바깥의 실재하는 사물을 도
둑질하고 구걸하는 행위에 불과하다. 동시에 그 구걸과 도둑질을 통
해서도 실재하는 사물을 훔쳐오지 못하는, 한없이 무력한 환각의 행
위이기도 하다(나는 森林 속을 진종일 헤매고 끝끝내 한 나무의 印象
을 훔쳐오지 못한 幻覺의 人이다). 이는 모두 언제나 代書와 複製의 수
준으로 떨어져 버리는 현실의 글쓰기에 대한 절망의 표현이라고 할
수 있다.

　이상의 논의를 정리해 보자. 이상에게 글쓰기는 허무와 절망에 맞
서는 삶의 방식을 찾기 위한 정신적 탐색의 은유였다. 삶의 공허함이
불러오는 절망에 맞서는 새로운 삶의 방식을 모색하기 위한 실존적
탐색을, 일관되게 유일하고 독창적인 글을 찾아가는 글쓰기의 행정으
로 비유하였던 것이다. 지금까지 글쓰기의 가능성과 한계를 극단까지
추궁하고 심문하였던, 글쓰기에 대한 이상의 자의식적 성찰과 반성의

---

222) 『李箱문학전집2』, 271면.

궤적을 추적함으로써 삶의 허무와 절망에 맞선 이상의 실존적 탐색이 어떤 양상으로 전개되었는지를 살펴보고자 하였다. 이를 통해 확인할 수 있었던 것은, 이상이 글쓰기를 통해 자신을 구원하려 했지만, 동시에 글쓰기 자체에 내재된 조건과 한계 때문에 그것이 불가능할 수밖에 없다는 사실을 분명하게 인식하고 있었다는 점이다. 글쓰기를 통해 자신을 구원하려 했던 시도는 그 욕망의 성취를 허용하지 않는 글쓰기의 조건 때문에 불가능한 것으로 판명된 것인데, 결국 이는 고유하고 독자적인 삶의 방식을 모색하였던 이상의 실존적 탐색이 실패했음을 뜻한다.

04

지우기

1) 지우기의 의미

　이상에게 글을 쓴다는 행위는 허무와 절망에 맞선 새로운 삶의 방식을 찾아내고자 하는 실존적 탐구를 의미하였다. 유일하고 독창적인 글을 탐색하는 글쓰기의 행정을 통해, 이상은 유일하고 독창적인 삶의 방식을 찾고자 하는 실존적 탐색을 수행하고 있었던 것이다. 따라서 그에게 글쓰기는 죽음이냐 아니면 글쓰기냐 하는 질문을 가능하게 하는 실존적 선택의 의미를 지닌 것이었다. 그럼에도 불구하고 이상의 작품에는 글쓰기의 욕망과는 대척점의 위치에 있다고 할 수 있는 글을 지우고자 하는 의식의 움직임이 그의 문학 세계의 중요한 한 축을 형성하면서 나타나고 있다. 이러한 사정은 이상이 글을 쓰면서 겪었던 체험과 관련지어 설명할 수 있다. 그는 전통과 관습의 세계로부터 벗어나 그 스스로의 독자적인 의미 체계를 만들려는 욕망을 동력으로 삼아 글을 썼는데, 그러나 그 글쓰기는 매 순간 전통과 관습의 체제로부터 표절의 비난을 받는다. 나아가 글쓰기는 오히려 진정한 자아에 이르는 통로를 차단하고 방해하기도 한다. 이상의 작품에 나타난 지우기의 욕망은 바로 그러한 글쓰기의 조건과 한계에 대한 반작용이라는 형태를 띠고 있었다. 글을 쓰지 않는, 나아가 글을 지우는 행위를 통하여 글쓰기의 행위 자체에 내재한 한계를 넘어서고자 하였던 것이다. 그런데 이상 작품에서 글쓰기가 허무와 절망을 극복하려는 실존적 탐색이었고 글쓰기 자체의 한계가 곧 실존의 조건과 한계였다는 사실을 환기한다면, 작품에 나타나는 지우기의 행위는 그 실존의 조건과 한계를 극복하기 위한 탐구의 은유로 기능한다는 것을 알 수 있다. 지금부터는 이상의 작품에 나타난 지우기의 비유들이 형성하고 있는 내밀한 맥락을 재구성함으로써, 그 비유들 속에서 은밀하게 표명하였던 실존의 조건과 한계를 극복하기 위한 시도가 어떤 모습으로 나타났으며, 그 과정 중에 이상이 겪었던 경험들은 어떠한 양상으로 드러나는지를 살펴보고자 한다.

이상이 글쓰기와 관련된 은유들을 통해 삶의 허구성을 극복하고자 하는 실존적 탐색을 전개하였다는 전제 아래 그 과정에서 그가 겪고 재현하였던 경험들을 살펴봄으로써, 이상이 글쓰기 자체에 내재한 조건과 한계에 대한 비관적인 인식을 소유하고 있었음을 알 수 있었다. 그런데 이상이 글쓰기를 새로운 삶의 방식을 모색하는 실존의 형식으로 받아들였다는 점을 감안한다면 글쓰기 자체에 내재한 한계와 글쓰기의 허구성에 대한 인식이란 곧 자신이 선택하고 추구하였던 삶의 방식의 한계와 허구성에 대한 인식이란 점을 알 수 있다. 이에 따라 이상의 작품에서 글을 쓴다는 것은 곧바로 실존의 조건과 한계를 확인하는 데 그치는 허망한 노력과 동일한 것으로 나타났다.

> 田園도 우리들의 病院이 아니라고 兄은 그랬지만 바다가 또한 우리들의 藥局이 아닙디다. …(중략)… 膏盲을 든, 이 文學病을―이 溺愛의, 이 陶醉의……. 이 굴레를 제발 좀 벗고 瓢然할 수 있는 제법 斤量 나가는 人間이 되고 싶소.
> 「私信(二)」223)

나아가 이상의 작품에는 바로 그 글쓰기의 행위에 대한 반발과 혐오 섞인 저항이 나타나 있다. 다음에서 글은 '正直과 淳朴을 智慧와 狡猾로 換算'하는 행위로 격하되고 있다. 이상에게 글쓰기는 '올라오는 불같은 열정을 능히 斷片斷片으로 토막 쳐 놓을 수 있는 냉담한 일면을 가진 書生'224)들이 사물과 실재를 왜곡하고 변질시키는 행위로 파악되었기 때문이다.

> 學校 마당에는 '코스모스'가 피어 있고 生徒들은 글을 배우고 있습니다. 그들은 熱心히 簡單한 算術을 놓아 그들의 正直과 淳朴을 智慧와 狡猾로 換算하고 있습니다. 歎息할 利息算이 아니겠습니까.
> 「山村旅情」225)

이상은 또한 다음의 인용문에서 보는 바와 같이, 글쓰기를 공포와 죽음으로부터 도망하기 위하여 만든 허구로서 '사기, 속임수, 일부러 만들어 내어놓은 미신'에 불과한 것으로 생각하였다.

---

223) 『李箱문학전집3』, 223면.
224) 『李箱문학전집3』, 22면.
225) 『李箱문학전집3』, 110면

李箱! 당신은 世上을 經營할 줄 모르는 말하자면 병신이오. 그다지도 「迷惑」
하단 말씀이오? 건너다보니 절터지요? 그렇다 하더라도 「카라마조프의 兄弟」나
「四十年」을 좀 구경삼아 들러 보시지요.
　아니지! 貞姬! 그게 뭐냐하면 나도 살고 있어야 하겠으니 너도 살자는 詐欺
속임수. 일부러 만들어 내어놓은 迷信. 中에도 가장 優秀한 무서운 呪文이오.
　　　　　　　　　　　　　　　　　　　　　　　　　　　「終生記」226)

　글쓰기는 사실은 죽음을 유예하기 위하여 지어 낸 속임수, 자기 기
만적인 미신의 행위에 불과하다는 것이다. 그래서 이상은 다음과 같
이 글쓰기라는 미신과 환상에 속지 않는 태도에 대해 경외감을 표시
하기도 하였다.

　오직 가령 字典을 맨들어냈다거나 一生을 鐵 硏究에 바쳤다거나 하는 사람들
만이 훌륭한 사람인가 싶소. 가끔 眞짜 藝術家들이 더러 있는 모양인데 이 生活
去勢氏들은 당장에 시궁창의 쥐가 되어서 한 二三年만에 老死하는 모양입디다.
　　　　　　　　　　　　　　　　　　　　　　　　　　「私信(七)」227)

　‘字典’을 만들어 내거나 ‘一生을 鐵 硏究에 바’치는 것은 어떤 낭만
적인 환상이나 자기 기만적인 속임수도 없이 평생 동안 오직 절대적
으로 확실하고 구체적인 작업에 자신을 투신하는 행위이다. 사실은
그러한 행위들만이 올바른 삶의 태도이지 않겠는가 하는 생각은 환
상과 허구를 조작해 내는 문자행위에 대한 전면적인 불신을 전제로
하고 있다. 예술가들이 ‘예술이라는 허망한 아궁지 근처에서 송장 근
처에서보다도 한결 더 썰썰 기고 있는 그들 해반주룩한 死都의 혈족
들’(「終生記」)228)로 비하되었던 것은 그 때문이다. 나아가 이상의 작품

---

226) 『李箱문학전집3』, 392면.
227) 『李箱문학전집3』, 236면.

속에는 다음의 인용문에서 보듯 글쓰기의 공간으로부터 탈출하여 다른 곳으로 망명하고자 하는 구체적인 의지가 나타나 있다.

> 나는 몇 篇의 小說과 몇 줄의 詩를 써서 내 衰亡해 가는 心身 위에 恥辱을 倍加하였다. 이 以上 내가 이 땅에서의 生存을 계속하기가 자못 어려울 지경에 까지 이르렀다. 나는 如何間 허울 좋게 말하자면 亡命해야겠다.
>
> 「逢別記」229)

여기에서는 전투적 언어체계에 대한 이상의 반감이 치욕으로 표명되고 있다. 이상은 자신이 썼던 '몇 篇의 小說과 몇 줄의 詩'를 '내 衰亡해 가는 心身 위에 恥辱을 倍加'한 행위일 뿐이었다고 말함으로써 자신의 글쓰기를 치욕스러운 행위로 이해하고 있었음을 분명하게 보여준다. 나아가 허망한 노력이자 치욕스러운 행위로 파악된 글쓰기의 땅으로부터 벗어나 다른 곳으로 망명하려는 의지를 표명하는데, 그 망명의 의지란 실재를 왜곡하는 언어에 대한 거부의 의지를 뜻한다. 그 망명과 거부의 의지가 좀 더 구체화되었을 때 다음과 같이 책을 태우는, 이미 쓴 자신의 글들을 태우는 행위로 나타나게 되었다.

> 나는 册을 태워버렸다. 山積했던 書信들을 태워버렸다. 그리고 나머지 나의 紀念들을 태워버렸다.
>
> 「恐怖의 記錄」230)

> 무서운 實地－특기해야 할 사항이 없는 흐린 말씨와 같은 日記－ 긴 일기다. 버려도 상관없다. 주저할 것 없다. 주저할 필요는 없다.
>
> 「恐怖의 城砦」231)

---

228)『李箱문학전집2』, 389면.
229)『李箱문학전집2』, 353 - 354면.
230)『李箱문학전집2』, 201면.

내 마음은 버얼써 내 마음 最後의 財産이던 記事들까지도 몰래 다 내다 버렸
읍니다.

「슬픈 이야기」232)

　　인용문이 보여주듯 이상은 글쓰기에 대한 절망과 회의를 표명하거
나 그것을 허망하고 치욕스러운 행위로 규정함으로써 반감과 혐오를
드러내는 데서 멈추지 않고, 글쓰기를 적극적으로 거부하려 하기도
하였다. 그 거부의 움직임이 바로 자신이 쓴 글들을 태우는 행위로
나타난 것이다. 이에 따라 기만적인 언어를 거부하려는 욕망과 구체
적인 움직임이 책읽기의 경험, 글쓰기의 경험과 함께 이상 문학의 중
요한 한 축을 형성하게 되었다.

　　鐵筆 달린 펜軸이 하나. 잉크瓶. 글字가 적혀 있는 紙片(모두가 한 사람 치)
附近에는 아무도 없는 것 같다. 그리고 그것은 읽을 수 없는 學問인가 싶다. …
(중략)… 피가 있을까. 血痕을 본 사람이 있나. 그러나 그 難解한 文學의 끄트머
리에 '싸인'이 없다. 그 사람은─萬─ 그 사람이라는 사람이 그 사람이라는 사람
이라면─아마 돌아오리라. 죽지는 않았을까. ─最後의 한 삶의 兵士의─論功조
차 行하지 않을─榮譽를──身에 지고, 지리하다. 그는 必是 돌아올 것인가. 그
래서는 疲身에 가늘어진 손가락을 돌려서는 저 靜物을 運轉할 것인가. 그러면서
도 決코 기뻐하는 氣色을 보이지는 아니하리라. 지껄이지도 않을 것이다. 文學
이 되어버리는 잉크에 冷膽하리라. 그러나 지금은 한없는 靜謐이다. 기뻐하는
것을 拒絶하는 투박한 靜物이다. 靜物은 부득부득 疲困하리라. 우리는 蒼白하
다. 靜物은 骨片까지도 露出한다. …(중략)… 殘忍한 靜物이다. 그 强毅不屈하
는 詩人은 왜 돌아오지 아니할까. 果然 戰死하였을까. 靜物 가운데 靜物이 靜物
가운데 靜物을 저며 내이고 있다. 殘忍하지 아니하냐. 秒針을 包圍하는 유리 덩
어리에 남긴 指紋은 甦生하지 아니하면 안될 것이다. ─그 悲壯한 學者의 注意
를 喚起하기 爲하여.

「失樂園」233)

---

231) 『李箱문학전집3』, 334면.
232) 『李箱문학전집3』, 64면.

인용문에서 이상은 글쓰기의 의지적인 거부에 사로잡혀 있는 자신을, '强毅不屈하는 詩人', '悲壯한 學者'의 모습으로 등장시키고 있다. 그는 '鐵筆 달린 펜軸이 하나. 잉크甁. 글字가 적혀 있는 紙片(모두가 한 사람 치)'이 놓여 있는 책상 앞에 앉아 있다. 그런데 그 '글자가 적혀 있는 편지'에는 과연 무슨 내용이 적혀 있을까? 그 편지에 적힌 글자는 역설적으로 자신을 부정하고 있다. 다시 말해 여기에서 화자가 쓰고 있는 글은 사실은 그 자체에 대한 거부의 의지를 표명하고 있을 뿐이다. 글쓰기를 거부하는 글쓰기, 글 자체를 거부하는 글인 것이다. 그래서 이상은 그 편지를 '읽을 수 없는 學問', '難解한 문학'이라고 불렀다. 그리고 그러한 글은 실상 한 발자국도 앞으로 나아가지 않는다는 점에서 '정물화'로 비유된다. 그것은 '靜物 가운데 靜物이 靜物 가운데 靜物을 저며 내이고 있을' 뿐이다. 이상은 그 '靜物'을 운전하지 않는 채, '殘忍한 靜物'을 지켜내고 있다. 그는 '지껄이지도' 않고 '文學이 되어버리는 잉크에 冷膽'한 채 글쓰기를 거부하고 있는 것이다. 이상은 인용문에서 힘을 상실한 언어, 글을 쓰려는 욕망의 금욕적인 부재, 부유하는 조건적 상태의 의지적인 거부라는 특별한 욕망과 의지를 보여주고 있다. 그는 글쓰기를 피하면서 백지 앞에서 주저하고 머뭇거렸다. 글을 쓰려는 열렬한 욕망 옆에는 이렇듯 글을 쓰지 않으려는 욕망과 의지가 공존하고 있었다.

　　다음 인용문에서는 글쓰기의 거부라는 의지가 도서관에서 온 소환장을 거부하는 행위로 표상되었다.

---

233) 『李箱문학전집3』, 192면.

가장 無力한 사내가 되기 위해 나는 얼금뱅이었다
세상에 한 女性조차 나를 돌아보지는 않는다
나의 懶怠는 安心이다

양팔을 자르고 나의 職務를 회피한다
이제는 나에게 일을 하라는 자는 없다
내가 무서워하는 支配는 어디서도 찾아 볼 수 없다

歷史는 무거운 짐이다
세상에 대한 辭表 쓰기란 더욱 무거운 짐이다
나는 나의 문자들을 가둬버렸다
圖書館에서 온 김喚狀을 이제 난 읽지 못한다

나는 이젠 세상에 맞지 않는 옷이다
封墳보다도 나의 의무는 적다
나에겐 그 무엇을 理解해야 하는 苦痛은 완전히 사그라져버렸다

나는 아무때문도 보지는 않는다
그렇기 때문에 나는 아무것에게도 또한 보이지 않을 게다
처음으로 나는 완전히 卑怯해지기에 성공한 셈이다

「悔恨의 章」[234)]

이상 자신의 분심임에 틀림없는 화자는 가장 무력하고 나태한 사
내가 되고자 하는 욕망에 사로잡혀 있다. 글을 쓰지 않고 나아가 씌
어진 글을 지우려는 의지를 가장 무력하고 나태한 사람이 되고자 하
는 의지로 변용시킨 것이다. 작중의 양팔을 자르고 직무를 회피하는
화자의 모습에는, 펜을 움직이는 팔을 멈추고 글을 써야 하는 직무를
회피하였던 이상 자신의 초상이 투영되어 있다. 그는 그의 '문자들을
가둬 버렸다.' 그리고는 문자를 써서 세상의 도서관에 비치하라는 명

---

234) 『李箱詩全集』, 244면.

령을 담고 있는 소환장을 읽지 않는다. 이렇듯 글을 쓰지 않으려는 의지에 들려 있는 이상에게 글을 쓴다는 것은 그가 세상에서 '가장 무서워하는 지배'일 뿐이다. 이러한 글쓰기의 거부를 이상은 '地面을 떠나는 아크로바티'(「且8氏의 出發」)[235]라고 자임하였다. 펜을 움직이는 손을 멈추고 잘라 버리려는 의지는 다음 작품에서도 발견된다.

이손은化石하였다

이손은이제는이미아무것도所有하고십지도않다所有된물건의所有된것을느끼기조차하지아니한다

…(중략)…
左 右
이兩側의손들이相對方의義理를저바리고두번다시握手하는일은없이
困難한勞動만이가로놓여있는이整頓하여가지아니하면아니될길에있어서獨立을固執하는것이기는하나

추우리로다
추우리로다

「空腹」[236]

이상은 이미 글쓰기의 욕망을 상실하였다. 그러한 욕망의 부재상태, 나아가 욕망의 적극적인 禁制 상태가 이 작품에서는 '공복'의 상태와 펜을 움직이는 손의 化石化로 비유되었다. '공복'인 이유는 그가 지금 글을 쓰지 않은 채 의식의 외출상태를 견디고 있기 때문이다. 이상은 '공복'을 스스로 자신에게 부과하였으며, 스스로 자신의 '발

---

235) 『李箱詩全集』, 178면.
236) 『李箱詩全集』, 114–115면.

음'을 막았다. 언어의 함정에 걸리지 않으려는, 글을 쓰지 않으려는 의지가 먹는 행위를 중단하는, 식욕에서 퇴거하려는 의지로 나타났던 것이다. 한편 펜을 움직이던 그의 손은 화석으로 변해버렸다. 그 손은 '이제는 이미 아무것도 所有하고 싶지도 않다 所有된 물건의 所有된 것을 느끼기조차 하지 아니한다.' 이 욕망의 금제 상태가 단순한 게으름의 상태가 아니라 고통스러운 자기 억제의 행위라는 것은 화자가 그것을 '困難한 勞動'이라고 부르는 데서, 그리고 현재 자신의 상태를 '추우리로다'라는 말로 드러내는 데에서 짐작할 수 있다. 글을 쓰지 않으려는 의지는 위의 작품에서 '추위'로 표상된 단식의 고통, 손의 마비의 고통을 감수하고 견뎌낼 수 있는 강인함을 필요로 하는 것이다.

그렇다면 글쓰기를 거부하고 쓴 글을 지우고자 하는 의지가 지향하는 지점은 구체적으로 어디일까? 이상의 많은 작품들이 그가 적극적으로 선택한 정지와 마비의 상태를 이야기하고 있는데, 그것이 다음에서는 '性慾의 白晝' 상태로 표현되었다.

> 벌써 白蝶의 번뜩임도 陰森한 사물의 그림자 속에 숨어 버린 후, 空間은 發音이 막혀서 헛되이 울고 있다. 寂寂히 寂寂히 …(중략)… 地球의, 限 없는 性慾의 白晝 속에서, 如何히 履行되어 갈 것인가, 하고 나의 가슴은 뛰었다.
> 「어리석은 夕飯」[237)

여기에서 이상이 말하는 '性慾의 白晝' 상태란 성욕이 제거되고 금지되고, 마비된 상태를 말하는데, 그것의 실질적인 내용은 사실은 글쓰기의 욕망의 적극적인 정지, 글을 쓰지 않으려는 의지이다. 글을 쓰

---

237) 『李箱문학전집3』, 130면.

지 않으려는 의지를 성욕의 부재 상태로 변용하였던 것이다. 그래서 스스로 선택한 성욕의 부재 상태가, 스스로 '發音'을 막고 있다는 사태와 동일시될 수 있었다. 그런데 그 의지는 '白蝶의 번뜩임'이 애초부터 '陰森한 사물의 그림자 속에 숨어 버렸다'는 사정 때문에 탄생한 것으로 그려지고 있다. 그렇다면 인용문에서 나타난 글을 쓰지 않으려는 의지는 사실은 '陰森한 사물의 그림자 속에 숨어 버린', '白蝶의 번뜩임'을 다시 소환하고자 하는 의지요, 욕망이라는 것을 알 수 있다. 결국 글을 쓰지 않으려는 의지는, 글쓰기가 훼손하고 변질시키는, 인용문에서 '白蝶'으로 표상된 사물을 지켜 내고 보존하려는 적극적인 시도였던 것이다. 이상은 사물을 훼손하고 죽이기만 하는 글쓰기를 멈추고 금욕함으로써 사물에 대한 윤리적 의무를 지키려 했다. 글을 쓰지 않음으로써 이상이 궁극적으로 무엇을 지향하고 있었는지는 다음에서도 확인할 수 있다.

> 입안에짠맛이돈다. 血管으로淋漓한黑痕이몰려들어왔나보다. 懺悔로벗어놓은 내구긴皮膚는白紙로도로오고붓지나간자리에피가아롱져맺혔다. 尨大한 黑痕의 奔流는온갖合音이리니分揀할길이없고그물든입안에그득찬序言이캄캄하다. 생각 하는無力이이윽고입을삐져젖히지못하니審判받으려야陳述할길이없고   溺愛에잠 기면버언저滅形하여버린典故만이罪業이되어이生理속에永遠히氣絕하려나보다.
>
> 「内部」238)

'合音'은 순결한 '序言'을 무력화시키고 변형시키고 왜곡시키는 언어의 그늘을 뜻한다. 화자는 그 合音 속에 섞이지 않은 채, 역설적으로 침묵 속에 가득 찬 말, 序言을 지켜내고 있는데, 그것은 '懺悔로 벗

---

238) 『李箱詩全集』, 90면.

어놓은 내 구긴 皮膚'를 버리고 대신에 '白紙'를 회복하고 복원하려는
의지로 그려지고 있다. 이상은 말을 하지 않는 행위를 '白紙'로 표상
되는 사물을 지키고 보존하려는 행위로 상상하였던 것이다.

> 내가치던개(狗)는튼튼하대서모조리實驗動物로供養되고그中에서비타민E를지
> 닌개는學究의未及과生物다운嫉妬로해서博士에게흠씬얻어맞는다. 하고싶은말을
> 개짖듯배알아놓던歲月은숨었다. 醫科大學허전한마당에우뚝서서나는必死로禁制
> 를잃는(患)다. 論文에出席한억울한촉루에는千古에氏名이없는法이다.
>
> 「禁制」239)

  이 작품은 글쓰기를 '개 짖는 소리'로 격하시키고 있으며, 동시에
그렇게 파악된 글쓰기에 대한 거부를 숨김없이 드러내고 있다. 글쓰
기의 조건과 한계를 고통스러울 정도로 명료하게 인식하였던 이상은,
'하고 싶은 말을 개 짖듯 배알아 놓던 歲月은 숨었다'고 말함으로써
글을 쓰는 자신을 가혹하게 비판한다. 대신 지금 그는 '醫科大學 허전
한 마당에 우뚝 서서 나는 必死로 禁制를 앓고' 있다. 다시 말하면 고
통스럽게 인내하면서 글을 쓰지 않으려 하고 있는 것이다. 그런데 그
가 이토록 병을 앓듯 고통을 감내하면서도 글쓰기를 거부하는 이유
는 '論文에 出席한 억울한 촉루에는 千古에 氏名이 없는 法이'기 때문
이다. 이상의 문학적 사유에 따르면, 글쓰기는 유일과 독창성을 말살
해 버린다. 개념언어의 세계에 들어가는 순간 순수한 개체성은 상실
되는 것이다. 바로 그 때문에 그는 개체의 순수성을 유지하기 위하여
서 금제하고 글을 쓰지 않으려 했던 것이다.
  이상의 논의에서 확인할 수 있는 것은 이상이 그의 작품에서 은밀

---

239) 『李箱詩全集』, 75면.

한 형태로 표명하고 있는 글을 쓰지 않고자 하는 의지는, 언어를 버림으로써 그것을 이루고 있는 관습과 제도, 그리고 그것을 사용하는 데 따르는 현실인식의 왜곡을 거부하려는 시도라는 점이다. 글쓰기를 추진시키는 동기마저도 결코 순수한 것일 수 없음을 깨달았기에 한계를 넘어서서 절대적인 인식에 도달하려는 가장 수동적인 저항을 시도하였으며 그것이 바로 글쓰기의 거부, 정지와 고립과 마비의 주제들로 나타났던 것이다.

글쓰기의 금욕주의라고 부를 수 있을 글을 쓰지 않으려는 의지와 욕망은, 기껏 베껴쓰기로 글쓰기를 추락시켜 버리는 타자의 침입을 허용하지 않겠다는 도저한 투쟁 의지이면서 동시에 언어에 의해 훼손되고 변질되어 버리는 사물에 대한 가열한 윤리의식의 소산이기도 하다. 이상은 위대한 거절, 역설적으로 거대한 욕망을 품고 있는 금욕주의를 꿈꾸었던 것이다. 그래서 이런 의미의 글쓰기의 진정성에 대한 요구를 이상은 '절대의 애정'이라고 자부할 수 있었으며, 언어와 글쓰기의 조건에 대한 아무런 자의식적 반성이나 성찰 없이 글자를 적어 나가는 시인, 작가들을 '天眞한 村落의 畜犬'들이라고 부를 수 있었다.

> 天眞한村落의畜犬들아짖지말게나
> 내魂魄은適當스럽거니와
> 내希望은甘美로웁다
>
> 「空腹」240)

사물과의 근원적 차단상태에 있는 언어에 절망힐 줄 모르면서 글을 쓰는 하고많은 시인과 작가들을 이상은 대담하게도 '天眞한 村落의

---

240) 『李箱詩全集』, 115면.

畜犬'들이라고 불렀다. 물론 이러한 호명 뒤에는, 자신만은 진정한 글이 되지 못하는 현실의 글쓰기의 한계와 허구성을 깨닫고 있으며 그것을 적극적으로 거부함으로써 역설적으로 진정한 글쓰기의 꿈을 지켜내고 있다는 긍지와 강한 자부심이 깔려 있었다.

> 카아보네가프렛상으로보내어준프록 · 코오트를基督은最後까지拒絶하고말았
> 다는것은有名한이야기거니와宜當한일이아니겠는가.
>
> 「二人2」241)

> ▽이여 나는呼吸에부서진樂器로다
> 나에게如何한孤獨은찾아올지라도나는××하지아니할것이다
> 오직그러함으로써만나의生涯는原色과같이豊富하도다
>
> 「神經質的으로肥滿한三角形」242)

진정한 글쓰기의 꿈을 간직한 채 글쓰기를 거부하고 있는 자신을 이상은, '카아보네가 프렛상으로 보내어준 프록 · 코오트를' 최후까지 거절하는 基督으로, '如何한 孤獨이 찾아올지라도' 소리를 내지 않는 '呼吸에 부서진 樂器'로 상상하였다. 그러한 거부와 마비의 상태는 그를 고통스럽게 하지만 그러나 그것은 '宜當한 일'이고, '오직 그러함으로써만' 자신의 생애가 '原色과 같이 豊富'해질 수 있으리라고 믿었다. 이상이 기존의 글자들이 다 지워져 버린 그래서 텅 빈 원고지만 끼고 있을 수 있었던 것은 바로 이러한 역설적인 긍지와 자부심 때문이었다.

한편 진정성에 이르지 못하는 허위의 글쓰기를 멈추고 이미 적힌

---

241) 『李箱詩全集』, 120면.
242) 『李箱詩全集』, 121면.

글을 지우고자 하였던 자신의 태도를 이상은, 그의 작품에서 흔히 글쓰기의 다른 이름으로 변용된 매춘에 현혹당하지 않으려는 의지라는 형태로 바꾸어 드러내기도 하였다. 글을 쓰지 않으려는 의지를 '내 것 아닌 지문이 가득한 네 육체'(「無題」)[243]로 파악된 아내와 단절하려는 의지로 상상하였던 것이다.

안해를즐겁게할條件들이闖入하지못하도록나는窓戶를닫고밤낮으로꿈자리가사나와서가위를눌린다어둠속에서무슨내음새의꼬리를逮捕하여端緖로내집내未踏의痕跡을追求한다. 안해는外出에서돌아오면房에들어서기전에洗手를한다. 닮아온여러벌表情을벗어버리는醜行이다. 나는드디어한조각毒한비누를發見하고그것을내虛僞뒤에다살짝감춰버렸다. 그리고이번꿈자리를豫期한다.

「追求」[244]

화자는 기존의 의미체계로부터 자유로운 '내 집 내 未踏의 痕迹을 추구한다.' 완벽하게 고유하고 독창적인 언어조직체에 대한 그의 욕망과 집착은 그로 하여금 '나는 지금 나만을 사랑할 童貞을 찾고 있지 한 男子 或 두 남자를 사랑한 일이 있는 女子를 나는 사랑할 수 없어 왜? 그럼 나더러 먹다 남은 形骸에 滿足하란 말이람?'(「幸福」)[245]이라고 말하게 하는데, 그의 아내는 바로 '한 남자 혹 두 남자를 사랑한 일이 있는 여자'이다. 그녀에게는 '나만을 사랑할 童貞'이 없다. 그렇다면 절대적으로 순결한 언어조직체를 보호하기 위해서는 바로 그 아내의 침입을 원천봉쇄해야만 한다. 언어의 생산 자체를 거부해야만 하는 것이다. 바로 그러한 상상력의 논리에 따라 이상은 '안해를 즐

243) 『李箱詩全集』, 213면.
244) 『李箱詩全集』, 77면.
245) 『李箱문학전집3』, 73면

겁게 할 條件들이 闖入하지 못하도록 나는 窓戶를 닫고' 적극적인 금제 상태를 견뎠다. 다음에서는 아내가 나를 위협하는 거미로 비유되어 나타난다.

> 이방이그냥거미ㄴ게다. 그는거미속에가넓적하게드러누워있는게다. 거미내음새다. 이후덥지근한내음새는아하거미내음새다. 이방안이거미노릇을하느라고풍기는흉악한내음새에틀림없다. 그래도그는안해가거미인것을잘알고있다. 가만둔다. 그리고기껏게을러서아내ㅡ人거미ㅡ로하여금육체의자리ㅡ(或틈)를주지않게한다.
>
> 「지주회시」246)

'人거미', 아내는 순결한 언어를 찾아가는 이상의 기도를 부정하는 힘이요, 세력을 표상한다. 그 아내로부터 진정한 글쓰기의 꿈을 지켜내기 위하여 이상은 '아내ㅡ人거미ㅡ로하여금육체의자리ㅡ(或틈)를주지않게하려고' 애쓴다. 그것은 물론 글 자체를 쓰지 않으려는 의지의 다른 표현이다. 그는 '아내에게서그악착한끄나풀을끌러던지고훨훨줄닥음박질을쳐서달아나버리고싶'(「지주회시」)247)었던 것이다. 그녀에게는 童貞이 없으며, 그 몸에는 '내 것 아닌 지문'이 그득하기 때문이다. 그런데 어떤 이유에서인지는 확실하지 않지만, 이상은 자신의 이러한 의식을 '19세기식'이라고 생각하였다.

> 貞操
> 이런 境遇ㅡ즉 「남편만 없었던들」 「남편이 용서만 한다면」 하면서 지켜진 아내의 貞操란 이미 간음이다. 貞操는 禁制가 아니요 良心이다. 이 境遇의 良心이란 道德性에서 우러나오는 것을 가리키지 않고 '絕對의 愛情' 그것이다.
> 萬一 내게 아내가 있고 그 아내가 實로 요만 程度의 간음을 犯한 때 내가 무

---

246) 『李箱문학전집2』, 298면.
247) 『李箱문학전집2』, 307면.

슨 어려운 方法으로 곧 그것을 알 때 나는 '간음한 아내'라는 뚜렷한 罪名 아래 아내를 내어 쫓으리라.

　내가 이 世紀에 容納되지 않는 最後의 한꺼풀 幕이 있다면 그것은 오직 「간음한 아내는 내어쫓으라」는 鐵則에서 영원히 헤어나지 못하는 내 곰팡내 나는 道德性이다.

「十九世紀式」[248]

　이상이 기존의 의미체계의 상징으로 변용된 '간음한 아내'를 용인할 수 없는 이유는, 그가 글쓰기에서 얻고자 하는 것이 절대적으로 새로운 의미체계, '인류가 아직 만들지 아니한 글자'이기 때문이다. 그가 추구하는 것은 '절대의 애정'이다. 이러한 의미의 '절대의 애정'에 대한 지향과 탐색을 이상은 '19세기적'인 것이라고 생각했는데, 그 애정에 조그마한 틈이라도 생긴다면 그 순간 그의 모든 탐색은 실패하고 만다. 절대적인 진정성을 글쓰기에 요구하기에 기존의 의미체계와의 타협을 필연적으로 요구하는 현실의 글쓰기를 내어 버렸는데, 그것을 '아내 버리기'로 비유했던 것이다. 글쓰기가 바람난 아내와의 결혼생활로 비유되었던 것을 돌이켜 보면, 위의 구절이 이야기하고 있는 것이 그러한 결혼생활을 포기하려는 의지, 다시 말하면 글을 쓰지 않으려는 의지라는 것을 쉽사리 이해할 수 있다.

---

248) 『李箱문학전집3』, 182면.

2) 사라짐의 욕망

이상의 논의를 통해 분명하게 알 수 있는 것은 이상이 그의 작품 속에서 다양한 비유적 장치들을 통해 드러내었던 글을 쓰지 않으려는 의지는 결국 사물을 배반하고 훼손하고서야 얻어지는 글에 대한 환멸과 사물에 대한 윤리의식의 산물이자, 유일과 독창성을 근본적으로 부정하는 개념 언어의 세계에 대한 저항의식의 산물이라는 점이다. 글을 쓰지 않고자 하는 의지 뒤에는 글쓰기의 공간 안에 들어오는 순간 변질되고 죽어 버리는 사물을 지키고 보존하려는 윤리의식과 유일과 독창에 대한 요구를 부정하는 글쓰기의 한계를 극복하고자 하는 전투적인 의지가 자리 잡고 있었다. 그런데 그 '절대의 애정'은 단순히 글쓰기의 정지, 마비의 단계를 넘어서서 글 쓰는 자아의 죽음까지를 요구하는데 그러한 정황은 다음 작품에서 그 절실한 표현을 얻고 있다.

> 찢어진壁紙에죽어가는나비를본다. 그것은幽界에絡繹되는秘密한通話口다. 어느날거울가운데의鬚髥에죽어가는나비를본다. 날개축처어진나비는입김에어리는가난한이슬을먹는다. 通話口를손바닥으로꼭막으면서내가죽으면앉았다일어서드키나비도날라가리라. 이런말이決코밖으로새어나가지는않게한다.
>
> 「詩第十號」249)

도대체 이 작품은 무엇을 말하고 있는 것일까? 표면에 드러난 시적 상황은 그리 복잡하지 않다. 찢어진 벽지가 있고 거기에 나비가 끼어 있다. 화자는 나비를 측은하게 바라본다. 찢어진 벽지 사이에 끼인 나

---

249) 『李箱詩全集』, 114면.

비가 힘없이 죽어가고 있기 때문이다. 물론 실제의 상황일 리는 없다. 화자의 눈에 그렇게 보이는 것이다. 그러니까 화자는 실제로는 다만 찢어진 벽지를 쳐다보고 있는 것이다.

작품의 표면적인 상황은 단순하지만 조금만 주의 깊게 읽어보면 그 단순함은 다만 첫인상에 불과하다는 것을 알게 된다. 우선 당혹스럽게도 화자는 나비의 죽음이 자기 탓이라고 말한다. 왜 그런 것일까? 그리고 '찢어진 벽지'와 '거울 가운데의 수염'은 왜 동일시되는 것일까? 화자는 왜 자신이 죽으면 나비가 다시 살아나 날아갈 것이라고 말하는 것일까? '찢어진 벽지'가 왜 '幽界에絡繹되는秘密한通話口'가 되는 것이며 '幽界'는 어디를 지칭하는가? 질문은 꼬리를 물고 이어진다.

여러 정황을 고려할 때 이 시의 상황 역시 실제로 벌어지는 사건이 아니다. 화자가 찢어진 벽지를 바라보고 있는 것도 아니고 거기에 죽어가는 나비가 끼어 있는 것도 아니다. 그런 식으로 이 시를 읽고자 해서는 위에서 제시한 질문들에 대한 답을 마련할 길이 없어진다. 이 시에서 일어나는 사건은 사실은 모두 화자의 상상 속에서 벌어지는 일이며, 실제로는 화자는 다만 원고지를 마주하고 있을 뿐이다. 그러니까 이 시의 사건은 원고지를 마주하고 있는 화자의 내면에서 벌어지고 있는 사건인데, 물론 그 내면의 드라마는 사물과 언어에 대한 시인의 자의식과 관념에 의해 구성된다.

화자의 상상 속에서 원고지는 '찢어진 벽지'로 '幽界에絡繹되는秘密한通話口'로 변용된다. 그럴 수 있는 까닭은 화자에게는 원고지가, 문학이 답답한 일상적 세계의 벽을 넘어서 또 다른 바깥 세계로 넘어갈 수 있게 해 주는 통로이기 때문이다. 그러니까 '幽界에絡繹되는秘密한通話口'인 '찢어진 벽지'가 필요한 주체는 나비가 아니라 바로 화자이며, 화자의 문학행위이다. '그것은幽界에絡繹되는秘密한通話口다'에서 '그것'이 가리키는 것은 나비가 아니라 찢어진 벽지이다. 그 통화구가 없다면 화자는 아마도 무미한 일상의 세계에서 질식할지도 모른다. 그 같은 절박한 사정 때문에 통화구가 필요했고, 통화구를 만들어내기 위해서 벽지가 찢어졌던 것인데, 문제는 그 통화구, 찢어진 벽지 때문에 나비가 죽어간다는 것이다.

이 작품의 의미를 좀 더 분명하게 이해하기 위해 「詩第十二號」와 비교하면서 읽어보기로 하겠다.

> 때묻은빨래조각이한뭉텅이空中으로날라떨어진다.그것은흰비둘기의떼다.이손바닥만한한조각하늘저편에戰爭이끝나고平和가왔다는宣傳이다.한무더기비둘기의떼가깃에묻은때를씻는다.이손바닥만한하늘이편에방망이로흰비둘기의떼를때려죽이는不潔한戰爭이始作된다.空氣에숯검정이가지저분하게묻으면흰비둘기의떼는또한번이손바닥만한하늘저편으로날아간다
>
> 「詩第十二號」[250]

「詩第十號」의 '나비'는 「詩第十二號」의 '비둘기'와 마찬가지로 언어에 의해 재현되기 전의 경험, 사물을 의미하는 것으로 보인다. 바로 그 나비가 화자 자신의 문학 행위 때문에 죽어간다고 말하고 있는 것이다. 글을 쓰는 행위는 사물과의 순간적인 접촉과 사랑으로부터 시작된다. 그런데 그 "사랑에 대해 쓰고자 하는 것은 언어의 진창과 대결하고자 함이다. 언어가 지나치게 많거나 적은 또는 과장되거나(자아의 무한한 확대와 감정의 범람에 의해) 빈약한(그 약호에 의해 사랑이 언어를 축소시키고 낮추는) 그런 광란의 지역과".[251] 그리고 결국

250) 『李箱詩全集』, 45면.

251) 롤랑바르트, 앞의 책, 132면.

그 시도는 필연적으로 사물에 대한 사랑을 불가능하게 하며 오히려 사랑의 대상을 모욕하고 훼손하고 만다는 것이 이상의 생각이었다. 통화구 때문에 나비가 죽어가듯이……

「詩第十號」에서 이상은 나비와 통화구를 등장시켜 「詩第十二號」에서와 마찬가지로 언어와 사물의 대립적인 관계를 이야기하였다. 그 두 관계를 선과 악이라는 윤리적인 관점에서 바라보고 있다는 점도 비슷하다. 하지만 「詩第十號」는 「詩第十二號」보다 훨씬 더 많은 이야기를 담고 있다.

「詩第十號」와 「詩第十二號」에서 나타나는 가장 큰 차이가 존재하는 부분은 화자의 위치이다. 「詩第十二號」의 화자는 작품의 바깥에 머물러 있었고, 따라서 작품 안에서 벌어지는 '불결한 전쟁'의 책임으로부터 면제되어 있었다. 하지만 「詩第十號」에서 화자는 작품 안에 들어가 있으며 작품 안에서 일어나는 가장 중요한 사건인 나비의 죽음에 대해 직접적인 책임이 있다. 화자 자신이 나비를 죽이고 있는 것이다. 나비의 죽음의 원인이 된 '찢어진 벽지'와 '거울가운데의수염', 즉 화자 자신이 동일시된 이유가 여기에 있다.

「詩第十號」에서 나비, 즉 언어 이전의 원경험, 사물은 벽지가 찢겨졌기 때문에 죽어 가는데, 절박한 필요 때문에 그 벽지를 찢은 사람은 바로 화자 자신이다. 그러므로 나비를 살려내기 위해서는 화자 자신의 욕망에 의해 촉발된 행위－벽지 찢기를 취소해야만 한다. 그런데 그 벽지 찢기는 화자에게는 질식할 듯한 현실을 견디고 삶을 지속시킬 수 있는 생명의 통화구이다. 따라서 나비의 생명을 살리기 위해 통화구를 막으면 대신 화자 자신이 죽게 될 것이다. '通話口를손바닥으로막으면서내가죽으면앉았다일어서드키나비도날라가리라'는 진술은 바로 이 같은 시적 상황 때문에 가능했었다.

「詩第十號」에서 가장 중요한 장면은 화자가 바로 자신 때문에 나비가 죽어가고 있으며, 나비를 살리기 위해서는 자신이 죽어야만 한다고 말하는 부분이다. 바로 여기에 「詩第十號」의 특별한 점이 있다. 「囚人이 만들은 小庭園」과 「詩第十二號」에서 화자는 방관자적인 위치에서 사물과 언어의 관계를 성찰하는 입장에 머물러 있었다. 「詩第十號」에 오면 화자는 더 이상 그런 한가로운 여유를 즐길 수 없게 된다. 상황은 급박하다. 나비는 간신히 생명을 유지하고 있을 뿐인데(날개축처어진나비는입김에어리는가난한이슬을먹는다), 화자가 무슨 조치를 취하지 않으면 금방이라도 죽게 될 것이다. 그러므로 나비를 살리기 위해서는 지금 당장 '通話口를손바닥으로막으면서내가죽'어야만 한다.

「詩第十號」에서 화자가 이르게 된 선택은 이상이 언어와 사물의 관계를 대립시켜 윤리적인 관점에서 바라보았을 때 이미 예견된 결과라고 할 수 있다. 언어 이전의 경험을 원래의 모습 그대로 훼손하지 않은 채 보존하고자 하는 욕망, 사물을 향한 사랑의 감정에 충실하기 위해서는 언어를 사용하지 말아야 한다. 언어로 사물을 보존하고 사로잡고자 하는 시도 자체를 포기하여야 한다. 그 모든 시도는 결과적으로 사랑의 대상을 배반하게 되므로……. "사랑하는 사람은 사랑의 관계의 어려움이, 사랑하는 이를 이런저런 방법으로 전유하려는 자신의 욕망에서 비롯된다는 것을 알고, 이후부터는 그에 대한 모든 '소유의 의지'를 포기하기로 결심한다."[252]

「詩第十號」는 언어와 사물의 관계에 대한 이상의 문학의식을 살펴

---

252) 롤랑바르트, 앞의 책, 310면.

보고자 할 때 중요한 분기점에 해당하는 작품이다. 사물에 대한 사랑을 완성하고자 하는 욕망이 결국 언어에 대한 전면적인 불신과 탄핵으로, 더 나아가 문학적 자아의 죽음, 글쓰기의 포기로 이어지는 일련의 진행과정을 잘 보여주고 있기 때문이다. 이후의 이상의 시에는 언어와 절연하고자 하는, 글 쓰는 자아를 살해하고자 하는 의지가 전면에 등장하게 된다.

정리하자면, 「詩第十號」에 등장하는 '나비'는 언어의 포충망으로 사로잡으려 하는 사물, 실재로서, 이상이 그의 글쓰기를 통해 궁극적으로 이르고 거짓 없이 재현해 내고자 하였던 대상을 상징한다. 그런데 글을 적는 순간, 언어의 포충망으로 그것을 잡자마자 그 나비는 죽어버린다. 결국 언어가 사로잡는 것은 나비의 시체일 뿐이다. 이상은 여기에서 삶의 자기보존 욕망의 한 형태로서의 글쓰기는 사물을 죽이는 행위일 뿐이라는 예의 문학적 사유를 반복하여 보여주었다. 따라서 그 나비로 표상된 실재, 사물을 지키고 보존하기 위해서는 언어의 포충망을 버려야 한다. 다시 말해 글을 쓰지 않아야 한다. 그런데 이 작품은 그러한 상상력, 문학적 사유에서 한걸음 더 나아간 의식의 움직임을 보여 주었다. 화자는 '通話口를 손바닥으로 꼭 막으면서 내가 죽으면 앉았다 일어서드키 나비도 날라 가리라'라고 말하고 있다. 화자 자신이 죽어야만 '찢어진 벽지'로 표상되는 글쓰기의 공간 안에 갇힌 나비가 살아나서 날아갈 수 있다는 것이다. 그러니까 글을 쓰지 않으려는 의지는 바로 글 쓰는 자아의 죽음, 자살과 동일시되고 있는 것이다. 죽음에의 의지가 「詩第十號」의 주제이다. 「詩第十號」가 선명하게 보여주듯이 이상의 작품에 등장하는 글을 쓰지 않으려는 의지는 곧 자기를 죽이려는 욕망, 자살 의지의 등가물이다.

왜 그런 것일까? 글쓰기의 경험을 통해 이상이 깨달았던 것은 그가 글쓰기를 통해 자아의 정체성을 회복하려 해도 원고지 위에는 그에 앞서 항상 누군가가 먼저 써놓은 무엇인가가 있다는 사실이었다. 기존의 의미체계를 뛰어넘어 고유하고 독립적인 자아를 세우려 했던 이상이 깨달았던 것은 그를 둘러싼 세계와 그 언어 그리고 그가 가장 순수하다고 믿었던 그의 내면의 동기마저도 기존의 의미체계와 욕망에 의해 감염되어 있다는 깨달음이었던 것이다. 따라서 순수한 언어를 얻기 위해서는 일종의 자살, 그러니까 자신 안에 존재할 수 있는 모든 타인들－기존의 의미체계와 욕망의 자살이 필요하게 된다. 바로 이러한 사유의 회로를 거쳐 이상은 자기상실을 바라는 사람, 자신의 모습을 파괴하고 싶어 하는 사람이 되었으며, 그것이 죽음의 의지라는 형태로 나타났던 것이다.253)

이상은 자아라는 공책에 적혀 있는 타자의 글을 자신의 '피부에 있는 오랜 세월 중에 간신히 생겨진 때'(「狂女의 告白」)254)라고 상상하였다. 따라서 원래의 백색을 복원하려면 그때를 지워야 한다는 상상의 논리가 자연스럽게 도출된다. 자아의 진정성을 얻기 위하여서는

---

253) 바타유는 사드의 문학 속에서, 사라지고 흔적을 남기지 않고 분해되고자 하는 작가의 욕망을 발견하였다. 그 욕망에 대한 다음과 같은 설명은 이상의 경우에도 똑같이 적용될 수 있는 것으로 보인다.

사드가 세상에 드러나지 않고 끈질기게 추구하고 또 얻어냈던 것을 분명하게 희망하고 욕망한다는 것은 어느 누구에게도 용납되지 않는 일이다. 그의 작품의 정수는 파괴하는 것이기 때문이다[오로지 부정(否定)의 격랑에 응하기 위하여 거기에 있는 것처럼]. 연출된 장면의 사물들, 제물들뿐만이 아니라 작가와 작품 자체까지도 파괴하는 것이기 때문이다. 요컨대 사드로 하여금, 쓰게 하고 이어서 자기 작품을 박탈당하게 만드는 운명이란 작품의 진실과 동일한 것일 수 있다. 작품의 진실이란, 산자들이 자기들을 죽게 만드는 것과 맺는 협약 사이, 선과 악 사이 그리고 가장 큰 함성과 침묵 사이의 조화라고 말할 수 있는 것에 대한 나쁜 소식을 담고 있는 것이다. …(중략)… 결국 『소돔의 120일』을 위해서 흘린 〈피눈물〉부터 무(無)에 대한 강한 욕구에 이르기까지, 남은 것은 과녁과 화살 사이를 가르는 거리뿐이다. 무한한 깊이를 지니는 작품의 의미는 작가의 사라지고자 하는(인간적인 흔적을 남기지 않고 분해되고자 하는) 욕망에 있다(조르주 바타유, 최윤정 옮김, 『문학과 악』, 민음사, 1995, 120－122면).

254) 『李箱詩全集』, 136면.

'지우개 고무 같은 두부'(「어리석은 夕飯」)[255]로 자신의 몸에 새겨져 있는 타자의 글, 곧 자신을 지워 버려야 한다. 그가 자신의 욕망을 완벽하고 절대적으로 추구하기 위해서는 스스로 죽어야만 한다. 이상이 그의 작품에서 보여주고 있는 침묵에의 의지, 혹은 행위의 거부의 동기는 그것이다. 그러한 인식과 깨달음을 이상은 다음과 같이 '소름끼치는 知識'이라고 불렀다.

> 이런 소름끼치는 知識을 내어버리지 않고야 ―그렇다는 것이―體內에 먹어 들어오는 鉛彈처럼 나를 腐蝕시켜 버리고야 말 것이다.
>
> 「失樂園」[256]

이상은 자신의 추구를 완결하기 위해서는 자신이 죽어야만 한다는 무서운 역설에 이르렀고 동시에 그 '소름끼치는 知識을 내어버리지 않으면' 그것이 '體內에 먹어 들어오는 鉛彈처럼' 자신을 '腐蝕시켜버리고야 말 것'이란 것을 명료하게 인식하고 있었다. 그러나 그렇다고 해서 자신의 추구를 중도에서 그만두거나 타협함으로써 회피하지는 못한다. 이상의 삶을 특징짓는 '절대에 대한 감각'이 그것을 허용하지 않는다. 그의 작품에 자살이라는 주제가 그렇듯 많이 나오는 것은 이 때문이다. 知人의 증언에 따르면, 이상은 실생활에서 늘 죽음의 강박관념에 시달렸다고 하는데[257], 작품 속에서도 이상은 등장인물들의

---

255) 『李箱문학전집3』, 122면.

256) 『李箱문학전집3』, 190면.

257) 또 상은 '참된 예술가는 결코 현재에 안일하지 않는다. 늘 새 경지를 향해 날음실치고 만일 그에게 유끼쓰마리(打開의 길이 막힌 상태)가 왔을 때에는 고민이 오고 드디어는 자살까지를 초래한다.' 이렇게 말하면서 그 당시 자살한 일본 작가 개천용지개(芥川龍之介)의 죽음도 예술의 '유끼쓰마리'에서 온 것이라고 설명했다. …(중략)… 상은 또한 늘 강박관념에 사로잡혀 있었다. 타고난 성격 탓인지 지병 탓인지는 모르겠으나 "어젯밤에도 가위에 눌렸어" 이렇게 말하는 아침이 예사였고 낮잠에서 깨어서 이마를 찌푸리며 "또 가위에 눌렸어" 하는 것이었다. 그는 유끼쓰미리에 노이로제처럼 신경을 쓰고 있었고 죽음의 거

입을 빌려 끊임없이 자살의 의지를 내비쳤다.

> 俞政! 俞政만 싫다지 않으면 나는 오늘밤으로 치러버리고 말 작정이었다. 한
> 개 妖物에게 負傷해서 죽는 것이 아니라 二十七歲를 一期로 해서 不遇의 天才
> 가 되기 위하여 죽는 것이다.
> 俞政과 李箱-이 神聖不可侵의 찬란한 情死-
>
> 「失花」258)

> 神은 사람에게 自殺을 暗示하고 있다……고 禿頭翁이여 생각지 않습니까?
> 「作品第三番」259)

> -宋군이 가진 良心 그와 배치되는 현실의 박해로 말미암은 갈등 自殺하고
> 싶은 고민을 누가 알아주나-
>
> 「幻視記」260)

> 나는 十年 긴-세월을 두고 세수할 때마다 자살을 생각하여 왔다. 그러나 나
> 는 결심하는 방법도 결행하는 방법도 아무것도 모른 채다.
>
> 「失花」261)

> 나는그다지도암담한운명에직면하여자살을결의하고남몰래한자루의匕首(길이
> 三尺)을 入手하였다.
>
> 「一九三一年(作品第一番)」262)

이상은 글쓰기를 통해 기존의 의미체계로부터 벗어난, '인류가 아
직 만들지 아니한 글자'로 표상된 고유하고 독자적인 의미체계를 창

체(巨體)가 늘 눈앞에 도사리고 있는 것처럼 보였다(문종혁, 「몇가지 異議」, 이어령 교주, 『이상시전작집』,
갑인출판사, 1977, 293-294면).
258) 『李箱문학전집3』, 367면.
259) 『李箱문학전집3』, 323면.
260) 『李箱문학전집2』, 290-291면.
261) 『李箱문학전집2』, 364면.
262) 『李箱詩全集』, 237면.

조하려고 하였다. 그러나 글쓰기의 공간에서 그가 깨달았던 것은 글쓰기가 그러한 요구를 근본에서 부정한다는 사실이었다. 나아가 그는 현실의 글쓰기를 그러한 요구를 방해하고 저지하는 속임수와 자기기만의 공간으로 이해하였다. 그 치욕적인 글쓰기의 공간에서 벗어나기 위해 이상은 자신의 분신인 글을 쓰는 자아를 죽이려 했던 것이다.

> 인간은 자기 한 몸을 마음대로 처리할 수 있고 간섭받지 않는 완전한 자유를 지녔다. 자살이 바로 그것이다.
>
> 「夜色」263)

인용문에서 볼 수 있듯이 이상에게 자살은 절망이나 허무의 반응이 아니라 적극적이고 공격적인 선택이었다. 그것은 절대적으로 자유로운 삶의 방식으로서 선택되었다. 다음에서도 자살의 그러한 의미는 확인된다.

> 언제나 나는 나의 祖上ー肉親을 僞造하고픈 못된 충동에 끌렸다
> 恥辱의 系譜를 짊어진 채 내가 解剖臺의 이슬로 사라질 날은 그 어느 날에 올 것인가?
>
> 「猫의記(作品第二番)」264)

화자는 자신이 '解剖臺의 이슬'로 사라질 날을 간절하게 기다리고 있다. 그런데 일상적인 논리로는 도저히 설명할 수 없어 보이는 이 기이한 욕망은 '언제나 나는 나의 祖上ー肉親을 僞造하고픈 못된 충동에 끌렸다'는 사정을 배경으로 심고 있다. 화사는 '祖上ー肉親을 僞造

---

263) 『李箱문학전집3』, 339면.
264) 『李箱문학전집3』, 319면

하고픈' 자신의 '못된 충동'을 제거하고 소멸시키기 위하여 자신의 죽음을 기다리고 있는 것이다.

이상은 글을 쓰지 않음으로써, 글을 쓰려는 욕망을 제거하고 지움으로써 진정한 글쓰기의 꿈을 보존하고 지키려는 의식의 움직임을 재현하였다. 그는 글쓰기를 통해 '祖上과 肉親', '恥辱의 系譜'로 표상되는 기존의 의미체계에서 해방된 고유하고 독창적인 의미체계를 생산하고자 하였다. 그러나 동시에 글쓰기의 공간에서마저도 그 '恥辱의 系譜'를 벗어날 수 없음을 고통스러울 정도로 명료하게 인식하고 있었다. 바로 이러한 상황인식이 그로 하여금 '恥辱의 系譜'를 짊어진 자신을 죽이고자 하는 욕망으로 이끌었던 것이다. 위의 작품에 등장하는, 자신이 '解剖臺의 이슬'로 사라질 날을 희망하고 있는 화자의 모습에는 바로 자신을 죽임으로써 진정한 글을 실현하고자 했던 이상의 모습이 투영되어 있는 것이다. 물론 여기서의 자살은 글쓰기의 자살을 말한다. 그런데 이상에게 글쓰기가 갖는 실존적인 의미를 생각해 본다면 글쓰기의 멈춤이란 실제적인 자살을 의미하기도 한다는 것을 알 수 있다.

「猫의記(作品第二番)」의 화자가 자신을 죽임으로써 얻고자 하는, '恥辱의 系譜'가 관계하지 않는 '永遠한 景致'란, 기존의 의미체계가 지배력을 미치지 못하는 순결한 백지의 공간인데, 그 '永遠한 景致'가 다음에서는 '시모-느와 같은 여인'으로 변용되어 나타나 있다.

텅텅 비인 내 母體가 亡할 때에 나는 이 '시모-느'와 같은 女人을 滯한 채 그러렵니다. 이 女人은 내 마음의 잃어버린 題目입니다. 그리고 未久에 내다 버릴 내 마음 暫間 걸어 두는 한개 못입니다. 肉體의 各部分들도 이 母體의 虛妄한 것을 默認하고 있나 봅니다. 女人-내 그대 몸에는 손가락 하나 대이지 않으리다. 죽읍시다.

「슬픈 이야기」[265]

역시 화자는 죽음의 욕망에 사로잡혀 있다. 그런데 화자가 '내 母體가 亡'하기를 간절하게 바라는 이유는 오직 '시모-느와 같은 여인'을 훼손하지 않고 순결한 상태로 보호하기 위해서이다(女人-내 그대 몸에는 손가락 하나 대이지 않으리다). 그 여인은 화자의 '마음의 잃어버린 제목'이기 때문이다. 다시 말해 이상은 '시모-느와 같은 여인'으로 표상되는 언어 바깥의 사물과 실재를 변질시키거나 훼손하지 않기 위하여 기존의 의미체계로부터 자유롭지 못한 글쓰기를 거부하려 했던 것이다. 다음의 인용문에서 이상은 글을 쓰지 않으려는, 글 쓰는 자아로서의 자신을 죽이려는 의지에 사로잡혀 있는 자신의 자화상을 그려냈다.

책상 다리를 하고 앉은 채 그냥 앉아 있기만 하는 것으로 어떻게 이렇게 힘이 드는지 모른다. 壁은 육중한데 外風은 되이고 天井은 여름 帽子처럼 이 房의 감춘 것을 뚜껑 젖히고 고자질하겠다는 듯이 선뜻하다. 장판은 뼈가 제리게 하지 않으면 안절부절을 못하게 달른다. 반닫이에 色종이는 눈으로 보는 爆彈이다. 그저께는 그끄저께보다 여위고 어저께는 그저께보다 여위고 오늘은 어저께보다 여위고 내일은 오늘보다 여윌 터이고-나는 그럼 마지막에는 보숭보숭한 骸骨이 되고 말 것이다.

…(중략)…

처음으로 먹는 따뜻한 저녁 밥상을 낯설은 네 조각의 壁이 에워쌌다. 六圓-六圓어치를 완전히 다 살기 爲하여 나는 房바닥에서 섣불리 일어서거나 하지는 않았다.

…(중략)…

나는 나의 親舊들의 머리에서 나의 番地數를 지워 버렸다. 아니 나의 服裝까

---

265) 『李箱문학전집3』, 65면.

지도 말갛게 지워 버렸다.

「恐怖의 記錄」266)

　인용문 속에서 화자는 아무것도 하고 있지 않다. 그는 다만 '책상
다리를 하고 앉은 채 그냥 앉아 있기만' 한다. 그러나 사실은 인용문
의 화자는 철저하게 여윔으로써 사라져 버리고자 하는 욕망, 그럼으
로써 자신을 완전히 지워 버리고자 하는 강렬한 욕망, 자신의 파괴와
죽음마저도 무릅쓰면서 삶에 대해 절대적인 것을 요구하는 사람들이
그 마지막 지점에서 이르게 되는 욕망을 보여 주고 있다. 화자는 절
대적으로 새로운 의미체계의 생산을 방해하는 모든 것들에 대해 저
항하면서 유일무이한 진리인 침묵과 백지의 상태를 강인하게 견뎌내
고 있다. 그것은 매우 고통스러운 행위이다. 수많은 것들이 아무것도
하려고 하지 않는 화자를 괴롭힌다. '壁은 육중한데 外風은 되이고 天
井은 여름 帽子처럼 이 房의 감춘 것을 뚜껑 젖히고 고자질하겠다는
듯이 선뜻'하며, 장판은 '뼈가 제리게 하지 않으면 안절부절을 못하게
달른다'나 '반닫이에 色종이는 눈으로 보는 爆彈이다'는 진술이 그러
한 정황을 담고 있다. 그 모든 위협과 고통들을 견디면서 화자는 다
만 묵묵히 죽음을 기다리는데, 그렇게 진행되다 보면 화자는 결국
'그저께는 그끄저께보다 여위고 어저께는 그저께보다 여위고 오늘은
어저께보다 여위고 내일은 오늘보다 여윌 터이고—나는 그럼 마지막
에는 보송보송한 骸骨이 되고 말 것이다.' 화자는 자신의 행위가 불러
올 비극적인 결과를 그 누구보다도 더 잘 알고 있다. 화자는 바로 그
러한 결과를 의도적으로 기다리고 있다. 그의 행위의 목표는 바로 자

266) 『李箱문학전집2』, 201－202면.

신을 죽이고 지우는 데 있기 때문이다. 화자는 자신을 '親舊들의 머리에서 나의 番地數를 지워 버렸다. 아니 나의 服裝까지도 말갛게 지워버리려' 하고 있다. 그런데 그가 이렇게 자신의 죽음을 간절하게 원하는 것은 자신의 죽음이라는 방법을 통해서만 '六圓一六圓어치를 완전히 다 살' 수 있기 때문이다.

위의 인용문은 매우 선명한 형태로, 자아의 공책에 적혀 있는 기존의 의미체계를 철저하게 지움으로써, 글 쓰는 자아로서의 자신을 죽임으로써, 유일하고 고유한 자아, 白紙를 지켜내고자 하는 의지와 욕망을 보여 주고 있다. 이처럼 작품 속에서 이상은 다양한 비유들을 동원하여 유일하고 고유한 자아를 상징하는 白紙를 지켜내고자 하는 의지와 욕망을 보여 주었는데, 예를 들어 그는 자신을 '나는 거미다. 연필처럼 야위어가는 것一피가지나가지 않는 혈관'(「지주회시」)[267]으로, 글을 쓰지 않기 위해 고통을 인내하고 있는 자신의 상태를 '주름투성이인 白紙 같은 한 房 속에 움크리고서 老後를 앓으며 默默히 죽음을 기다'(「어리석은 夕飯」)[268]리는 노인으로 상상하기도 하였다.

3) 불가능한 죽음

그런데 중요한 것은 이상의 그러한 자기 지우기가 성공하지 못한다는 점이다. 스스로의 의지에 의한 자아의 죽음은 불가능한 것으로 판명되는 것이다. 다음의 인용문에는 바로 그 자살의 불가능과 관련된 경험이 재현되어 있다.

---

267) 『李箱문학전집2』, 300면.
268) 『李箱문학선집3』, 131면.

> 그는무덤속에서다시한번죽어버리려고 죽으면그래도 또한번은더죽어야하게되
> 고하여서 또죽으면또죽어야되고 또죽어도또죽어야되고하여서 그는힘들여한번몹
> 시 죽어보아도 마찬가지지만그래도 그는여러번죽어보았으나 결국마찬가지에서
> 끝나는끝나지않는것이었다
>
> 「地圖의暗室」269)

　인용문은 죽고자 하는 화자의 욕망이, 이 인용문을 통해서는 구체적으로 알 수 없는 어떠한 사정 때문에 실현되지 못하는 이야기를 담고 있다. 이상은 죽음의 욕망에 들려 있었으나 끝끝내 죽지 못하는 어떤 사람을 등장시켜, 사실은 언어 바깥의 사물과 실재를 보존하는 동시에 고유하고 독자적인 자아를 지켜내기 위해 자신을 지우고자 했던 자신의 시도가 어떠한 사정 때문에 실패하고 말았던 경험을 재현하고 있다. 자살이 불가능하다는 것이다. 물론 그 자살이 왜 불가능한지에 대한 답은 아직 드러나지 않고 있다. 그러나 일단은 자살의 실패를 그가 매우 안타까워했다는 것은 알 수 있는데, 이상이 자살의 실패의 경험을 매우 고통스럽게 받아들였다는 것은 다음의 지문을 통해서도 확인할 수 있다.

> 　敗北에 이은 敗北의 履行, 그 苦痛은 絶對한 것일 수밖에 없다. 나는 그것을 잘 알고 있다 - 自殺마저 허용되지 않고 있다는 것을.
>
> 「不幸한 繼承」270)

　'自殺마저 허용되지 않'는다. 물론 이때의 자살은 실제적인 죽음을 뜻하는 동시에, 글쓰기의 자발적인 정지를 의미한다. 그런데 그것이

---

269) 『李箱문학전집2』, 171면.
270) 『李箱문학선집2』, 208면.

불가능하다는 것이다. 다시 말해 자살을 통해 자신 속에 존재하는 타자를 배제함으로써 회복되는 절대적 인간, 사물을 훼손하지 않고 개체성을 부정하지 않는, 글쓰기의 전적인 거부를 통해 얻어지는 백색의 글쓰기란 존재할 수 없다는 것이다. 그렇다면 왜 죽음의 욕망이 실현되지 못하는 것일까? 왜 '自殺마저 허용되지 않는' 것일까? 이 질문의 답을 찾기 위해서는 다시 글쓰기의 기원으로 거슬러 올라가 생각해 볼 필요가 있다.

이상에게 글쓰기는 해체와 죽음에 직면한 자아를 구원하기 위한 실존적 선택의 행위였다. 그에게 글을 쓴다는 것은 곧 매 순간 엄습하는 삶의 공허와 자기 해체의 위협을 이겨내기 위한 실존적 투쟁으로 받아들여졌던 것이다. 그렇다면 글을 쓰지 않는다는 것은 곧 바로 자아의 죽음을 무력하게 승인하고 삶의 허무와 절망 앞에 투항한다는 것을 의미하게 된다. 이렇듯 이상의 경우 글쓰기의 공간을 떠난다면 실존의 근거 자체가 상실되어 버리기 때문에 그는 글자의 세계를 떠날 수 없었다. 실상 이상은 글쓰기를 멈춘 적이 없다. 달리 말해 실제로 죽은 적이 없다. 그는 다만 죽어야 한다고, 글을 쓰지 않아야 한다고 다짐하고 표명했을 뿐이다. 끊임없이 글을 쓰지 않겠다는 의지를, 자신의 글을 지우겠다는 의지를 표명하였는데, 그러한 의지의 표명 또한 글쓰기를 통해 이루어졌다는 점을 환기할 필요가 있겠다.

이상은 글쓰기를 그만둘 수 없다. 글쓰기의 공간만이 자신을 구원하는 유일한 터전이기 때문이다. 그는 역설과 모순의 회로에 빠져들었던 것이다. 따라서 '죽을 수도 없다'는 이상의 고백을 그에게 자살할 용기가 부족했던 것이라고 해석해서는 안 된다. 그의 경우 글을 쓰지 않는다는 것, 다시 말해 새롭고 고유한 의미체계를 창조하려는 욕망 자체를 포기한다는 것은 삶 자체를 포기한다는 것을 의미한다. 따라서 독자적인 의미체계를 생산하려는 욕망은 어떤 경우에도 포기될 수 없다. 그런데 그 욕망이 실현될 수 있는 유일한 터전인 글쓰기의 공간은 기존의 의미체계로부터 해방된 고유하고 독자적인 의미의 창조를 불가능하게 할 뿐만 아니라 오히려 방해한다. 그래서 글을 쓰지 않는 것이 오히려 자기실현의 진정한 방법으로 떠오른다. 그러나 다시, 만약 글쓰기를 포기하면 기존의 의미체계로부터 벗어난 독자적인 의미체계의 생산은 그 터전과 근거를 상실해 버린다. 마치 제 꼬리를 물고 있는 永遠巳처럼 이 모순과 역설의 고리는 무한히 계속된다.

위와 같은 상황을 배경으로 하여 죽고자 하는 의지와 그 의지의 실현 불가능이라는 주제가 이상의 많은 작품 속에 나타났다. 그 작품들은 모두 죽음은 찾아오지 못하고 동시에 죽음이 아닌 상황을 용인하지도 못한 상태에서 '바른팔이 왼팔을, 왼팔이 바른팔을 苛酷하게 매질했다. 날개가 부러지고 파랗게 멍들은 痕迹이 남'(「恐怖의 記錄」)[271]는 복잡다기하고 곡절 많은 의식의 경험을 재현하고 있는데, 다음 작품 역시 이렇듯 어지러운 의식의 싸움을 재현하고 있다.

> 그사기컵은내骸骨과흡사하다.내가그컵을손으로꼭쥐었을때내팔에서는난데없는팔하나가接木처럼돋히더니그팔에달린손은그사기컵을번쩍들어마룻바닥에메어부딪는다.내팔은그사기컵을死守하고있으니散散이깨어진것은그럼그사기컵과흡사한내骸骨이다.가지났던팔은배암과같이내팔로기어들기前에내팔이혹움직였던들洪水를막은白紙는찢어졌으리라.그러나내팔은如前히그사기컵을死守한다.
>
> 「詩第十一號」[272]

---

271) 『李箱문학전집2』, 201면.
272) 『李箱詩全集』, 43면.

여기에는 두 개의 모순된 지향 때문에 분열되어 있는 화자가 등장한다. 그 화자는 한편으로는 물이 담긴 사기컵을 깨뜨려 버리려고 하면서도 다른 한편으로는 끝끝내 그 사기컵을 고수하고 있다. 결국 이 작품은 홍수 자체를 불안하게 그러나 강인하게 견디려는 자세와 그것을 컵 안에 담아 안정감을 누리려는 태도 사이에 벌어졌던 의식의 긴장된 싸움을 그렸다.

작품의 상황은 역시 매우 단순하게 구성되어 있다. 화자는 순간적인 환상 속에서 어떤 장면을 보고 있다. 사기컵이 있고 그 사기컵을 쥔 화자의 손이 있다. 그런데 갑자기 화자의 손에서 또 다른 손이 튀어나와서 원래의 손이 쥐고 있던 사기컵을 내던져 깨뜨려 버린다. 그런데 순간적인 환상에서 깨어나 보니 자기의 손 안에는 여전히 사기컵이 쥐어져 있었다는 것이다. 그러니까 이 시에서 일어난 사건은 화자의 희망이 만들어낸 환상일 뿐이었고 실제로는 사건이라 부를 만한 어떤 일도 일어나지 않은 것이다. 간단하게 요약하면 이 시는 화자 자신이 손으로 쥐고 있는 사기컵을 파괴하고자 하는 충동을 드러내고 있다. 물론 이 단순한 상상 이면에는 또 다른 이야기가 숨어 있다.

이 시를 읽다 보면 자연스럽게 몇 가지의 의문이 떠오른다. 이 시의 가장 주요한 소재인 사기컵이 바로 '홍수를막은백지'로 비유되었기 때문에 홍수를 막는 것이 사기컵의 핵심적인 기능이라는 것을 알 수 있는데, 그렇다면 왜 그 사기컵이 백지로 치환될 수 있는 것이며, 사기컵, 백지가 막고 있는 홍수란 무엇을 뜻하는 것일까? 또 사기컵이 '내해골'로 비유될 수 있는 근거는 무엇일까? 등의 의문이 그것이다.

질문에 대한 답을 찾기 위해 「詩第十一號」에서 가장 눈여겨보아야 할 곳은 '홍수를막은백지'라는 구절이다. '백지'는 이상의 작품 곳곳에 자주 등장하는 단골 이미지인데, 대부분 원고지, 글쓰기의 공간을 뜻한다. 그런데 화자는 그 백지가 홍수를 막고 있다고 말한다. 그렇다면 이 작품의 홍수란 글로 적히기 이전의 원경험, 언어 이전의 사물을 뜻한다고 유추할 수 있다. 그렇다면 사기컵이 뜻하는 것이 무엇인지도 분명해진다. 백지, 즉 문자가 가득한 원고지가 언어 이전의 경험, 홍수를 억지로 가두고 있듯이, 사기컵은 길들여지지 않은 물, 넘치려고 하는 본능에 충실한 물, 홍수가 되고자 하는 물을 억지로 가두고 억압하고 있다.

물론 사기컵은 자신 안에 물을 저장하고 보존함으로써 자기방식대로 물에 대한 사랑을 실천하고 있다. 그러나 끊임없이 넘치고 흐르고자 하는 욕망의 화신인 물의 입장에 보면 사기컵의 존재 자체가 견디기 힘든 억압이고 구속일 것이다. 사랑의 방식이 잘못되었고 결과적으로 사랑을 배신하게 된 것이다. 그렇다면 물을 해방시키고 자유롭게 만들기 위해서, 물에 대한 사랑을 완성하기 위해서 그 사기컵은 깨뜨려져야 한다. 언어 이전의 경험에 대한 사랑을 완성하기 위해서는 언어가 폐기되어야 하고 문학행위 자체가 포기되어야 한다.

「詩第十一號」에서 화자가 깨뜨리고자 하는 사기컵은 바로 언어이고 그 행위를 통해 자유롭게 해 주고자 하는 물은 언어 이전의 사물을 상징한다. 이상은 사기컵과 물의 관계에서 글쓰기와 언어 이전의 경험, 언어와 사물의 관계를 보았고, 사기컵을 깨뜨리려는 시도를 통해 불신과 회의를 넘어서 적극적으로 언어를 폐기하려는 의지, 글쓰기 자체를 포기하고자 하는 의지를 표현한 것이다.

「詩第十一號」는 언어 이전의 경험, 사물에 대한 사랑을 실천하기 위해 언어를 폐기하려는 의지, 글쓰기를 포기하려는 적극적인 욕망을 담고 있다. 그러나 그 시도는 실제로 현실에서 이루어지지는 못하고 순간적인 환상을 통해서만 일어난 사건으로 처리되었다. 실제로는 실패한 것이다. 그 일을 결행하기가 왜 그토록 어려운 것일까? 언어를 폐기하고 글쓰기를 포기한다는 것은 곧 자아의 죽음을 의미하기 때문이다. 이 작품에서 물을 가두어놓은 사기컵은 '내해골'로 비유되기도 하였다. 그렇다면 사기컵을 파괴하려는 의지는 자신을 파괴하려는 의지, 자살의 충동이기도 하다.

「詩第十號」에서 찢어진 벽지에 끼어 있는 나비가 살아나 날아가기 위해서는 화자가 자신의 생명선인 벽지 – 통화구를 포기하고 스스로 죽음을 감수해야 하듯이, 「詩第十一號」에서 사기컵 안에 갇힌 물이 해방되어 흐르기 위해서는 사기컵 – '내해골'이 부서져야 한다. 사물에 대한 사랑은 화자의, 문학적 자아의 죽음을 요구한다. 「詩第十號」에서 화자가 '通話口를손바닥으로막으면서내가죽으면앉았다일어서드키나비도날라가리라'는 것을 잘 알면서도 '이런말이決코밖으로새어나가지는않게한' 것이나, 「詩第十一號」에서 '내팔이或움직였던들洪水를막은白紙는찢어졌으리라'는 것을 알면서도 '그러나내팔은如前히그사기컵을死守'한 것은 이 때문이다. 사물에 대한 사랑에 충실하기 위해서는 자아의 죽음이라는 엄청난 대가를 치러야만 하는 것이다.

보았듯이 「詩第十一號」는 실상 글을 쓰지 않으려는 의지와 그럼에도 불구하고 글을 쓰지 않을 수 없는 현실 사이에서 이상이 봉착했던 역설과 모순의 경험을 재현하였다. 이 작품에서 '사기컵'은 거대한 '홍수'로 표상된 언어 바깥의 사물을 조그만 용량 안에 억지로 가두는 용기라는 점 때문에 글쓰기의 공간과 등가의 것으로 상상되고 있다. 다시 말해 '홍수' – 언어 바깥의 진실, '사기컵' – 그 언어 바깥의 진실을 언어의 질서 안으로 끌어들이려는 글쓰기의 유추관계가 작동하고 있다. 그러한 유추관계를 기반으로 삼아 이상은, 글쓰기를 적극적으로 거부하고 글자를 지우려 하지만 실제로 글쓰기의 공간 자체를 떠날 수는 없다는 조건 때문에 그 시도가 실패할 수밖에 없었던 자신의 경험을, 사기컵을 깨뜨려 버리고자 하는 팔과 끝끝내 그 사기컵을 고수하고 있는 팔 사이의 관계로 치환시켜 표현하였던 것이다. 그는 '洪水를 막은 白紙'로 표상되는 글쓰기의 공간을 끝내 벗어날 수 없는 것이다. 물론 다음과 같이 그러한 시도가 상상 속에서나마 성공하는 경우도 있다.

> 내팔이면도칼을든채로끊어져떨어졌다. 무엇에몹시威脅당하는것처럼새파랗다. 이렇게하여잃어버린내두개팔을나는燭臺세움으로내방안에裝飾하여놓았다.　팔은죽어서도오히려나에게怯을내이는것만같다.　나는이런얇다란禮儀를花草盆보다도사랑스레여긴다.
>
> 「詩第十三號」273)

작중인물은 자신의 두 팔을 면도칼로 잘라내어 촛대로 사용하면서 매우 자랑스러워하고 있다. 말 그대로 그로테스크한 환상이 펼쳐지고 있는데, 실상 작품에서 화자가 표현하고 있는 것은 위에서 확인했던 낯익은 욕망―사물을 지키기 위해 글쓰기를 포기하려는 의지이다. 「詩題十三號」의 팔은 「詩第十二號」에서 빨래 방망이를 휘두르던 그 팔이고, 「詩第十一號」에서 사기컵을 쥐고 있었던 그 손이다. 그 팔들은 비둘기의 떼를 죽였고, 흐르고 넘치고자 하는 물을 억지로 가두어 억압하였고 벽지를 찢어서 나비를 죽음으로 몰고 갔다. 비둘기와 나비

---

273) 『李箱詩全集』, 46면.

와 물을 구하기 위해 화자는 끈덕지게 그 팔을 멈추고 잘라내려고 시도했지만 번번이 실패했는데 여기에서 비로소 성공한 것이다.

그러나 「詩題十三號」의 상황은 예외적인 경우에 해당한다. 이상의 작품 속에서 상상이나 환상의 형태를 빌려서라도 문학적 자아가 완전한 죽음에 이르는 데 성공하는 경우는 찾아보기 어렵다. 어쩌면 당연한 일일 것이다. 문학적 자아의 완전한 죽음은 절필을 의미하므로 그 단계에 이르렀다면 작품 자체가 만들어질 수 없을 테니까. 그런 이유가 아니더라도 사물에의 전적인 헌신과 언어의 폐기, 문학적 자아의 완전한 죽음은 성취하기 어려운 욕망일 뿐이다. 언어에 대한 믿음을 버리고 글쓰기를 포기하면 시인을 시인이게 하는 사물에 대한 사랑 자체가 불가능하게 되기 때문이다. 그렇게 되면 사물에 대한 전적인 헌신을 위한 선택이 다시 사물에 대한 배신으로 이어지고 만다.

결국 사물과의 사랑에 빠져 그 사랑을 완성하고자 하는 욕망에 사로잡힌 시인은 이러지도 못하고 저러지도 못하는 진퇴양난의 처지에 몰리게 된다. 시인은 죽을 수도 없고 죽지 않을 수도 없다. 그 어느 선택도 온전한 사랑을 보장해 주지 못한다.

> 죽고싶은마음이칼을찾는다. 칼은날이접혀서펴지지않으니날을怒號하는焦燥가絶壁에끊치려든다. 억지로이것을안에떠밀어놓고또懇曲히참으면어느결에날이어디를건드렸나보다. 內出血이뻑뻑해온다. 그러나皮膚에傷채기를얻을길이없으니惡靈나갈門이없다. 가친自殊로하여體重은점점무겁다.
>
> 「沈歿」[274]

---

274) 『李箱詩全集』, 78면.

화자는 죽고 싶어서 칼을 찾는다. 그런데 그 칼은 날이 접혀서 펴지지 않는다. 당연히 그 칼로는 몸에 어떤 상처도 낼 수 없고 죽음은 불가능해진다. 그래서 포기하려 하지만 그마저 불가능하다. 잠시 진정되었던 죽고자 하는 마음이 끊임없이 들고 일어나 화자를 괴롭히기 때문이다. '내출혈이뻑뻑해' 와서 다시 칼을 꺼내 들지만 날이 접힌 칼로는 몸에 조그만 '상채기를 얻을 길'조차 없으므로 악순환이 반복될 뿐이다. 이러지도 저러지도 못한 채 '가친自殊'[275)로 고민과 절망만이 깊어간다(體重은점점무겁다)는 것이 이 시에 나타난 화자의 상황이다.

이상은 진정한 글쓰기에 이르기 위해서는 글 쓰는 자아로서의 자신이 죽어야 한다는 사실을 어떤 시인, 작가보다도 명철하게 인식하였다. 그는 자기기만과 속임수에 불과한 현실의 글쓰기가 아닌 진정한 글쓰기는 자신이 자신의 글자를 지우는 죽음에의 열정, 흰 종이에의 헌신을 요구한다는 것을 명료하게 의식하고 있었다. 이상 자신의 욕망과 의지를 구현하고 있는 「沈沒」의 화자는 바로 그러한 열정을 안고 '죽고 싶은 마음이 칼을 찾는다.' 그런데 그 칼은 날이 접혀 있어서 '피부에 상채기를' 내지 못하는 것으로 되어 있다. 이러한 상황 설정을 통해 이상이 진짜로 이야기하고 싶었던 것은, 글쓰기를 부정하면서도 실제로 글쓰기의 공간을 떠나지는 못하는 모순된 지향 때문에 자신이 겪었던 지우기의 경험이었다. 글쓰기의 공간 안에서 글쓰기를 부정하고 거부하려 했던 시도는 글자의 지우개로 글자를 지우려는 시도라고 할 수 있어서 처음부터 실패할 수밖에 없었던 것이

---

275) 직역하면 '스스로 죽음에 갇혔다'가 되므로 결국 스스로 죽을 수 없는 상태라는 뜻이다.

다. 죽고자 하나 죽지 못하고 그렇다고 죽지 않을 수도 없어서 한순간의 평온한 휴식도 누리지 못한 채 중간지대에서 괴롭게 서성대고 있는 「沈歿」속 화자의 모습이야말로 이상 자신의 모습이었다. 그는 언어와 사물의 대립적이고 모순적인 관계 속에서 윤리적인 선택을 요구받으면서도 이러지도 저러지도 못한 채 내내 괴로워했었다. 그런 점에서 「沈歿」은 이상 문학의 원형적인 풍경을 담고 있다고도 할 수 있다.

문학은 특별한 순간에 이루어진 구체적이고 생생한 경험을 언어를 통해 재현하고자 하는 시도이다. 할 수만 있다면 구체적인 경험과 사물을 어떤 왜곡이나 매개 없이 표현하는 것이 문학의 꿈이지만 그것은 근본적으로 불가능한 꿈이다. 언어는 반드시 추상적일 수밖에 없고 표현하려는 대상과 정확하게 일치하지 못한 채 그보다 크거나 작거나 다를 수밖에 없기 때문이다. 그러므로 언어를 통해 사물을 순수하게 원래의 모습 그대로 담아내고자 하는 욕망과 시도는 근본적으로 불가능한 기획이자 꿈이다. 문학행위는 처음부터 해결할 수 없는 모순을 내포하고 있다.

문학이라는 행위의 밑바닥에 자리 잡고 있는 언어와 사물의 모순적인 관계는 본질적으로 해결 불가능한 것이다. 그러나 그렇다고 해서 문학행위 자체가 무의미한 도로에 그치는 것은 아니다. 불가능한 기획을 꿈꾸고 실천하는 과정을 통해 문학은 삶의 존재론적인 구조를 명백하게 제시하고 또 마땅한 삶의 태도와 자세를 추체험하고 훈련하게 해준다. 문학의 진정성은 문제에 대한 해결책의 제시에 있지 않고, 주어진 문제를 얼마나 명확하게 자각하고 정직하게 감당했는가에서 찾아야 한다.

살펴보았듯 이상은 언어와 사물의 문제를 누구보다 명확하게 인식하고 또 그 문제에 정직하게 맞서 씨름하고 고민했던 시인이었다. 특이한 것은 그가 언어와 사물의 문제를 철저하게 윤리적인 관점에서 바라보았다는 점이다. 이상에게 그것은 인식론적인 탐색의 대상이나 논리적인 모순의 문제가 아니었다. 다른 무엇보다도 그것은 윤리적인 가치 선택의 문제였고 사랑의 진실성의 문제였다. 그에게는 언어 이전의 사물을 향한 진정한 사랑이 다른 모든 것에 우선하는 최고의 가치였다. 이상의 작품들을 관류하는 주제들-언어에 대한 격렬한 야유, 문학행위 자체에 대한 반감과 절망감의 표출 등은 사실은 사물에 대한 절대적이고 헌신적인 사랑의 반작용이었다.

> 꽃이보이지않는다. 꽃이香기롭다. 香氣가滿開한다. 나는거기墓穴을판다. 墓穴도보이지않는다. 보이지않는墓穴속에나는들어앉는다. 나는눕는다. 또꽃이香기롭다. 꽃이보이지않는다. 香氣가滿開한다. 나는잊어버리고再차거기墓穴을판다. 墓穴은보이지않는다. 보이지않는墓穴로나는꽃을깜빡잊어버리고들어간다. 나는정말눕는다. 아아. 꽃이또香기롭다. 보이지도않는꽃이-보이지도않는꽃이.
>
> 「絶壁」276)

여기에서는 자기소멸과 글자 지우기를 통해서 글쓰기 너머의 진실에 이르려고 하였던 지우기의 여정을, '보이지도 않는 꽃'의 향기를 쫓아 묘혈을 파내려가는 행위로 변용시키고 있다. 글을 쓰지 않으려는, 글 쓰는 자아로서의 자신을 죽이려 했던 시도는 '묘혈 파기'였다. 그 '묘혈 파기'를 통해 이상은 '꽃'으로 표상된 언어 바깥의 사물과 진실에 이를 수 있으리라 기대하였던 것이다.

그러나 앞에서 살펴보았듯 해결되지 않는 역설과 모순 때문에 결

---

276) 『李箱詩全集』, 80면.

국 그러한 '묘혈 파기'는 목표하는 순수의 지점, '꽃'이 있는 지점에 영원히 도달하지 못한다. 그 '보이지도 않는 꽃'은 사실은 글쓰기의 공간 바깥, 침묵과 백지만이 있는 곳에 자리 잡고 있는데, 글쓰기의 공간을 떠날 수 없던 이상은 그 '꽃'을 어떻게든 글쓰기의 공간 안에서 찾아야 했기 때문이다. 글쓰기의 공간 안에서 글쓰기를 부정하고 거부하려 했던 이상의 시도는 그 모순된 지향 때문에 처음부터 실패할 수밖에 없었다. 결국 글을 쓰지 않고 오히려 지움으로써 글쓰기의 한계와 조건을 극복하고자 했던 이상의 극단적인 실험은 실패로 귀결되었는데, 다음에서는 이 실패의 경험이 이상의 문학 의식을 어떠한 방향으로 인도하였는지를 살펴보고자 한다.

4) 지우기, 모순과 역설

이상에게 글쓰기는 매 순간 엄습하는 삶의 공허감과 자아의 해체에 대한 공포감을 극복하고 자아의 정체성을 복원하는 실존의 기획이었다. 글쓰기는 삶의 유일한 구원 수단이었던 것이다. 그런데 이상은 동시에 그 글쓰기 역시 자신의 자유의지가 아니라 이미 수립되어 있는 전통과 관습의 테두리, 형식 안에 머무를 수밖에 없는 행위라는 사실을 예민하게 인식하고 있었다. 글쓰기를 엄숙하고 절박한 실존적인 행위로 받아들였음에도 불구하고, 이상 문학의 한 편에 글쓰기를 거부하고 자기를 지우고자 하는 의식의 움직임이 공존하고 있었던 것은 바로 그 때문이다. 그리고 그것이 글쓰기의 금욕주의와 실제적인 자살의 욕망이라는 형태로 작품 속에 나타나고 있다는 것을 확인할 수 있었다.

그런데 이상이 은밀하게 꿈꾸었던 글쓰기의 정지, 실제적인 자살이란 처음부터 그 성취가 불가능한 꿈이었다. 글을 쓰지 않고 나아가 글을 쓰는 자아를 죽이기 위해서는 문자의 공간을 떠나야만 하는데, 실제로 이상은 글쓰기의 공간을 떠날 수 없었다. 그에게는 글쓰기의 공간만이 고유하고 독자적인 삶을 기획할 기회를 제공하는 유일한 곳이었기 때문이다. 이상은 글을 쓰기 시작하던 순간부터 죽음을 맞아 펜을 놓게 된 바로 그 순간까지 내내 이러한 풀리지 않는 모순과 역설의 고리에 붙들려 있었다. 한마디로 이상은 글쓰기의 허위성을 무서울 정도로 고통스럽게 인식하였지만 동시에 삶을 지탱하기 위하여 글쓰기의 필요성을 끈질기게 갈망했던 것이다. 그렇듯 이중적인 지향에 의하여 분열되었던 자신의 의식의 움직임을 이상은 다음과 같이 표현하였다.

> 구멍은 없는가. 幽靈처럼 그 곳에서 도망쳐 나가고 싶다. 허지만 여기가 정작 참아야 할 데다. 될 수 있는 대로 興奮해 보자.
>
> 「哀夜」[277]

인용문에서 이상은, 새롭고 독자적인 자아 창조의 창세기가 펼쳐지는 숭고한 싸움터가 아니라 악랄한 사기극이 공연되는 무대로 인식된 글쓰기의 공간에서 도망치고 싶은 욕망을 토로하는데, 그럼에도 불구하고 그곳만이 삶의 기회를 제공하는 유일한 공간임을 동시에 인정하고 있다. 결국 이상은 언어를 빠져 나오려는 욕망과 어떠한 진리도 언어의 통제에서 벗어날 수 없다는 인식 사이의 이율배반에 갇혀 있었던 셈이다. 스스로 기원이 되고자 하는 낭만주의의 꿈은 바로

---

277) 『李箱문학전집3』, 308면.

그 기원을 이루는 것이 언어이기 때문에 이루지 못할 환상으로 파악되었다. 그렇다고 해서 그 언어에서 도망할 수도 없는 것이다. 이것은 결국 자기모순적인 요구로서 이상이 직면한 심각한 문제였다.[278]

이상은 글을 쓰는 순간이 바로 거짓이 되어버리는 문학으로부터 거리를 유지하고자 했다. 그 가능한 방법 중의 하나는 글을 전혀 쓰지 않는 것이었다. 실제로 이상은 글쓰기의 금욕주의와 자살의 의지라는 형태로 그러한 시도를 보여 주었었다. 하지만 그것이 이상의 방법은 아니었고 그럴 수도 없었다. 글쓰기와 삶을 등가관계로 파악하였던 이상이 고유한 삶의 방식을 탐색할 수 있는 기회를 제공하는 유일한 공간인 글쓰기를 포기할 수는 없었던 것이다. 이 경우 그의 글은 다시 또 자기기만과 속임수만이 존재하는 허위의 글쓰기로 떨어져 버릴 위험성이 있었다. 이에 따라 이상은 거짓에 불과한 글쓰기에 대해 거리를 유지하면서 동시에 그 안에서 무엇인가를 할 수 있는 방법을 모색고자 하였다. 그의 말을 빌린다면 '될 수 있는 대로 興奮해' 보려고 하였던 것이다. 그렇다면 그 '될 수 있는 대로 興奮'할 수 있는 방법이란 무엇일까? 그 질문 앞에서 자신이 느꼈던 막막함을 이상은 다음과 같이 드러내었다.

---

278) 이상이 직면한 모순적인 두 요구 사이의 갈등은, 프랭크 커머드가 소설의 형식과 조건에 대해 이야기하면서 발견하고 지적해낸 사르트르의 다음과 같은 문학적 고민과 동일한 것이라고 할 수 있다.

대체로 사르트르의 입장의 근본적인 특징은 허구를 깊이 불신하면서도 인간에게 불가결한 것으로 취급하는 태도이다. 불가피하게 꾸밈의 요소를 포함하지 않을 수 없고 직관상을 계승하지 않을 수 없는 소설에서 이런 불가결한 것을 불신할 때 새로운 이론가들이 말하는 끊임없는 '탐색'이 생길 수밖에 없다. 이 '탐색'은 그 자체로는 새로운 것이 아니다. 이 탐색은 근래 가속화되기는 했지만, 한편으로는 우연성을 묘사해야 할 필요와 다른 한편으로는 위로해줄 형식의 힘에 항상 시달려 왔던 이 장르의 영속적인 특징이다. 요약하자면, 소설에 대해 꾸준한 변화를 요구하는 압력요인은 고뇌와 자기기만이다. 후자에 대해서, 소설은 패러다임에 대한 무비판적이거나 비겁한 집착으로부터 벗어난다. 하지만 그 패러다임들은 없앨 수는 없다. 그 결과로 생겨나게 마련인 불순상태는 탐색을 더욱 진척시킴으로써 순화시킬 수 있다. 어떻게 우리는 불순하게 마련인 매체를 갖고 존재한다는 죄악으로부터 손을 씻을 수 있을까?(프랭크 커머드, 앞의 책, 160면)

> 나는 아침을 먹었다. 그러나 無作定 넓다란 白紙같은 '오늘'이라는 것이 내
> 앞에 펼쳐져 있으면서 무슨 記事라도 좋으니 강요한다. 나는 무엇이고 하지 않으
> 면 안된다. 무엇을 해야 할 것인가 研究해야 한다.
>
> 「倦怠」279)

　화자는 '백지'를 앞에 두고 거기에 과연 무엇을 써넣을 것인지 막
막해 하고 있다. 화자가 느끼는 막막함은 그가 이미 그 백지가 까맣
게 그슬려 있으며 따라서 거기에는 자신이 써넣고자 하는 '인류가 아
직 만들지 아니한 글자'가 쓰일 여백이 존재하지 않는다는 사실을 너
무나 잘 알고 있다는 사정에 기인한다. 그렇다고 해서 그 백지를 찢
어 버리거나 아예 무시해버릴 수도 없다는 것을 화자는 또한 잘 알고
있다. 결국 무엇인가를 쓰긴 써야 하는데 자신이 정말로 쓰고 싶은
것은 쓸 수 없는 것이다. 화자가 토로하는 곤혹스러운 막막함은 바로
그러한 정황을 배경으로 삼고 있다.

　결국 이 화자의 모습에는 바로 글을 쓸 수도 없고 쓰지 않을 수도
없는 상황에 처해 있던 이상 자신의 모습이 고스란히 투영되어 있는
데, 이러한 궁지에서 탈출하기 위하여 이상이 찾아낸 한 가지의 해결
책은 글쓰기의 진정성에 대한 과도한 요구를 포기하고, '절대의 애정'
을 추구하는 끝없는 경주에서 기권하는 행위로 나타났다.

> 나는 이따의 명예같은 것은 요새쯤 내다버리는 것이 좋았다. 그래 얼른 릴레를
> 기권했다. 이 경우에는 어휘를 탕진한 부랑자의 자격에서
>
> 「童孩」280)

---

279) 『李箱문학전집3』, 141면.

280) 『李箱문학전집2』, 281면.

이상의 작품 중에는 인용문에서 보이듯, '어휘를 탕진한 부랑자의 자격에서', '숙명의 슬픈 透視癖은 깨끗이 벗어놓고'(「終生記」)[281] 사물과 실재를 향한 '절대의 애정'을 포기해 버리고자 하는 의식의 지향을 담고 있는 작품들이 있다. 거기에 나타나 있는 것은 자신의 죽음을 무릅쓰면서까지 추구하였던 사물과 언어를 일치시키려는 탐구와 실험을 포기하고자 했던, 현존의 글쓰기의 경주에서 기권하려 했던 이상의 모습이다. 다음에서 이상이 스스로 쓴 묘비명이 바로 절대의 애정과 순결을 추구하는, 현존의 경주에서 일착을 고집하는 자신을 묻는 묘비명이다.

墓地銘이라. 一世의 鬼才 李箱은 그 通生의 大作「終生記」一篇을 남기고 西曆紀元後 一千九百三十七年 丁丑 三月三日 未時 여기 百日 이래서 그 波瀾 萬丈(?)의 生涯를 끝막고 문득 卒하다. 享年 滿二十五歲와 十一個月. 嗚呼라! 傷心커다. 虛脫이야 殘存하는 또 하나의 李箱 九天을 우러러 號哭하고 이 寒山 一片石을 세우노라.

「終生記」[282]

위의 인용문에는 앞에서와 마찬가지로, 절대의 애정을 추구하기 위하여 자신의 죽음까지 불사했던 이상의 모습과는 정반대되는 모습이 그려지고 있다. '절대의 애정'을 고집하는 자아를 매장해 버리고자 하는 시도가 나타나 있는 것이다. 물론 이러한 의식의 움직임이 어떤 동기에서 탄생되었으며 또 무엇을 지향하고 있는지를 위의 인용문을 통해서 분명하게 확인할 수는 없다. 그런데 위의 인용문을 자세히 살펴보면, '절내의 애정'을 추구하는 자아를 매장한 주체이자 '절대의

---

281) 『李箱문학전집2』, 393면.
282) 『李箱문학전집2』, 384-385면.

애정'을 추구하는 자아가 매장된 후 '殘存하는 또 하나의 李箱'이 있음을 알 수 있다. 따라서 그 '殘存하는 또 하나의 李箱'이 차근차근 고려하는 '내 半生의 陣容 後日'(「終生記」)[283]을 알아낸다면, 이상이 '절대의 애정'을 추구하는 자아를 매장함으로써 지향하는 것이 무엇인지를 알 수 있을 것이다. 그렇다면 그 '殘存하는 또 하나의 李箱'이 차근차근 고려하는 '내 半生의 陣容 後日'은 무엇인가? 다음의 인용문들을 통해 그 '殘存하는 또 하나의 李箱'이 남아 있는 자신의 半生 동안 갖추려고 하는 陣容이 다름 아닌 '소설 쓰기'라는 것이 드러난다.

> 아마 李箱은 그 '白白しい 文學은 그만두겠지요, …(중략)… 小說을 쓰겠오, 「おれ達の幸福を神様にみせびらかしてやる」 그런 駭怪망測한 小說을 쓰겠다는 이야기요, 凶計지오?
>
> 「私信(三)」[284]

> 事實 나는 요새 그따위 詩밖에 써지지 않는구려. 차라리 그래서 徹底히 小說을 쓸 決心이오.
>
> 「私信(七)」[285]

'소설을 쓰겠다'는 이상의 말이 무엇을 의미하는가라는 질문에 대한 답을 찾기 위해서는 다시 글쓰기의 기원으로 돌아갈 필요가 있다. 이상은 자신이 운명의 형식으로 선택하였던 글쓰기에의 욕망을 '아름다운 詩'를 쓰고 싶다는 욕망으로 표상했었음을 환기할 필요가 있는 것이다. 이상의 작품에 나타나는 '詩'는 단순히 장르 개념으로서의 서정시를 의미하지 않는다. 그것은 고유하고 독자적인 의미체계를 생

---

283) 『李箱문학전집2』, 385면.
284) 『李箱문학전집3』, 226면.
285) 『李箱문학전집3』, 235면.

산하고자 하는 의지, '인류가 아직 만들지 아니한 글자'를 만들어 내고자 하는 욕망, 언어와 사물을 합일시키고자 하는 의지를 표상하는 것이다. 그렇다면 '詩'와 반대되는 개념으로서의 '소설'을 쓰고자 하는 의지를 표명하고 있는 인용문들은 바로, 고유하고 독창적인 의미 체계를 만들어 내고자 하는 욕망을 자발적으로 포기하고 대신에 기존의 의미체계를 수용하고자 하는 시도가 이상에게 있었음을 말해준다고 할 수 있다. '인류가 아직 만들지 아니한 글자'를 만들고자 하는 의지를 포기한 상태에서 쓰는 '소설'의 구체적인 모습은 다음의 인용문을 통해 살펴볼 수 있다.

> 肉身이 흐느적흐느적하도록 疲勞했을 때만 精神이 銀貨처럼 맑소. 니코틴이 내 蛔ㅅ배 앓는 뱃속으로 스미면 머리 속에 의례히 白紙가 準備되는 법이오. 그 위에다 나는 위트와 파라독스를 바둑布石처럼 늘어놓소. 可憎할 常識의 病이오.
> 나는 또 女人과 生活을 設計하오. 戀愛技法에마저 서먹서먹해진 知性의 極致를 흘긋 좀 들여다 본 일이 있는 말하자면 一種의 精神奔逸者 말이오. 이런 여인의 半─그것은 온갖 것의 半이오 ─만을 領受하는 생활을 設計한다는 말이오. 그런 生活 속에 한 발만 들여놓고 恰似 두 개의 太陽처럼 마주 쳐다보면서 낄낄거리는 것이오. 나는 아마 어지간히 人生의 諸行이 싱거워서 견딜 수가 없게끔 되고 그만둔 모양이오.
> 빠이. 그대는 이따금 그대가 제일 싫어하는 飮食을 貪食하는 아이러니를 實踐해 보는 것도 좋을 것 같소. 위트와 파라독스와……
> 그대 自身을 僞造하는 것도 할 만한 일이오. 그대의 作品은 한번도 본 일이 없는 旣成品에 依하여 차라리 輕便하고 高邁하리다.
> 十九世紀는 될 수 있거든 封鎖하여 버리오. 도스토엡스키 精神이란 자칫하면 浪費인 것 같소.
>
> 「날개」[286]

인용문에는 '詩'로 표상되는, 사물과 실재에 대한 절대의 애정을 추

---

286) 『李箱문학전집2』, 318-319면.

구하는 글쓰기와 반대되는 자리에 있다고 할 수 있는 '小說'로 표상되는 글쓰기의 구체적인 모습이 언급되고 있다. 단적으로 말하면 '小說'을 쓰겠다는 이상의 의지는 '한 번도 본 일이 없는 旣成品'을 만들겠다는 의지의 또 다른 표현이다. 백색의 언어, 순결한 의미체계의 창조가 불가능하다면, 대신에 오래되고 낡아버려 퇴색한 기존의 의미체계를 이용하여 가장 뛰어난 기성품을 만들겠다는 것이 소설 쓰기의 의지를 통해 이상이 말하고자 했던 바인 것이다.

여기에서 旣成品으로 표상된, 기존의 의미체계에 갇힌 글은 사실은 이상이 가장 타기했던 대상이다. 이상이 탐색했던 것은 기존의 의미체계를 벗어난, 새롭고 독창적인 의미체계의 생산이었다. 그러나 동시에 이상은 처음부터 기존의 의미체계로부터 완전히 해방된 언어조직체의 생산이란 불가능한 환상일 뿐이라는 사실을 명확하게 인식하고 있었다. 그래서 글을 쓰는 행위 자체를 거부하고 기존의 글을 지우려는 시도까지 하였던 것이다. 그러나 앞에서 살펴본 의식의 논리에 의해 이상은 글쓰기 자체를 그만두지는 못한다. 따라서 선택의 여지없이 기존의 의미체계를 받아들일 수밖에 없는데, 그렇다면 차라리 가장 뛰어난 기성품, '한 번도 본 일이 없는 旣成品'을 만들자는 것이, 글을 쓸 수도 없고 쓰지 않을 수도 없는 궁지에서 벗어나기 위해 이상이 선택하였던 하나의 탈출구였던 것이다.

그런데 '한 번도 본 일이 없는 旣成品'을 만들기 위해 행해지는 글쓰기는 이상이 가장 싫어하고 피하던 기성의 언어조직체를 만들어내는 일이기 때문에 '제일 싫어하는 음식을 탐식하는 아이러니를 實踐'하는 '파라독스'와 '위트'로 인식된다. 한편 그러한 의도로 글을 쓰는 행위를 이상은 '十九世紀'를 봉쇄하는 일이라고 상상하였다. 사물과 실재에 대한 절대적인 애정, 순결과 순수에 대한 윤리적인 감각을 이상은 '十九世紀적'인 감각이요, '도스토옙스키'적인 정신이라고 생각했던 것인데, 기존의 의미체계를 수용하는 현실의 글쓰기는 그러한 절대에 대한 감각을 봉쇄하지 않고는 이루어지지 못한다. '十九世紀는 될 수 있거든 封鎖하여 버리오. 도스토옙스키 精神이란 자칫하면 浪費인 것 같소'라는 권유는 그러니까 사실은 小說 쓰기를 선택한 이상이 詩를 추구하는 자신에게 매 순간 보내는 고별사라고 할 수 있다. 앞 장에서 살펴본 이상의 작품들이 가짜 자명성으로 위장된 글쓰기를 회의하고 그것을 해부하면서 글쓰기의 의지 자체를 지우려고 했던, 詩를 쓰고자 하는 이상의 모습을 보여 주는 데 반해, 그와 대척되는 지점에서 이상은 스스로 적극적인 '거짓말 제작자'의 역할을 수행하고자 하기도 했던 것이다.

'소설'로 표상된 글쓰기는 충만한 현존을 목표로 하지 않고 쓰디쓴 반어적 태도에 의하여 이루어진다. 그러한 태도에 의해 만들어진 글은 처음부터 자신이 거짓말에 불과한 줄을 알고 하는 거짓말, 정직한 거짓말이 된다. 어차피 모든 글이 사물을 죽이고 나온 종이묘비에 불과하다면, 그리고 사물을 변질시키지 않는 진정한 글쓰기란 존재할 수 없다면 차라리 즐기면서 거짓말을 하는 것이 최후의 방법이 아닐까 하고 이상은 생각하였던 것이다. 그는 자신의 그러한 글쓰기 방법론을 복화술이라고 불렀다.

> 腹話術이란 결국 言語의 貯藏倉庫의 經營일 것이다.
>
> 「猫의記」287)

---

287) 『李箱문학전집3』, 318면.

이상이 말하는 복화술은 결국 새로운 의미체계의 창조에 대한 욕망과 의지 자체의 포기를 전제로 한 글쓰기 방법론이다. 그것은 다만 기존의 의미체계를 그대로 받아들이고 수용하여 '經營'하는 행위이다. 물론 그렇다고 해서 이상이 기존의 언어체계를 무비판적으로 받아들이려고 했다는 뜻은 아니다. 그가 목표하는 것은 보통의 기성품이 아니라 '한 번도 본 일이 없는 旣成品'이기 때문이다. 그렇다면 '한 번도 본 일이 없는 기성품'을 만들기 위한 '言語貯藏倉庫의 經營' 방법은 무엇인가?

> 기본적인 形體 혹은 色彩는 절대로 우리들의 創造로는 태어나지 않는다. 幾千幾萬年부터 全人類의 原經驗의 堆積이다
>
> 그렇지만 그것들이 조합되는 곳에, 우리들은 創造의 경지를 찾아낸다.
> 「권두언6」288)

이상의 말대로 의미체계는 '幾千幾萬年부터 全人類의 原經驗의 堆積이'어서, '절대로 우리들의 創造로는 태어나지 않는다.' 이러한 한계에 대한 자각이야말로 유일한 개체성의 극한을 탐색하였던 이상을 죽음보다 더한 절망으로 몰고 갔던 인식이다. 이상은 그러한 인식 앞에서 절망하고 자신의 죽음을 무릅쓰면서까지 그 조건과 한계를 극복하고 벗어나기 위한 시도를 보여 주었는데 그 모든 시도가 실패할 수밖에 없음을 확인한 후에, 다만 기존의 의미 체계가 '조합되는 곳에'서 '創造의 경지를 찾아내고자' 하기도 했던 것이다. 다시 말해 기존의 의미 체계를 절묘하게 조합함으로써 '한 번도 본 일이 없는 旣成品'을 만들

---

288) 『李箱문학전집3』, 199면.

어내는 것도 일종의 창조일 수 있지 않을까라고 희망했던 것이다.

살펴본 대로 이상은 한 순간, 거짓이 문학의 본질이고 예술가에게 주어진 운명이라면 차라리 그 거짓을 철저하게 밀고 나가겠다는 태도에 의해 수행되는 글쓰기를 통해 글쓰기의 함정에서 벗어날 수 있으리라고 기대했었다. 나아가 그러한 태도에 의한 글쓰기를 '지성의 극치를 흘낏 들여다보는 이야기'(「斷髮」)[289]요, '無敵 [에고이스트]가 할 수 있는 最大 욕구'(「斷髮」)[290]라고 부르기까지 하였다. 그런데 그러한 글쓰기는 애초부터 창조성이나 순수성의 잣대가 끼어들 틈이 없어서 그 우열은 다만 '조합'의 정교함, 세련도에 의존하게 된다. 게다가 사물과 실재에 대한 절대적인 애정 같은 것은 전혀 개입하지 않게 되므로 글을 쓴다는 행위는 다만 세련된 유희의 행위로 이해된다.

> 나는 닭도 보았다. 또 개도 보았다. 또 소이야기도 들었다. 또 外國서 섬그림도 보았다. 그러나 나는 너이들에게 이 幸運의 열쇠를 빌려주려고는 않는다. 내가 아니면은─보아라 좀 오래 걸렸느냐─이런 것을 만들어 놓을 수는 없다.
> 「恐怖의 記錄」[291]

인용문은 이상이 한동안 그의 관념 속에서 그려 보았던 어떤 글쓰기의 태도를 보여 준다. 그는 엄숙한 실존의 선택이 아니라, 다만 기성의 의미체계를 교묘하게 조합하여 다른 사람들을 깜짝 놀라게 만들 수 있는 지적 장난감을 만드는 일로서의 글쓰기를 상상해 보았던 것이다. 물론 거기에는 그러한 글쓰기를 통해 글을 쓸 수도, 쓰지 않을 수도 없

---

289) 『李箱문학전집2』, 252면.
290) 『李箱문학전집2』, 246면.
291) 『李箱문학전집2』, 201면.

는 궁지에서 벗어날 수 있지 않을까 하는 절박한 기대가 깔려 있었다.

그러나 이상이 짐짓 호기롭게 자랑했던, 그가 상상 속에서 그려 보았던 복화술로서의 글쓰기는 이미 순수한 의미체계의 창조가 불가능했음을 알고서 행하는 글쓰기이기 때문에 말 그대로 절망적인 유희에 불과하다. 이상의 호언장담에도 불구하고 그것은 행복한 글쓰기가될 수도 없고, 누구나 우러를 수 있는 절륜의 기술이 될 수도 없다. 그것은 이미 다른 선택의 여지가 없어졌기 때문에 선택된 절망적인 투기사업이거나, 할 수 있는 한 끝까지 가보는 수밖에 없어서 계속되는 비극적이고 참혹한 유희가 될 수밖에 없다.

그래서 이상이 오랫동안 그의 관념 속에서 그려 보았던 '소설' 혹은 복화술로서의 글쓰기는 실제로 작품화되지는 않았다. 사실 그는 단지 기성품의 조합으로 만들어진 글만을 생산하는 복화술로서의 글쓰기를 신뢰할 수 없었다. 그러한 글쓰기란 절대적인 개인성, 고유하고 독자적인 삶의 기획을 꿈꾸었던 이상에게는 감내하기 어려운 치욕으로 받아들여졌기 때문이다. 게다가 절대의 감각, 사물과 실재에 대한 양심으로 표상되는 윤리감각이 언제나 그의 발목을 붙잡았다. 위와 같은 의식의 움직임을 이상은 작품 속에서 '19세기적인 것'과 '20세기적인 것'의 긴장으로 변용시켜 드러내었다.

> 슬퍼? 응−슬플밖에−二十世紀를 生活하는 데 十九世紀의 道德性밖에는 없으니 나는 永遠한 절름발이로다. 슬퍼야지−만일 슬프지 않다면−나는 억지로라도 슬퍼해야지−슬픈 포우즈라도 해보여야지
>
> 「失花」292)

---

292) 『李箱문학전집2』, 368면.

암만 해도 나는 十九世紀와 二十世紀 틈바구니에 끼워 卒倒하려 드는 無賴 漢인 모양이오. 完全히 二十世紀 사람이 되기에는 내 血管에는 너무도 많은 十 九世紀의 嚴肅한 道德性의 피가 威脅하듯이 흐르고 있소그려.

「私信七」293)

李太白이 노던 달아! 너도 차라리 十九世紀와 함께 殞命하여 버렸던들 작히 나 좋았을까

「東京」294)

앞에서 이미 지적한 대로 이상에게 '十九世紀적인' 감각과 '도스토 엡스키적 정신'이란 유일하고 독자적인 의미체계를 창조하려는 욕망, 기존의 의미체계와 언어적 질서의 바깥에 있는 실재와 사물에 대한 '절대적 애정'을 표상한다. 그것이 현실의 글쓰기에서는 불가능해졌 을 때, 이상은 그것들에 대한 탐색을 자발적으로 단념하고 오히려 기 존의 의미체계를 조합하여 색다른 기성품을 만들어내려는 데서 대안 을 찾고자 하였는데, 그것이 한동안 그의 상상 속에 자리 잡고 있었 던 이른바 복화술로서의 글쓰기였다. 이상은 바로 그러한 복화술로서 의 글을 쓸 수 있는, 고유하고 절대적인 세계에 대한 열망을 배제한 채 글을 쓸 수 있는 감각을 '二十世紀적'인 것이라고 생각하였던 것이 다. 그러나 그는 끝끝내 절대의 감각을 뿌리칠 수 없었다. 그 절대의 감각이 그로 하여금 '完全히 二十世紀 사람이 되기에는 내 血管에는 너 무도 많은 十九世紀의 嚴肅한 道德性의 피가 威脅하듯이 흐르고 있소 그려'라는 고백을 하게 만들고, '李太白이 노던 달아! 너도 차라리 十 九世紀와 함께 殞命하여 버렸던들 작히나 좋았을까'라고 원망하게 하

293) 『李箱문학전집3』, 235면.
294) 『李箱문학전집3』, 98면.

였던 것이다.

자꾸 自信을 잃어버리면서도 良心 良心 이렇게 부르짖어 보오 悲慘한 일이오.
「私信(八)」295)

　인용문에서 보듯 이상은 양심 때문에 절망하면서도 그것을 버리지
못하는, 완전히 이십세기의 인간이 되지 못하는 자신을 타박했으나,
사실은 이상의 바로 그 점에 그의 문학의 진실이 자리했던 것으로 보
인다. 그가 기껏 영리한 모더니스트가 아니라 문학의 진정한 순교자
로 남을 수 있었던 것은 바로 그러한 감각에 의해서였다.

　결국 한동안 이상의 상상 속에서 유일한 탈출구로 여겨졌던, '아이
러니'와 '패러독스'에 의해 수행되는 글쓰기마저 글을 쓰지 않고자
하는 의지와 글을 쓸 수밖에 없는 현실 사이에서 이상이 봉착했던 모
순과 갈등의 상황으로부터 그를 구제하지 못하였다. 이렇듯 기존의
의미체계를 교묘하게 조합하여 '한 번도 본 적이 없는 旣成品'을 만들
고자 했던 시도마저 이상을 구제하지 못한다면 이상에게 남아 있던
선택은 무엇일까?

5) 지우면서 쓰기

　유일하고 독자적인 자아를 보존하기 위해, 새로운 의미체계를 생
산하기 위하여 이상은 색다른 전략을 구사하였다. 그는 끊임없이 자
신이 쓴 것을 무화하고 해체하고 지워 버리려 하였다. 글을 쓰면서도

---

295) 『李箱문학전집3』, 239면.

자신의 글이 무력하고 거짓에 불과함을 드러냄으로써, 이상은 언제나 허위와 거짓으로 변해 버리는 글쓰기로부터 몸을 빼내어 자신을 보호할 수 있으리라고 기대했던 것이다. 그러한 의식의 움직임이 구체적인 형태로 나타난 것이 작품의 의미를 지연시킴으로써 언어의 구속력에서 벗어나고자 하는 시도였다. 기존의 의미체계를 완전히 무시하거나 제거할 수 없다면, 기존의 의미체계를 수용하되 그것을 지연시킨다는 전략을 구사할 수 있다. 의미를 완전히 면제시킬 수 없을 때에는 의미를 지연시키는 방법을 통해 의미의 확정성, 언어의 구속으로부터 자신을 보호할 수 있는 것이다. 그것은 글쓰기의 공간을 떠날 수 없는 이상이 글을 쓰면서도 기성의 언어조직체로부터 자신의 유일성과 독자성을 보호할 수 있는 마지막 방법이었다.

> 변소에서보산의앞에막혀있는느얼담벼락은보산에게있어서는종이를얻는시간이느얼이얻는시간보다도훨씬더많을만큼의례히변소에들어온보산에게맡겨서는종이노릇을하는것이다. 종이노릇을하노라면 보산은여지없이 여러가지글을썼다가여지없이여러번지우고 말아버린다. 어떤때에는사람된체면으로서는 도저히적을수없는끔찍끔찍한사건을만들어서당연히 그위에다적어놓고차곡차곡내려읽는다. 그리고난다음에는 또짓는다.
>
> 「休業과 事情」296)

'여지없이 여러 가지 글을 썼다가 여지없이 여러 번 지우고 말아 버'리는 '보산'의 모습 속에는 쓰기와 지우기를 동시에 수행했던 이상 자신의 모습이 투영되어 있다. 이상은 글을 쓰기는 하지만 쓰자마자, 아니 쓰는 것과 동시에 자신이 쓴 글을 지워 버리고자 하였다. 따

---

296) 『李箱문학전집2』, 150면

라서 그의 글에서는 연필과 지우개가 동시에 작동한다고 말할 수 있다. 작품의 표면에서는 글을 쓰고 있지만 작품의 이면에서는 그 표면의 내용을 부정하고 지워 버리는 이중연극의 행위가 연출되었던 것이다. 이렇듯 이상의 글쓰기는 글쓰기에 대한 테러와 한 짝을 이루면서 행해졌다. 그렇다면 그러한 방법을 통해 산출된 이상의 글은, 전달하고자 하는 내용이 이중으로 적혀 있는 밀랍으로 만든 책에 비견될 수 있을 것이다.[297]

글을 쓰면서도 기성의 언어조직체로부터 자신의 유일성과 독자성을 보호하기 위해 이상은 끊임없이 자신이 쓴 것을 무화하고 해체하고 지워 버리려 하였는데, 이렇듯 쓰자마자 그것을 무화시키고 지워 버리려는 의식의 움직임 때문에 그의 작품 속에는 명확한 진술이 되는 것을 거부하면서 한없이 머뭇거리는 화법이 등장하게 되었다. 다음의 인용문들은 그러한 특징적인 화법의 좋은 예를 제공한다.

日暮淸算─
날은 저물었다. 아차! 아직 저물지 않은 것으로 하는 것이 좋을까보다.
날은 아직 저물지 않았다.
그러면 아까 장만해 둔 세간 器具를 내세워 어디 차근차근 살림살이를 한 번

---

297) 밀납책이란 호주머니에 들어갈 수 있을 정도로 작은, 공책만 한 크기의 판자들로 만든 것이다. 작은 판자 하나는 한가운데가 장방형으로 도려내어져 있었고, 거기에는 노란색이나 검은색의 밀납이 가득 채워져 있었다. 작은 판자 안쪽의 양쪽 끝에는 구멍이 뚫려 있고 그 구멍에 끈이 꿰어져 있으며, 그것으로 작은 판자 한 장 한 장을 묶어 한 권의 작은 책이 될 수 있도록 철할 수 있게 되어 있었다. 스타일러스라는 조그만 강철 막대기를 이용해서 할퀴듯이 글을 썼는데, 이 밀납책은 당연히 오랫동안 사용할 수 있었다. 사람들은 판자 위의 이전 글씨를 지우고 다시 쓰고 하여 얼마든지 오랫동안 사용할 수 있었다. 그런데 '밀납판에 쓴 글자를 손쉽게 지울 수 있다는 것은 항상 좋은 일만은 아니었다. 전하는 사람의 부주의로 도중에서 내용이 완전히 지워져 버려, 중요한 비밀편지의 내용이 지워진 채 도착하는 경우도 종종 있었다. 그럴 경우에 대비해서 사람들은 때때로 진짜 편지 위에 다시 한 번 밀납을 덧칠하고 "안녕하신지요? 건강하십니까? 함께 식사를 하십시다" 따위의 의미 없는 말을 쓰기도 했다. 이런 편지를 받았을 때 사람들은 덧칠한 밀납을 주의 깊게 벗겨내고 밑에 칠한 밀납 위에 쓰여 있는 진짜 편지를 읽었다. 즉, 이 무렵의 편지는 1층, 2층이 있는 집처럼 밀납 위에 또 밀납이 칠해져 있었던 것이다(일리인 저, 심성보 옮김, 『책 시계 등물의 역사』, 연구사, 1989, 83-85면).

치러 볼 天佑의 好機가 내 앞으로 다달았나 보다. 자 ─

「終生記」298)

「侈奢한 少女는」, 「解東期의 시냇가에 서서」, 「입술이 落花지듯 좀 파래지면서」, 「薄氷 밑으로는 무엇이 저리도 움직이는가」, 「고개를 갸웃거리는 듯이 숙이고 있는데」, 「봄 운기를 품은 薰風이 불어와서」, 「스커어트」, 아니 아니, 「너무나」, 아니, 아니, 「좀」 「슬퍼 보이는 紅髮을 건드리면」 그만, 터 아니다. 나는 한 마디 可憐한 語彙를 添加할 誠意를 보이자.
「나붓나붓」
이만하면 完備된 裝置에 틀림없으리라.

「終生記」299)

극단적으로 말한다면, 이상은 마침표 하나도 찍을 수 없는 상황에 빠졌다고 할 수 있다. 의미가 확정되는 것으로부터 자신을 보호해야 하고 그 언어의 구속력으로부터 순간순간 벗어나야 하기 때문에, 글자를 적는 바로 그 순간 그것의 의미가 확정되어 버리지 않을까 하는 우려가 그 말을 부정하고 지워 버리는 것이다. 위의 인용문들은 그러한 의식의 움직임이 어떤 양상으로 표출되는지를 잘 보여 준다. 인용문들에서 이상이 직전에 쓴 말을 거부하고 취소시켜 버리는 것은 그 말의 의미가 확정되는 것을 두려워하기 때문이다.300)

---

298) 『李箱문학전집』, 387면.

299) 『李箱문학전집2』, 378면.

300) 이상의 작품 속에 나타나는 이러한 특징적인 화법은, 바흐친이 도스토옙스키의 작품에서 발견하여 '타인의 말을 격렬하게 예기함으로써 생겨나는', '곁눈질해 보는 말의 구조'라고 불렀던 어법에 비견될 수 있을 것이다. 물론 두 경우의 발생 맥락은 같지 않다.

처녀작에서부터 도스토옙스키는 그의 모든 창작에 특징적인 말의 스타일을, 타인의 말을 격렬하게 예기함으로써 생겨나는 스타일을 만들어 내고 있다. 이 스타일은 후속되는 그의 창작에서 지대한 의미를 띠게 된다. 주인공들의 극히 중대한 고백적 자기 표출은 주인공들에 관해 타인이 무슨 말을 하는가에 그리고 그들 자신에 관해 타인이 어떠한 반응을 하는가에 대한 극도의 민감성으로 점철되어 있다. 이러한 발화는 어조나 스타일뿐만 아니라, 내부적인 의미구조도 타인의 말을 예측함으로써 결정되어진다. …(중략)… 이렇게 사람의 안색을 살피는 일은 무엇보다도 이 스타일의 특징인 이야기를 질질 끌게 하는 점에서 그리고 변명으로 이야기를 차단시킨다는 점에서 나타나고 있다. …(중략)… 거의 한마디 한마디가 끝

이상은 글을 쓰기는 하지만 그러나 그 거짓에 불과한 글을 부정하고 지움으로써 거짓말과 속임수로 변해 버리는 자신의 글쓰기로부터 거리를 두려고 하였으며, 이러한 방법을 통해 자신의 개체성과 독자성을 보호할 수 있다고 생각하였다. 그렇다면 지우기가 쓰기에 따라 잡히는 순간 그의 모든 실험은 실패하게 된다. 따라서 이러한 쓰기/지우기는 촌각의 틈을 허용하지 않으며, 그것은 그야말로 순간을 다투는 기술이 된다.

> 나는 一時一刻을 虛送하지는 않는다. 나는 없는 智慧를 끊지지 않고 쥐어 짠다.
>
> 「終生記」301)

글을 쓰면서도 기성의 언어조직체로부터 자신의 유일성과 독자성을 보호하기 위해, 이상은 글자를 적어 나가면서도 순간순간 글쓰기가 강요하는 언어의 구속으로부터 벗어나려 하였다. 끊임없이 자신의 글의 의미를 확정 지으려는, 의미의 망 안에 포획하려는 시도가 있기 때문에 순간순간 의미의, 언어의 구속으로부터 도망쳐야 했다. 이상 작품에 질주, 달아남의 주제가 수없이 등장하는 것은 바로 이 때문이다. 다만 멈추지 않고 달림으로써, 이상은 자신의 글의 의미를 확정 지으려는 언어의 구속력에 잡히는 것을 면할 수 있다. 이상의 작품 중 가장 많은 논란거리를 제공하였던 다음 작품 「詩第一號」를 통해

날 때마다 제부쉬낀은 그 자리에 없는 상대방을 흘낏흘낏 바라보면서 그가 푸념을 하고 있다고 생각들을 하지는 않을까 하고 걱정하거나 그의 부엌살이에 관한 이야기가 주는 인상을 미리 감소시키려 하기도 하면서, 상대방 처녀를 슬프게 하지 않으려고 노력한다. 상대방에게서 나올 수 있는 반응을 염두에 두고 말의 악센트를 강하게 하거나 새로운 뉘앙스를 덧붙이려는 노력으로부터 말의 되풀이가 생겨난다 (M. 바흐친, 김근식 옮김, 『도스토옙스키 詩學』, 정음사, 1988, 296 - 297면).

301) 『李箱문학전집2』, 380면.

이상이 재현하고자 했던 것은 바로 그러한 지우기의 경험이었던 것
으로 보인다.

13人의兒孩가道路로疾走하오.
(길은막다른골목이適當하오.)

第1의兒孩가무섭다고그리오.
第2의兒孩가무섭다고그리오.
第3의兒孩가무섭다고그리오.
第4의兒孩가무섭다고그리오.
第5의兒孩가무섭다고그리오.
第6의兒孩가무섭다고그리오.
第7의兒孩가무섭다고그리오.
第8의兒孩가무섭다고그리오.
第9의兒孩가무섭다고그리오.
第10의兒孩가무섭다고그리오.

第11의兒孩가무섭다고그리오.
第12의兒孩가무섭다고그리오.
第13의兒孩가무섭다고그리오.
13人의兒孩는무서운兒孩와무서워하는兒孩와그렇게뿐이모였소.
(다른事情은없는것이차라리나았소)

그中에1人의兒孩가무서운兒孩라도좋소.
그中에2人의兒孩가무서운兒孩라도좋소.
그中에2人의兒孩가무서운兒孩라도좋소.
그中에1人의兒孩가무서운兒孩라도좋소.

(길은뚫린골목이라도適當하오.)
13人의兒孩가道路로疾走하지아니하여도좋소.

「詩第一號」[302]

---

302) 『李箱詩全集』, 17 - 18면.

이 작품은 불안, 공포의 심리적 상황과 그에 대한 반응으로 나타난 질주의 사건을 담고 있다. 작중의 아해들은 무엇인가를 무서워하면서 달리고 있는데, 과연 작중의 아해들이 무서워하는 대상은 무엇일까? 그리고 그 공포의 반응이 왜 하필 질주와 도망치는 행위로 나타나는 것일까? 실상 이상은 여기에서 의미를 확정 지으려는 언어의 구속으로부터 자신이 매 순간 느꼈던 불안과 공포, 그리고 끝없이 의미를 지연시킴으로써, 글을 쓰는 순간 지움으로써 그 구속으로부터 달아나고자 하였던 경험을 재현하고 있는 것으로 보인다. 작중의 무서운 아해와 무서워하는 아해는 사실 한 사람의 두 가지 모습이라고 할 수 있다. 이상은 글을 쓰는 자신을 무서운 아해로, 글을 거부하고 지우려는 자신을 무서운 아해로 표상했던 것이다. 결국 「詩第一號」는 끝없이 의미를 지연시킴으로써, 글이 씌어지는 순간 지움으로써 언어의 구속력에서 벗어나려 했던 이상의 문학 의식의 풍경화라고 할 수 있다.

이상은 글을 쓰면서도 끊임없이 자신이 쓴 것을 해체하고 지워 버리려 하였다. 바로 그것이 유일과 독창성을 근본에서 부정하는 글을 쓰면서도 동시에 유일하고 독자적인 자아를 보존하기 위한 유일한 방법이라고 생각하였던 것이다. 그런데 이렇게 되면 글쓰기는 중단을 모르는, 완성을 모르는 운동이 될 수밖에 없다. 언어체는 이미 어떤 하나의 의미를 지니고 있는 것이기에 글을 쓰는 한 그 의미가 확정되지 못하도록 곧바로 지우고 삭제하는 운동은 끝이 보이지 않게 된다. 이상은 타자가 글 속에 있는 자기를 알아보자마자 그 이해의 범위를 벗어나도록 글을 써야 한다. 그리고 그렇게 되기 위해서는 그의 글은 해독 가능한 어떤 형체를 갖추어서는 안 될 것이다. 실체를 지니게 되는 순간 그것은 언어에, 의미에 포획되며 그 순간 그의 실험은 곧

끝장이 나므로 그것은 고정된 실체를 지녀서는 안 된다.

이렇듯 이상의 문학은 본질적으로 미완성의 운명을 띠고 있었으며, 동시에 의미를 확정 지을 수 있는 고정된 실체를 지녀서는 안 되는 운명을 지니고 있었다. 끝없이 글자를 적고 동시에 끝없이 그 글자를 지우는 운동 자체 속에서만 이상은 자신을 실현할 수 있었던 것이다. 다음 작품에서 이상은 그러한 자신의 운명을 상징적으로 그려냈다.

> 벌판한복판에 꽃나무하나가있소. 近處에는 꽃나무가하나도없소 꽃나무는 제가생각하는 꽃나무를 熱心으로 생각하는 것처럼 熱心으로 꽃을 피워가지고 섰소 꽃나무는 제가생각하는 꽃나무에게갈수없소 나는 막달아났소 한꽃나무를爲하여 그러는것처럼 나는참그런 이상스러운흉내를내었소.
>
> 「꽃나무」303)

겉보기와는 달리 이 작품 속에는 두 개의 꽃나무가 있는 것이 아니다. 제대로 꽃을 피우지 못한 한 그루의 나무가 있을 뿐이다. 물론 이 꽃나무는 지금 꽃을 피우고 있다. 그러나 아무래도 자기가 바라는 그러한 이상적인 모습으로는 꽃을 피우지 못하고 있다. 이 꽃나무에게는 자기가 자기에게 부여하는, 자기가 그런 모습이었으면 하고 원하는 이상적인 모습이 있다. 그것이 '제가 생각하는 꽃나무'이다. 그런데 이 현실의 꽃나무가 '제가 생각하는 꽃나무에게 갈 수 없다.' 그 이유는 바로 이 '제가 생각하는 꽃나무'가 어느 지점에 확고하게 자리 잡고 있지 않다는 사정에 기인한다. 그 이상적인 꽃나무는 실체로 확정되어 있지 않다. 그것은 다만 현실의 꽃나무가 끊임없이 '막 달아남'으로써 영원히 의미에 포획되지 않음으로써만 가까이 다가갈

---

303) 『李箱詩全集』, 183면.

수 있는 대상인 것이다. 그러니까 실제로는 어느 특정한 순간에 그 이상적인 꽃나무에 도달한다는 것은 불가능하다. 다만 의미로부터의 끊임없는 탈주의 운동 속에 그 이상적인 꽃나무는 언뜻 언뜻 모습을 보일 뿐이다.

결국 이상의 문학적 상상력 속에서 이상적인 모습으로 상정되었던 진정한 글은 불가능한 것이 된다. 그 이상적인 글은 영원히 도달할 수 없는 것으로 나타났고 현실의 글쓰기는 영원히 미완성일 수밖에 없는 운명을 지니고 있었다. 이상은 실제로 한 편의 시도 한 편의 소설도 한 편의 수필도 쓰지 않았다고 말할 수 있다. 이상의 글쓰기란 언제나 이상형으로만, 부재원인으로만 작용하였던 이상적인 글을 찾아가는 과정이었고, 그 글에 이르는 데 따르는 어려움을 확인하는 절차였다.

05

이상 문학과
현대성

　이상이 책읽기, 글쓰기, 지우기의 은유들 속에 담아낸 경험들을 전면에 드러내고 그 의미를 해석하고자 했던 모든 논의를 통해, 이상이 그러한 문자 경험들 속에서 일관되게 유일하고 독창적인 글을 쓰려 하는 작가로서의 자신의 운명을 드러내고 있었다는 점을 확인할 수 있었다. 시종일관 이상의 글 속에는 인간의 기원과 인간의 내면을 어떻게 파악할 수 있는가, 그러한 인식을 어떻게 언어로 표현할 것이며 어떠한 문학으로 만들 것인가를 질문하며 겪어낸 경험들이 재현되어 있었다.

　그런데 문학의 가능성, 조건, 한계에 대한 이상의 철저한 탐색과 회의는 이상 개인의 체험이라기보다는 모든 문자세계의 성원들이 필연적으로 감당해야 할 보편적인 체험틀로 판단된다. 또한 이상의 탐구와 그 비극적인 결말은 개인의 것이라기보다는 실상 현대문학의 그것이라고도 할 수 있다. 진정한 글을 찾았던 이상 문학의 도정은 낭만주의에서 상징주의를 거쳐 해체주의, 포스트모더니즘에 이르는 현대문학의 도정을 압축해서 보여 주고 있다는 것이다. 바로 그렇기 때문에 이상이 수행하였던 문자경험을 문학사적 맥락 속에서 재구성할 필요가 있어 보인다. 이러한 작업을 통해 그가 체험하고 재현하였던 경험들의 의미를 좀 더 넓은 시야에서 조감하고 그 의의를 되새길 수도 있을 것이다.

　얼핏 이상 문학의 문학사적 맥락을 짚어 보는 일은 이미 충분할 만큼 이루어져서 더 이상의 논의가 불필요해 보이기도 한다. 이상 문학이 연구자들의 관심을 끌기 시작한 바로 그 시점부터, 이상 문학은 꾸준히 문학사적 맥락 안에서 검토되어 왔기 때문이다. 이 책의 첫 장에서 이미 지적하였듯이 다다이즘, 초현실주의 등의 문학사조와 이상의 작품을 관련시킨 비교문학적 시각이나, 모더니즘 논의와 관련하여 이상 작품을 해석하려 했던 연구들은 이상 문학 연구의 커다란 흐름을 형성하였다. 비교문학적 관점을 앞세워서, 이상의 시를 다다이즘의 시로 규정하고 그 형태적 특질을 살핀다거나[304], 이상의 시를 다다이즘적 경향의 시로 규정한 바탕 위에서 동시시, 연쇄시, 통계시, 음향시로 분류한다든지[305], 이상 문학을 초현실주의의 계보 속에 편입시켜 바라본다거나[306], 이상의 작품이 당시의 일본 모더니즘 특히 安西冬衛, 春山行夫의 시, 並本弘一의 論文 등의 영향을 받았음을 지적

---

304) 김춘수, 「시형식의 다다이즘」, 『문학예술』(문학예술사, 1956. 1).

305) 구연식, 「다다이즘과 이상 문학」, 『동아논총』(1968. 4).

306) 추은희, 「쉬르레알리즘에 비춰본 箱의 작품세계」, 『현대문학』(1973. 7).

한 경우307) 등을 예로 들 수 있겠는데, 이러한 흐름은 지금도 계속 이어지고 있다.

또 모더니즘의 시각에서 이상의 작품을 살펴본 연구도 초창기부터 지금까지 꾸준히 이어져 왔다. 이상의 작품을 서구 모더니즘과 연결 지으면서, 그의 작품 속에 나타나는 풍자, 위트, 야유, 과장, 패러독스 등의 요소를 지적하거나,308) 모더니즘의 성격을 자연과 인간의 부조화, 일치감의 상실로 보고 이상시를 그러한 측면에서 해석하거나,309) 이상에 이르러 한국의 모더니즘 운동이 본격적으로 시작되었다는 전제 아래 이상의 작품을 분석하거나,310) 서구의 미래주의 기법과 관련하여 이상의 작품을 언급하거나,311) 직접적으로 이상 문학의 모더니즘을 서구문학의 영향으로 간주하여 전통시와의 차별성을 강조하는312) 등의 예들을 들 수 있다. 역시 이러한 관점 역시 지금도 활발하게 이어지고 있다.

그러나 이상 문학이 꾸준히 문학사적 맥락 안에서 검토되어 왔다고 해서, 새로운 시도 자체가 불필요한 일은 아닐 것이다. 시간의 흐름과 함께 과거에 대한 시야가 확대되고 그에 따라 새로운 의미가 부여되고 묻혀 있던 측면이 새롭게 조명되고 있기 때문이다. 확장된 원근법을 바탕으로 이상 문학의 문학사적 맥락을 재구성하는 작업은 끊임없이 이루어질 수밖에 없고 또 이루어져야 한다. 여기에서는 이같은 문제의식과, 이상의 작품이 현대라는 시대의 욕망과 탐구 그리

---

307) 문덕수, 「이상의 작품 연구」, 『성곡논총』 8집(1977).

308) 최재서, 「리얼리즘의 확대와 심화」, 『조선일보』(1936. 11. 31-12. 7).

309) 이창배, 「모더니스트로서의 이상」, 『심상』(1975. 3).

310) 이복숙, 『이상시의 모더니티 연구』(경희대 박사논문, 1988)

311) 이승훈, 「우리시의 모더니즘」, 『현대시사상』(고려원, 1990).

312) 김준오, 「한국 모더니즘의 현단계」, 『현대시사상』(고려원, 1990).

고 자기반성의 궤적을 투명하게 반영하고 있다는 관점을 가늠자로 삼아 그것의 문학사적 맥락을 재구성해보고자 한다.

막연하게 현대라고 말하는 시대는 사실 이전의 세계와 역사를 회의하고 비판하는 과정에서, 자신의 궁극적인 근거지를 인간의 이성과 주체, 자아의 동일성에서 찾은 시대를 뜻한다. 현대는 자아와 주체의 동일성이라는 기반 위에, 그리고 완벽한 주체의 동일성이 가능하리라는 신념 위에 세워진 제국이라고 말해도 큰 무리가 없다. 바로 그러한 믿음과 신념에 따라 개인주의가 탄생하였고 더불어 예술과 문화와 과학의 새로운 상황이 생겨났다. 개성과 주관을 존중하는 개인주의, 예술을 대체할 수 없는 개인적 독창성의 표현이라고 보는 태도 등은 모두 현대 이전의 모든 신들을 배격하고 회복한 자기와 주체에 대한 자신감의 산물들이다. 현대적 기획들의 가치와 유효성을 따지고 질문하는 탈현대의 담론들이 무수하게 쏟아져 나왔지만, 여전히 현대의 삶을 지배하고 있는 것은 그 이상과 믿음들이다.

그러나 또 한편, 현대의 믿음은 탄생하는 바로 그 순간부터 모순을 내포하고 있었고, 이에 따라 그 모순들이 점진적으로 가시화되면서 애초의 가치와 믿음, 이상들이 무너져 가는 과정이 현대의 역사를 구성해왔다. 자기동일성에 대한 확고한 믿음에서 출발한 현대의 기획은, 자신의 기대와는 다르게 그것이 순진한 환상에 불과하다는 사실을 확인하면서 표류하였다. 그런 점에서 18세기 이후의 이성주의 시대가 밟아온 역사는 다름 아닌 자기모순의 확인과 자기붕괴의 과정이었다고 할 수 있다. 현대의 기획이 아직 그 가능성을 모두 소진하지 않았을 수도 있지만, 현대적 가치와 믿음들은 탄생의 순간부터 어떤 형태로든 반성과 질문의 대상이 되어 왔다.313)

이렇듯 주체와 자아의 동일성에 기반한 현대적 믿음과 가치들이 대두하고 자기붕괴하는 과정을 밟는 동안, 현대문학은 내내 현대성을 긍정하는 동시에 부정하는 독특한 위치를 지키고 있었다. 현대문학은 현대적 신념과 가치의 지원을 받고서야 비로소 개인의 작업이 될 수 있었으며, 현대문학으로 탄생할 수 있었다. 그러나 또한 시인, 작가들은 그 자신의 독자적인 모험을 수행하면서 자신의 배양지라 할 수 있는 현대성을 거부하고 부정해왔다. 개인의 추구가 극단화된 자리에서 오히려 합리적 이성이 붕괴하고 자아의 정체성이 위기를 맞는 이타성의 체험들을 겪으면서, 시인, 작가들은 탈신비화된 자아를 밖으로 드러내 기술함으로써 자기정체성의 착각을 확인시켜 주기도 하였고, 나아가 다양한 방식을 통해 자기정체성의 혼란을 극복하고자 하는 시도와 실험을 수행하기도 하였다. 현대문학사는 그러한 자기확인과 모험이 펼쳐지는 거대한 싸움터였다. 현대문학사는 주체와 자아의 동일성에 대한 믿음을 동력으로 삼은 정열적인 자기탐구를 수행하는 동시에 현대적 기획의 허위를 해체하는 이중의 관계를 현대성과 맺어왔던 것이다.[314]

그런데 문학의 가능성과 한계에 대한 정신적 탐색을 극단까지 수행하였던 이상의 작품들은 현대문학사가 보여준 그 궤적을 충실하게 재현해냈던 것으로 보인다. 따라서 이상의 작품을 통해 현대적 기획

313) 미셸 푸코, 이광래 역, 『말과 사물』(민음사, 1987); 마샬 버만, 윤호병, 이만식 옮김, 『현대성의 경험』(현대미학사, 1994); 엠마누엘 레비나스, 강영안 옮김, 『시간과 타자』(문예출판사, 1996), G. 들뢰즈, 하태훤 옮김, 『감각의 논리』(민음사, 1995); 벵상 데꽁브, 박성창 옮김, 『동일자와 타자』(인간사랑, 1990) 등을 참조.

314) 옥타비오 파스, 윤호병 옮김, 『낭만주의에서 아방가르드까지의 현대시론』(현대미학사, 1995)와 Hamburger, Michael, The Truth of Poetry, Harcourt, Brace & World, Inc. 1969(이승욱 옮김, 『현대시의 변증법』, 지식산업사, 1993) 등을 참조.

과 관련하여 현대문학이 수행하였던 반응과 대응양식의 핵심적인 장면들을 엿볼 수 있을 것이다. 다음에서 몇 편의 작품을 통해 그 양자의 관계를 구체적으로 확인하고자 한다.

현대적이라는 말이 내포하고 있는 의미와 가치는 단일한 요소로 구성되어 있지 않다. 얼른 생각해 보아도 그것은 이성에 대한 믿음, 직선적 시간관 등의 다양하고 복합적인 요소들이 복잡하게 엇물리고 교호하면서 상호작용하는 개념이다. 그러나 그 다양한 요소들 중에서도 가장 주목되는 것은 개성, 주체, 자기의 동일성에 대한 새로운 믿음과 그에 대한 전폭적인 가치부여일 것이다. 주체의 동일성, 개성, 개인적 가치를 최우선으로 여기는 태도가 확고한 긍정 속에 대두한 시기가 바로 현대이다. 현대성이란 개인, 주체에 대한 완전한 믿음에 뿌리를 둔 신념, 가치들을 뜻한다.

이상은 한국 현대의 시인, 작가들 중 그 누구보다도 발 빠르고 충실하게 현대적인 욕망을 자신의 것으로 받아들이고 작품 속에 구현했던 시인이자 작가였다. 그의 작품 속에는 자아의 진실을 확인하려는 현대적인 욕망이 극단적인 치열성을 띠고 드러난다. 이상 문학의 주제는 처음부터 끝까지 자아의 확인, 그 이상도 이하도 아니었다고까지 말할 수 있다. 그런 점에서 그는 가장 현대적인 시인이요, 작가였다고 말할 수 있다. 그의 작품에 거울이라는 소재가 유난히 많이 등장하는 이유도 그 때문이다. 거울이야말로 자아를 대면하고 그 정체를 확인하기에 가장 적절한 도구이기 때문이다.

여기 한 페-지 거울이 있으니
잊은 季節에서는

얹은 머리가 瀑布처럼 내리우고

울어도 젖지 않고
맞대고 웃어도 휘지 않고
薔薇처럼 착착 접힌
귀
들여다 보아도 들여다 보아도
조용한 世上이 맑기만 하고
코로는 疲勞한 향기가 오지 않는다.
만적 만적하는대로 愁心이 平行하는
부러 그러는 것 같은 拒絕
右편으로 옮겨앉은 心臟일 망정 고동이
없으란 법 없으니

설마 그러랴? 어디 觸診
… 하고 손이 갈 때
指紋이 指紋을 가로 막으며
선뜩하는 遮斷 뿐이다.

5月이면 하루 한번이고
열번이고 外出하고 싶어 하더니
나갔던 길에 안 돌아오는 수도 있는 법

거울이 책장 같으면 한장 넘겨서
맞섰던 季節을 만나련만
여기 있는 한 페-지
거울은 페-지의 그냥 表紙-

「明鏡」315)

　　「明鏡」은 이상이 자신의 시적 출발지로 삼았던 자리가 어디였는지
를 잘 보여 수는 작품이다. 그것은 다름 아닌 자아의 동일성에 대한

---

315) 『李箱詩全集』 72면.

치열한 추구와 강렬한 욕망이다. 「明鏡」에서 일어나는 사건은 표면에 나타난 대로 화자가 거울 앞에 앉아 그 거울에 비친 자신의 모습을 골똘하게 쳐다보는 행위이다. 그 거울에 비친 자신의 모습은 친근하면서도 낯설다. 그래서 화자는 갑자기 낯설어진 자신을 관찰하면서 진정한 자신의 모습을 찾고 있다는 것이 이 작품의 줄거리가 되고 있다. 이때 작중 화자가 거울 속에서 찾고 있는 것은 위장되지 않은 세계의 진상이며, 훼손되기 이전의 모습을 간직하고 있는 근원적 자아의 모습이다.

화자는 자기 자신을 탐색하고 살펴보기 위해 거울 앞에 앉아 있다. 멈추지 않는 의식의 흐름들과 변하기 쉬운 현상 속에서 부유하고 이동하는 자기를 한 순간에 고정시켜 놓고 밖으로부터 관찰하기 위해서는 거울이 필요하기 때문이다. 거울 앞에 앉아 화자가 확인하고자 했던 것은 바로 위장되지 않은 자기 자신이다. 온전한 나는 어떤 모습인가라는 절실한 질문을 안고 화자는 그 누구보다 격렬하게 거울을 쳐다보고 있는 것인데, 물론 거울 바깥에 있는 화자 자신의 외관을 보고 있다고 생각할 수는 없다. 화자의 응시는 거울 저편의 실재－진정한 자기를 향해 있다. 그리고 그 응시는 실제로 그러한 자아가 존재하리라는 믿음과 신념을 배경으로 하고 있다. 화자는 진정한 자아, 완전한 동일성으로 충만한 자아가 있으며, 다만 현재 상태에서는 그 모습이 감추어져 있을 뿐이라고 믿고 있는 것이다.

「明鏡」에 나타나 있는 이 욕망과 믿음이 바로 현대라는 시대의 욕망이고 믿음이다. 현대는 이전의 역사를 회의하고 비판하는 과정을 거치면서, 최후의 혹은 궁극적인 자신의 근거지를 인간의 이성과 주체, 자아의 동일성에서 찾았다. 데카르트의 천명에서 상징적으로 드러나듯 현대라는 시대는 자아와 주체의 동일성이라는 믿음 위에, 완벽한 주체의 동일성이 가능하리라는 신념 위에 세워진 제국이다. 이상이 「明鏡」 속에서 잘 구현하고 있는, 자기 확인의 누를 길 없는 욕망에 의해 수행되는 이 현대적 탐구는 궁극적으로 절대자아를 겨냥한다. 강렬한 열도를 동반한 그 논리적인 움직임은 멈춤도 균형점도 견디지 못하며 어중간한 타협을 용납하지 않은 채 차갑고 절대적인 자아의 공간을 구축하고자 한다. 이 작품의 화자는 현대적 욕망의 화신이다. 현대 문학사는 바로 이러한 욕망에 의해 견인된 역사이다. 그리고 현대문학사의 그 욕망을 이상만큼 철저하게 자기 개인의 것으로 내면화시킨 경우도 없다는 것을 「明鏡」은 증언해준다.

　「明鏡」은 현대적 믿음과 신념 그리고 그에 기반한 욕망과 탐구의 양상이 잘 반영되어 있는 작품이다. 그런데 동시에 그 믿음과 욕망의 허구성과 실현 불가능성을 담아내고 있는 작품이기도 하다. 「明鏡」에서 거울은 거울 너머의 사물을 보여주지 않는다. 혹은 보여주지 못한다. 반어적 표제가 은밀하게 표명하고 있는 바람과는 달리, 그 거울은 일그러져 있다. 거울은 자신이 가지는 굴곡에 따라 자신 앞에 있는 형태를 예기치 않은 모습으로 변형하고 왜곡시킨다. 이런 왜곡작용으로 인해 거울은 거울 앞에 앉은 화자가 거울에게 요구하는 완전한 중립과 투명성을 보장해 주지 못하며, 따라서 온전한 자기를 투시하고자 하는 화자의 욕구는 좌절된다. 마치 닫혀 있는 책의 내용을 감추고 은폐하는 표지처럼……

　「明鏡」 속에는 한 권의 책이 숨어 있다. 그 책은 작품의 표면에는 나타나지 않으면서도 이 작품이 의지하고 있는 상상력의 중핵에 자리 잡고 있다. 숨겨진 秘典처럼 끝내 열리지 않는, 화자가 읽고 싶은 그 책은 현대의 탄생과 함께, 현대시의 등장과 함께 출현한 책이다. 순수하게 자기의 힘으로 씌어져 충만하고 완결된 자족성으로 빛나는 책이며, 혹은 완전한 익명성과 중성적인 자장을 자랑하는 책이다. 현대적인 믿음과 욕망이 빚어낸 책으로, 모든 현대 시인들이 읽고자 했던, 모든 현대문학이 담아내고자 했던 책인 것이다.316) 그런데 그 책은 자신의 뒷면을 노출시키지 않는 거울 뒤편에 숨은 채 열리지 않는다.

「明鏡」은 완벽한 자아를 실현하고 싶다는 지극히 현대적인 욕망과 함께 그 욕망이 성취될 수 없는 근본적인 조건과 관련된 우울한 자각을 담고 있다. 「明鏡」의 화자가 경험한 그 불가능은 원근법적 조건에 의해 제약받고 있는 우리 의식의 구조에서 기인한다고 할 수 있다. 무한히 개별적이고 개인적이고자 하는 의지와 욕망에도 불구하고, 우리가 의식할 수 있는 세계는 이미 구획 지어지고 체계화된 원근법에 의해 평균화된 세계일 뿐이다. 우리의 의식은 미숙한 번역의 과정을

---

316) 여기에는 어떤 필연적 인과관계가 있는 듯하다. 이상 문학의 첫머리에는 세계와 자아의 참모습을 투명하고 명철하게 인식하고자 하는 욕망이 자리 잡고 있었는데, 이러한 현대적인 욕망과 의지가 탄생하자마자 세계 – 책, 삶 – 독서의 상상력이 태어나게 되었던 것이다. 세상을 책으로 비유하고 그 안의 삶을 책을 읽는 행위와 동일시하는 상상력은 이성의 힘으로 세계를 명철하게 파악하려고 했던 현대적인 의지가 없는 한 태동할 수 없다. 현대적인 욕망과 '책'의 상상력의 연관관계를 미셸 푸코는 '도서관 현상이라고 불렀다.

'19세기는 이전 시대가 아마도 그 힘을 상상하지도 못했던 상상력의 공간을 발견하였다. 이 환상의 새로운 공간, 이것은 더 이상 밤, 이성의 잠, 욕망 앞에 열려 있는 불확실한 허공이 아니다. 그것은 그와 반대로, 깨어 있음, 끊임없는 주의, 폭넓은 지식에 대한 열정, 한눈팔지 않는 집중이다. 인쇄된 기호들의 흑백의 표면으로부터, 먼지 앉은 채 닫혀 있다가 잊혀졌던 단어들이 날아오르며 펼쳐지는 책으로부터 몽상이 태어난다. 그것은 귀가 멍할 만큼 적요한 도서관에서 조심스럽게 펼쳐진다. 거기에는 책들이 줄지어 서 있고, 그 책에는 제목들이 가지런히 붙어 있으며, 서가가 늘어서 있다. 서가는 사방으로 도서관을 닫아놓고 있으면서 동시에 한쪽으로 불가능한 세계들을 향해 틈을 열어 놓는다. 상상은 책과 램프 사이에 거주한다. 환상은 이제 가슴속에 품은 것이 아니다. 그것이 엉뚱하고 알 수 없는 자연현상들로부터 온다고 생각되지도 않는다. 환상은 이제 정확한 지식으로부터 얻어지고, 그 풍부함은 문서 속에서 대기하고 있다. 꿈을 꾸기 위해서는 눈을 감아야 하는 것이 아니라 읽어야 한다. …(중략)… 상상적인 것은 실재에 반하여 구성되어서 실재를 부정하거나 보충하는 것이 아니다. 그것은 기호들 사이에서, 책에서 책으로, 제언과 주석들의 틈 속에서 펼쳐지는 것이다. 그것은 텍스트와 텍스트 사이에서 태어나고 형성된다. 그것은 도서관 현상이다. 아마도 이전에 르네상스기에 있었으나 그 사이 잊혀졌던 상상의 어떤 현상을 19세기는 완전히 새로운 양태로 다시 되살리고 있다(미셸 푸코, 「환상적 도서관」, 방미경 엮음, 『플로베르』, 문학과지성사, 1996, 55 – 56면).'

거쳐 일반화된 표면의 세계, 기호의 세계에 불과하다. 모든 의식에는 변질, 훼손, 위조와 일반화라는 거부할 수 없는 조건의 각인이 찍혀 있다. 민감하고 예리한 의식이란 다만 그러한 여과과정에 필연적으로 수반되는 변형작용을 속지 않는 냉철한 눈으로 직시하는 의식일 뿐이다. 의식의 원근법적 조건을 직시하는 냉엄한 눈을 잃지 않음으로써, 이상은 「明鏡」에서 사물의 절대적인 동일성을 탐색했던 현대문학이 필연적으로 조우하게 되었던 각성의 한 순간을 속임 없이 감당하고 있다. 물론 그 순간은 주체의 동일성에 대한 믿음과 자신감에 기반을 두었던 현대적 제 가치들이 맞닥뜨리게 되었던 우울한 자각의 순간이기도 하다. 자기동일성의 획득이 원천적으로 불가능하다는 사실의 자각은 곧바로 자기, 주체의 허구성에 대한 깨달음으로 이어지는데, 이상의 작품에서는 그러한 자각의 체험이 다음과 같이 표현되었다.

기침이난다. 空氣속에空氣를힘들여배앝아놓는다. 답답하게걸어가는길이내스토오리요기침해서찍는句讀를심심한空氣가주물러서삭여버린다. 나는한章이나걸어서건너지를적에그때누가내經路를디디는이가있다. 아픈것이比首에베어지면서鐵路와열十字로어울린다. 나는무너지느라고기침을떨어뜨린다. 웃음소리가요란하게나더니自嘲하는表情위에毒한잉크가끼얹힌다. 기침은思念위에그냥주저앉아서떠든다. 기기탁막힌다.

　　　　　　　　　　　　　　　　　　　　　　　　　「行路」317)

우선 반성과 자기비판이 있었다. 자기동일성으로 충만한 자아를 실현하고 싶다는 욕망과 그것이 가능하리라는 희망은 단지 의식의 구조와 조건이 연출하는 사기꾼과 환상에 불과하지 않은가 하

─────────────

317) 『李箱詩全集』, 63면.

는……. 그런데 이 반성이 「行路」에 와서는 자명한 것이라고 믿었던 기존의 자아, 주체 역시 자기기만과 환상이 만들어낸 껍데기에 불과한 것으로 파악된다. 「行路」는 자아의 허구성에 대한 깨달음과 관련된 경험이 이상 특유의 알레고리로 재현되어 있는 작품이다. 여기에서 이상은 시인으로서의 자신의 주체성 자체를 공허한 허구적 산물로 파악하게 된 계시적인 경험을 이야기하고 있다.

작품 속에서 화자는 글을 쓰고 있다. 그런데 어느 순간부터 글을 쓰는 것은 '나'가 아닌 또 다른 무엇이 수행하는 일임이 드러난다. 자아 바깥의 낯선 힘이 침입하여 화자의 자기정체성을 파괴하여 화자가 누리고 있던 주인의 자리를 찬탈하는 것이다. 그러한 역전이 이루어지는 지점이 '한章이나걸어서건너지를적'이다. '한章이나걸어서건너지를적에그때누가내經路를디디는이'가 출현하면서부터 행위는 행위자를 벗어나 자신이 행위자가 되어버린다. 그 他者는 웃음소리와 함께 등장한다. 이 작품에서 기침과 웃음소리가 대립하고 있음을 주목할 필요가 있다. 그 웃음소리는 화자의 연약한 기침소리를 압도해버린다. 그때 느끼는 당혹감, 허탈감이 '기가탁막힌다'는 진술로 나타났다. 그 타자는 화자로 하여금 자아가 타자일 뿐이라는 사실을 확인시켜 준다.

이제 글 쓰는 행위를 이끌어가는 것은 화자가 아니며 의미도 아니다. 그것은 '내經路를디디는이'가 스스로를 관철시키고 있는 어떤 약호, 무심한 법칙의 자기전개일 따름이다. 이에 따라 글은 다만 '내經路를디디는이'가 자기를 증식, 전개하고 유희하면서 구조와 조직을 만들어내는 무정한 놀이터로 변한다. 그렇다면 화자 자신은? 작품을 시작했던 화자는 글 쓰는 행위에서 소외된 채 구경꾼으로 전락한다.

그가 할 수 있는 일이란 단지 '기가탁막'혀 하면서 공허하게 웃을 수 있을 뿐이다. 결국 「行路」는 자명한 것으로 여겨졌던 자신의 자아마저 실상은 자신의 것이 아니고 타자의 소유물일지 모른다는 각성의 경험을 담아낸 작품이다.

「行路」에서 화자가 겪었던 자기붕괴와 심연의 경험은, 현대적 가치, 신념들이 자신을 실현해 가는 길목의 어딘가에서 대면할 수밖에 없었던 막다른 골목의 경험이다. 그런 점에서 '기가탁막힌다'고 외치는 화자의 자조는 주체와 자아의 동일성에 대한 확신 위에 세워진 현대적 기획들이 '무너지느라고' 내는 소리이기도 하다. 하지만 이상만큼 이 경험을 절실하게 받아들이고, 그 순간의 체험을 다양한 문학적 장치를 동원해서 끊임없이 변주해낸 시인, 작가는 없다. 아마도 이상 문학의 의의는 바로 그 치열성과 집요함에서 찾을 수도 있을 것이다. 다음과 같은 작품을 보면 그 체험에 대한 이상의 집요한 천착이 어느 정도였는지 충분히 실감할 수 있다.

> 안해는 아침이면 外出한다 그날에 該當한 한 男子를 속이려 가는 것이다 順序야 바뀌어도 하루에한男子以上은 待遇하지않는다고 안해는말한다 오늘이야말로 정말 돌아오지않으려나보다하고 내가 完全히 絶望하고 나면 化粧은있고 人相은없는얼굴로 안해는 形容처럼簡單히돌아온다 나는 물어보면 안해는 모두率直히 이야기한다 나는 안해의日記에 萬一 안해가나를 속이려들었을때 함직한速記를 男便된 資格밖에서 敏捷하게 代書한다.
>
> 「紙碑一」318)

이 작품의 표면적 의미는 단순하다. 서슷과 허위로 가득 찬 결혼생활이 묘사되고 있는데 그 책임은 항상 화자를 속이려고만 드는 아내

---

318) 『李箱詩全集』, 198면.

편에 있다. 아내는 시인 자신의 분신임이 분명한 화자와의 진정한 사랑을 거부하고 화자를 속이려고만 드는 매춘부와 같은 존재이다. '化粧은 있고 人相은 없는' 그 아내는 화자에게 항상 거짓말을 하고 속임수를 씀으로써 진정한 결혼생활을 불가능하게 만든다.

그러나 결혼생활의 한 단면을 무심하게 진술하고 있는 듯한 「紙碑一」이 실제로 은밀하게 문제 삼고 있는 것은, 역시 「行路」와 마찬가지로 허구적 환상으로 변해버린 시인으로서의 주체라는 테마이다. 작품 속에서 시인은 더 이상 자신의 이야기를 자신의 의지로 쓰는 능동적인 행위자가 아니다. 그가 쥐고 있는 펜을 움직여 나가는 것은 자신의 의지가 아니라 타자(작품에서는 그의 아내)의 낯선 힘이다. 그래서 시인은 자신을 '男便된 資格 밖에서 敏捷하게 代書'하는 代書者의 위치로 격하시킨다. 그에 따라 당연하게도 시 쓰기는 능동적이고 위의에 넘친 주체의 창조행위가 아니라 타자의 이야기를 수동적으로 기록할 뿐인 받아쓰기로 전락하게 된다. 그리고 그러한 행위의 산물은 '나'의 소유물일 수가 없다. '나'가 기록한 것은 실은 '나'가 기록한 것이 아니며, 그 기록이 적힌 '일기'는 '안해의 日記'이지 '나'의 것이 아니다.

「行路」와 「紙碑一」에서 이상이 전달하고자 했던 것은, 현대적 기획이 당연한 전제로 삼고 있었던 자아와 주체라는 것이 사실은 허구적 환상일 뿐이라는 냉엄한 진실이다. 그 경험적 진실을 이상은 지극히 담담한 어조로 그러나 더할 수 없이 냉혹하게 폭로한 것인데, 사실 이 같은 사태는 매우 당혹스럽고 역설적인 측면을 지니고 있다. 왜냐하면 「明鏡」에서 얼핏 엿볼 수 있었듯, 이상은 한국 현대문학사의 그 누구보다도, 현대적 기획이 약속했던 완전한 자기, 절대적인 주체에 대한 욕망이 강했던 시인이기 때문이다. 그러나 달리 생각하면 그것은 충분히 납득할 수 있는 역설이기도 하다. 강렬한 욕망과 꿈의 소유자만이 그 욕망과 꿈의 한계를 눈치 채고 절망할 수 있을 것이기 때문이다.

이상은 자아와 주체의 동일성에 대한 믿음과 신뢰에 모든 것을 걸었던 현대적 기획 앞에서 가장 열광했던 동시에 그 기획의 불가능을 누구보다도 예리하게 간파하였던 시인이자 작가였다. 또한 철저하게 절망하기도 한 시인이었다. 그런 점에서 그는 한국 현대문학사의 시인, 작가들이 현대적 기획을 접하고 보였던 반응과 그에 따른 문학적 탐구 그리고 이어서 맛보게 된 실망의 양상들을 잘 대변해 주었던, 한국 현대문학사의 상징적인 인물이었다고 말할 수 있다.

한편 현대적 기획이 의심 없이 받아들였던 주체, 자아의 동일성이란 것이 사실은 가공의 관념일 뿐이며, 자아란 실상은 타자가 자신의 비인칭적인 논리를 관철하면서 잠시 머물렀다 가는 빈껍데기뿐일지 모른다는 각성은 우선은 무력감을 불러온다. 그런 점에서 '기가탁막힌다'고 외치는 「行路」의 화자의 자조는 현대적 기획 앞에서 열광하고 동시에 절망하였던 모든 현대 시인, 작가들의 반응을 대변하고 있는데, 그러나 그 무력감은 이내 또 다른 반응과 대응양식으로 모습을 바꾸었다.

현대적 자기탐구가 그 극단에서 필연적으로 마주쳐야 했던 냉담한 진실의 확인이 오히려 현대 시인, 작가들로 하여금 저항과 반항을 불러일으키는 구실로 작용하였다. 자아의 허구화라는 진실을 경험한 이후 현대 시인, 작가들은 환상적 허구물로 판명난 자아를 어떻게든 재건하기 위한 싸움터로 소환되었던 것인데, 이 때문에 현대문학사는 현대적인 자기추구가 그 극단까지 탐색되었을 때 맞닥뜨리는 자기의 붕괴 앞에서 느끼는 혼란을 넘어서, 자아의 실제 주인인 타자에 대한 경외감, 질투, 경쟁이 교차하는 각축장이 되었다. 이상은 역시 이 싸움을 그 누구보다도 치열하게 수행하였다고 여겨지는데, 다음 작품은 그 싸움이 얼마만한 강도로 진행되었으며 또 어떻게 귀결되었는지를 증거하고 있다.

1

나는거울없는室內에있다. 거울속의나는역시外出중이다. 나는至今거울속의나를 무서워하며떨고있다. 거울속의나는어디가서나를어떻게하려는陰謀를하는中일까.

2

罪를품고식은寢床에서잤다. 確實한내꿈에나는缺席하였고義足을담은軍用長靴가내꿈의白紙를더럽혀놓았다.

3

나는거울있는室內로몰래들어간다. 나를거울에서解放하려고. 그러나거울속의나는沈鬱한얼굴로同時에꼭들어온다. 거울속의나는내게未安한뜻을전한다. 내가 그 때문에苟留되어있드키그도나때문에苟留되어떨고있다.

4

내가缺席한나의꿈. 내僞造가登場하지않는내거울. 無能이라도좋은나의孤獨의 渴望者다. 나는드디어거울속의나에게自殺을勸誘하기로決心하였다. 나는그에게視 野도없는들窓을 가리키었다. 그들窓은自殺만을위한들窓이다. 그러나내가自殺하 지아니하면그가自殺할수없음을그는내게가르친다. 거울속의나는不死鳥에가깝다.

5

내왼편가슴心臟의位置를防彈金屬으로掩蔽하고나는거울속의내왼편가슴을겨 누어拳銃을發射하였다. 彈丸은그의왼편가슴을貫通하였으나그의心臟은바른편에 있다.

6

模型心臟에서붉은잉크가엎질러졌다. 내가遲刻한꿈에서나는極刑을 받았다.

내꿈을支配하는者는내가아니다. 握手할수조차없는두사람을封鎖한巨大한罪가있다.
「詩第十五號」[319]

이 작품에서 이상은 극단적인 자기의 추구와 옹호는 결국 극단적인 자기의 부정을 요구하게 된다는 역설적 경험을 제시하고 있다. 그 역설은 다음과 같은 시적 사유의 회로를 통과해 왔다. 자아가 단지 고등의 기만, 하나의 이상에 불과할지라도 자아는 어떻게든 그 타자에 맞서서 자아를 재건해야 한다. 그런데 자신의 것이라고 의심 없이 믿었던 욕망과 꿈은 타자의 욕망이요, 타자의 꿈일 뿐이다. '내꿈을支配하는者는내가아니'며, '내꿈에나는缺席하였고義足을담은軍用長靴가 내꿈의白紙를더럽혀놓'은 것이다. 그렇다면 자아는 어떻게 해야 하는가? 바로 자아 안에 기생하면서 스스로의 욕망과 꿈을 실현하고 있는 타자를 제거해야만 한다. '나를거울에서解放하'고 '내僞造가登場하지 않는내거울'을 되찾으려면 '거울속의나에게自殺을勸誘'해야만 하는 것이다. 그런데 그 타자는 다름 아닌 자아 속에 있다. 아니 바로 자아 자신이다. 따라서 '내가自殺하지아니하면그가自殺할 수 없다.' '내가 그 때문에囹圄되어있드키그도나때문에囹圄되어' 있는 것이다. 그렇다면? 자아를 재건하기 위해서는 자아를 제거해야만 하는 것이다. 이는 반전과 역설로 가득 찬 사유의 회로이지만 또 지극히 논리적인 수순이기도 하다.

「詩第十五號」에서 이상은 현대의 욕망과 추구가 그 극단의 지점에서 맞닥뜨리게 되는 역설적인 행로를 더할 수 없도록 절실하게 재현해낸 것으로 보인다. 자기의 동일성에 대한 믿음과 욕망이 실상은 허

---

319) 『李箱詩全集』, 49면.

구적 환상물일 뿐이고, 자신의 것이라고 믿었던 욕망과 꿈이 사실은 타자의 욕망이고 타자의 꿈일 뿐이라면, 자기를 구제하고 자아의 동일성을 회복하고자 하는 모험은 역설적이게도 바로 그 꿈과 욕망을 없애려는 의지로 전화되어야만 한다. 이 때문에 타자가 자기 속에서 행사하는 냉담한 힘과의 대결은 결국 '꿈의 白紙'에 대한 욕망으로 귀결되었다. 「明鏡」에서 화자가 꿈꾸었던, 완벽하게 자기 동일성으로 충만할 것으로 여겨졌던 그 책은, 사실은 '거울속의나'의 꿈으로 채워진 책이기 때문이다. 따라서 진정한 자아가 회복되기 위해서는 '거울속의나'가 꾸는, '나' 대신 꾸는 그 꿈이 배제되어야만 한다. 그래서 '내가遲刻한내꿈'은 '내가缺席한나의꿈'으로 바뀌어야만 한다. 그러기 위해서는 '나'의 의식 공간이 '白紙'의 상태로 환원되어야만 하는 것이다.

이 자기 소거의 욕망은 자기라는 흰 종이 위에 검은 글자로 각인되어 있는 타자의 구속력에서 벗어나기 위해서는 어쩔 수 없이 강요되는 필연적인 선택의 소산이다. 자아를 회복하기 위해서는 자아가 사라져야 한다. 그 자기의 사라짐은 현대적 자기추구가 이를 수 있는 가장 먼 지점이자, 당연한 논리적 귀결점이기도 하다. 이미 해체되어 버린 자아를 원격조종하면서 '내꿈을支配하는', '거울속의나'로부터 벗어나기 위해서는 그러한 선택이 불가피하다. '나'와 '거울속의나'로 분열되어 있는 내면의 이원성을 파괴하고 순수한 '나'를 되찾기 위해서는 다른 선택의 여지가 있을 수 없다.

여기에서 다시 한번 「明鏡」과 「詩第十五號」 사이에 놓인 거리를 되돌아보고 그 사이에 벌어졌던 사건을 회상해 볼 필요가 있다. 「明鏡」에서 화자는 절대적 자아를 확인하려는 강렬한 욕망을 꿈꾸었다. 그런데 「詩第十五號」에서 화자는 자아의 죽음을 간절하게 희망하고 있다. 그 불가피한 선택은 순수한 자아의 실현이라는 본래의 욕망과는 정반대 편의 자리에 위치하고 있다. 극단적인 자기실현의 욕망이 어느덧 자기를 완벽하게 소거하려는 욕망으로 그 모습을 바꾸어버린 것이다. 그리고 그것은 멈춤도 타협도 용납하지 않는 현대적 자기탐구의 열정이 스스로 빚어내는 지극히 논리적인 종지부이다. 이상이 자신의 시작품 속에서 보여준, 절대적 자아를 실현하고자 했던 욕망에서 출발하여 결국은 자아의 절대적인 죽음을 꿈꾸게 되는 자기모순적인 궤도는 바로 현대적인 자기탐구의 운명과 정확하게 상동관계를 이루고 있는 것이다.

지금까지 몇 편의 작품을 논의의 대상으로 삼아서 이상 문학의 문학사적 맥락을 구성해 보았다. 이를 통해 현대문학사가 현대성과 맺어왔던 관계의 양상을 이상의 작품들이 상징적으로 잘 담아내고 있다는 점을 확인할 수 있었다. 간단하게 지금까지의 논의를 정리해보면 다음과 같다.

현대는 자아와 주체의 동일성에 대한 믿음을 기반으로 삼은 시대이다. 현대는 자아와 개성의 전폭적인 긍정과 자신감으로부터 탄생하였는데, 이러한 출발 속에는 이미 피할 수 없는 자체 붕괴에 이르는 논리의 싹이 숨어 있었다. 현대적 신념, 가치들은 탄생하는 그 순간부터 자기 붕괴와 해체의 운명을 안고 있었다는 것이다. 자기 확인의 누를 길 없는 힘에 의해 움직여진 현대적 욕망과 탐구는 절대 자아를 지향한다. 강렬한 열도를 동반한 그 논리적인 움직임은 멈춤도 균형점도 견디지 못하며, 어중간한 타협을 용납하지 않은 채 차갑고 절대적인 자아의 공간을 구축하고자 하였다. 그리하여 자율적인 주체의 꿈은 그 추구의 극단의 지점에서 역설적이게도 비자아가 되고자 하는, 자아를 소거하고자 하는 욕망에까지 이르렀다.

한편 현대가 지지하는 가치들에 힘입어 탄생했던 현대문학은 현대를 긍정하는 동시에 부정하는 이중적인 관계를 현대와 맺어 왔다. 시인, 작가들은 현대적 가치들을 열광적으로 긍정하면서, 동시에 현대적 기획의 전제가 암묵적으로 숨기고 있었던 자기 동일성의 환상과 허위를 맹렬하게 공박하면서 부정했던 것이다.

이상은 한국 현대 시인, 작가들이 밟았던 그 궤적을 누구보다도 치열하게 작품 속에 체현한 시인이었다. 그가 남긴 작품들은 현대의 욕망과 운명의 한가운데서 현대문학이 보여주었던 열광과 탄핵 그리고 치열한 싸움을 증언하는 비망록으로 남아 있다. 그러므로 이상의 작품을 읽는다는 것은, 현대의 역설적인 행로에 끼어들어 독특한 대응 양식을 보여 주었던 현대문학의 움직임들을 추체험한다는 것을 뜻한다.

06

맺음말

이상은 책읽기, 글쓰기, 지우기들로 이루어진 문자행위에서 인생과 세계에서 일어나는 모든 사건과 현상들의 상징을 보았다. 이상의 세계는 거대한 간텍스트의 세계였다. 그는 삶이라는 거대한 텍스트의 세계 속에서 살았다. 이상은 글을 쓰면서 삶을 살았다기보다는 오히려 인생이라는 거대한 텍스트를 쓰는 것으로 삶을 살았다고 할 수 있다. 그에게 문학이란 바로 삶이요, 삶이 바로 문학이었던 것이다. 그렇다면 문학 행위의 조건과 한계에 대한 반성, 성찰이 이상 문학의 유일한 주제였다고까지 말할 수 있다. 왜냐하면 자신이 이 세계 안에서 겪었던 모든 경험을 책읽기, 글쓰기, 지우기로 이루어지는 문자 공간의 경험으로 수렴하고 치환시켜 이해하였기 때문이다. 그는 진정한 삶의 가능성 및 조건과 한계에 대한 자신의 탐구를 작품 속에서 일관되게 책읽기, 글쓰기, 지우기 등의 문자 행위에 대한 반성적 성찰과 그러한 행위들이 강요하는 체험들로 치환시켜 사유하였다. 따라서 이상 문학의 주제를 해명하기 위해서는 이상 작품 속에 나타난 문자 경험들을 전면에 드러내고 그것들이 이루는 맥락을 살피지 않으면 안 된다. 바로 그와 같은 문제의식 아래 이 책은 이상이 책, 독서, 글쓰기 등의 은유들을 통해 끈질기게 탐구하였던 문자 공간의 경험을 탐색하고 재구성하려고 하였다.

우선 '책읽기' 장에서, 이상 작품에 숨겨져 있는 책읽기와 관련된 비유들을 찾아내어 그것들이 형성하고 있는 내밀한 논리를 찾아내는 방법을 통해 그가 책읽기의 비유들을 통해 실제로 무엇을 이야기하고 있었는지를 밝히고자 하였다. 이를 통해 이상이 독서라는 행위를 세계의 진상과 자아의 참모습을 파악하려는 모든 인간적 노력의 상징으로 받아들였음을 확인할 수 있었으며, 세계의 비밀을 탐구하는 행위로서의 독서를 통해 그가 삶의 공허와 허무에 대한 비극적인 인식에 이르게 되었음을 알 수 있었다.

'글쓰기' 장에서는 역시 이상 작품에 나타나 있는 글쓰기와 관련된 비유들을 찾아내고 그것들이 실제로 의미하는 바를 해석해 내고자 하였다. 이를 통해 이상이 글을 쓴다는 행위를 고유하고 독자적인 삶의 방식을 모색하는 정신적 탐구의 은유로 수용하였음을 확인할 수 있었다. 그리고 글쓰기를 통해 자아를 구원할 수 있으리라 믿었던 이상의 기대와 희망이 글쓰기 자체의 조건과 한계 때문에 불가능한 것으로 판명되고, 이에 따라 이상이 글쓰기의 허구성을 내부에서 폭로하고 비판하는 방향으로 나아가는 과정을 살펴보았다.

'지우기' 장에서는 이상의 작품에 나타나 있는, 글을 쓰지 않고자 하는 의지와 죽음에의 의지를 찾아내고 나아가 그것들이 의미하는 바가 무엇인지를 밝혀 보았다. 그리고 이를 통해 지우기 행위가 진정한 글쓰기를 불가능하게 하는 글쓰기 자체의 조건과 한계를 극복하고 넘어서고자 하는 적극적이고 격렬한 선택이라는 것을 확인할 수 있었다. 또한 그것은 자신의 죽음까지도 무릅쓰면서 실존의 조건을 넘어서기 위한 실존적인 선택이기도 하였다는 점을 알 수 있었다.

이상이 책읽기, 글쓰기, 지우기의 은유들 속에 담아낸 경험들을 전면에 드러내고 그 의미를 해석하고자 했던 이 모든 논의들을 통해, 결국 이상이 그러한 문자 경험들 속에서 일관되게 유일하고 독창적인 글을 쓰려 하는 작가로서의 자신의 운명을 드러내고 있었다는 점을 확인할 수 있었다. 시종일관 이상의 글 속에는 인간의 기원과 인간의 내면을 어떻게 파악할 수 있는가, 그러한 인식을 어떻게 언어로 표현할 것이며 어떠한 문학으로 만들 것인가를 질문하며 겪어낸 경험들이 재현되어 있기 때문이다.

그런데 문학의 가능성, 조건, 한계에 대한 철저한 탐색과 회의는 이상 개인의 체험에 그치지 않고, 자아와 주체의 동일성에 대한 욕망과 믿음을 기반으로 삼아 현대문학이 벌였던 치열한 예술적 모험을 상징적으로 구현하고 있었다. 이러한 문제의식 아래 '이상 문학과 현대성' 장에서는 진정한 글을 찾았던 이상 문학의 도정이 낭만주의에서 상징주의를 거쳐 해체주의, 포스트모더니즘에 이르는 현대문학사의 도정을 압축해서 보여주고 있다는 점을 환기하고자 하였다.

이 책의 논의는 이상 문학의 독자성을 해명하고 밝힌다는 과제의 해결에는 상대적으로 소홀했다고 할 수 있다. 하지만 이상 문학의 독자성은 이상 문학이 말하고자 했던 것을 통해서가 아니라, 이상이 글을 쓰면서 겪어내었던 경험의 강도와 철저함에 대한 평가를 통해서 발견되고 해명되어야 한다고 판단된다. 사실 이상 문학은, 이상에게 는 곧바로 실존의 조건과 한계 자체로 이해되었던 문학행위의 조건과 한계에 대한 성찰과 반성, 추궁과 심문에서 한 발짝도 앞으로 나아가지 못한 세계를 보여 주었다. 이상의 문학은 문학이 막 시작되는 바로 그 지점에서 더 이상 앞으로 나가지 못한 채 얼어붙어 버렸던 것이다. 그러나 대신에 이상은 바로 그 지점에서 유례없는 철저함과 정직성으로 문학의 정의로움에 대해 자기비판하고 반성하였다. 그는 과도하게 느껴질 정도의 격렬함으로 인간의 의식과 지각이 견딜 수 있는 최극단의 경험을 탐색하였다. 이상의 글이 담고 있는 것은 바로 그러한 극단의 경험들이다. 이상은 특히 문학의 가능성과 한계를 문학이 스스로를 돌아볼 수 있는 가장 먼 지점에서 철저하게 추궁하고 심문하였다. 이상 문학의 상대적 독자성은 그 철저성에서 찾아져야 한다.[320] 이러한 시각이 전제되었을 때, 한국문학사는 이상에게서 글을 쓴다는 행위 자체에 대한 자기반성과 질문을 끊임없이 들을 수 있을 것이다. 이상은 한국문학사의 중요한 준거인 것이다.[321]

본고의 논의를 통해 이상 문학의 주제가 다름 아닌 문학행위 자체

---

[320] 다음과 같은 김기림의 평가는 그래서 매우 온당한 것으로 판단된다.

> 이상도 그 생전에 조금만 생각을 달리 먹었어도 보다 더 많은 讀者를 얻었을 것이고 좀 더 요란한 박수를 받았을 것이다. 그는 사실상 文學上의 「常識」이 가지고 있는 感受能力의 범위를 적지 아니 벗어났던 것이다. 이 상식적인 感應에 적당히 타협하는 것 – 그것이 문학적으로 이른바 성공을 손쉽게 거두는 유력한 길이었다. 이런 의미에서는 李箱의 문학은 상식의 손아귀를 좀 넘어난 말하자면 지나친 데가 있었다. 그것을 우리는 일종의 東에 드문 徹底性이라고 말하여도 무방하겠다. 그런데 이 철저성이야말로 재래의 우리 문학이 불행하게도 갖추고 있지 못한 부러운 美德이 있었던 것이다. …(중략)… 오늘의 세대가 李箱에게 새 매력을 느낀다면 다름 아닌 그의 문학의 그 철저성 때문이 아닐까. 미적지근한 因襲의 연장에 만족하지 않고 작가가 사는 세계와 그 속에 처한 자기의 위치와 또 자신의 의미에 대한 철저한 추궁을 거쳐서만 「새로운 생활」을 헤쳐 나갈 수 있기 때문이다. 작품과 작가 사이에 세운 거리가 한낱 무의미한 空間의 토막에 그치는 게 아니라 대상과 자기와의 불이 나는 교섭의 장소로서 팽팽해 있는 실례를 우리는 李箱의 문학에서 유달리 구경하는 것이다. 그리하여 李箱의 매력은 또한 이러한 切迫한 緊張의 引力 그것일지도 모른다(김기림, 「李箱의 文學의 한모」, 『김기림 전집』, 심설당, 1988, 180 – 183면).

[321] 김인환, 「이상시연구」, 『양영학술연구논문집』(양영회, 1996), 196면 참조.

에 대한 반성과 성찰의 기록이라는 점, 그리고 그 성찰과 반성이 책 읽기, 글쓰기, 지우기라는 문자행위들에 대한 반성적 사유와 그 행위들이 요구하는 체험의 재현이라는 형식으로 이루어졌다는 점, 그 반성과 체험을 통해 이상은 문학행위의 가능성과 조건, 한계의 극단을 탐색하였다는 점, 또한 그러한 문학적 모험이 현대문학사의 중요한 전환점에 해당하는 장면들을 구현하고 있다는 점이 미흡하게나마 해명되었기를 바란다. 이후의 연구를 통해 이와 같은 이상 문학의 성격이 좀 더 심화된 형태로 밝혀지기를 기대하면서 논의를 끝맺는다.

참고문헌

자료

임종국 편, 『李箱全集·제1권 創作集』, 태성사, 4292.

_____, 『李箱全集·제2권 詩集』, 태성사, 4292.

_____, 『李箱全集·제3권 隨筆集』, 태성사, 4292.

_____, 『李箱全集』, 문성사, 1966.

이어령 교주, 『李箱詩全作集』, 갑인출판사, 1977.

_____, 『李箱小說全作集1』, 갑인출판사, 1977.

_____, 『李箱小說全作集2』, 갑인출판사, 1977.

_____, 『李箱隨筆全作集』, 갑인출판사, 1977.

이승훈 편, 『李箱詩全集』, 문학사상사, 1989.

김윤식 엮음, 『李箱문학전집② 小說』, 문학사상사, 1991.

_____, 『李箱문학전집③ 隨筆』, 문학사상사, 1993.

_____, 『李箱문학전집④ 연구논문모음』, 문학사상사, 1995.

논문 및 단행본

강용운, 「<날개>를 통해 본 주체와 욕망의 문제」, 고려대학교 대학원 석사논
    문, 1994.

고석규, 「모더니즘의 교훈」, 『여백의 존재성』, 지평, 1990.

고은, 『李箱評傳』, 청하, 1980.

구연식, 「다다이즘과 이상 문학」, 『동아논충』 4집, 1968. 4.

김기림, 「李箱 文學의 한모」, 『김기림 전집 3』, 심설당, 1988.

김문집, 「날개의 詩學的 재비판」, 『비평문학』, 청색지사, 1938.

김상태, 「이상의 문체」, 『문체의 이론과 해석』, 새문사, 1982.

김상환, 「모더니즘의 책과 저자」, 『세계의 문학』, 1993년 가을.

_____, 「김수영과 책의 죽음」, 『세계의 문학』, 1993년 겨울.

김승희, 「이상시연구」, 서강대학교 대학원 박사학위 논문, 1991.

김승희 편저, 『이상』, 문학세계사, 1993.

김열규, 「현대의 언어적 구제와 이상 문학」, 『지성』, 1972. 2.

김영수, 「診斷書로 표출된 이상 문학」, 『현대문학』, 1975. 7.

김옥순, 「은유구조론 - 이상의 작품을 모형으로」, 이화여자대학교 대학원 박사
　　　학위 논문, 1989.

김용직 편, 『이상』, 문학과지성사, 1977.

김우종, 「이상론」, 『현대문학』, 1958. 5.

김유중, 「1930년대 후반기 한국 모더니즘 문학의 세계관 연구」, 서울대학교 대
　　　학원 박사학위 논문, 1995.

김윤식, 「어둠에의 인식」, 『문학사상』, 1974. 4.

＿＿＿, 『이상연구』, 문학사상사, 1987.

＿＿＿, 『이상소설연구』, 문학과비평사, 1988.

김윤식 · 김현, 『한국문학사』, 민음사, 1973.

김인환, 『상상력과 원근법』, 문학과지성사, 1993.

＿＿＿, 「이상시연구」, 『양영학술연구논문집』, 1996.

김종길, 「무의미의 의미」, 『문학사상』, 1974. 4.

김종은, 「이상의 理想과 異常」, 『문학사상』, 1973. 9.

김주연, 「詩문화의 의미와 한계」, 『한국문학의 이론』, 1972.

김준오, 「한국 모더니즘의 현단계」, 『현대시사상』, 고려원, 1990.

김춘수, 「시형식의 다다이즘」, 『문학예술』, 문학예술사, 1956. 1.

김현, 「이상에 나타난 만남의 문제」, 『자유문학』, 1962. 10.

＿＿＿, 『르네 지라르 혹은 폭력의 구조』, 나남, 1987.

문덕수, 「이상의 작품 연구」, 『성곡논총』 8집, 1977.

문흥술, 「이상 문학에 나타난 주체분열과 반담론에 관한 연구」, 서울대학교 대
　　　학원 석사학위 논문, 1991.

박이문, 『문학과 언어의 꿈』, 민음사, 2003.

방미경 엮음, 『플로베르』, 문학과지성사, 1996.

서종택, 「폐쇄된 자아와 고립된 자아」, 『한국근대소설의 구조』, 시문학사, 1985.

석영중, 『러시아 현대시학』, 민음사, 1996.

오규원, 「李箱詩와 그의 생애와의 관계」, 『거울 속의 나는 외출중』, 문장사, 1981.

오생근, 「동물의 이미지를 통한 이상의 상상적 세계」, 『신동아』, 1970. 2.

＿＿＿, 「자아의 진실과 허위」, 『삶을 위한 비평』, 문학과지성사, 1978.

우정권, 「이상의 글쓰기 양상」, 서울대학교 대학원 석사학위 논문, 1996.

유원춘, 「이상시의 은유 연구」, 서울대학교 대학원 석사학위 논문, 1991.

이규동, 「이상의 정신세계와 작품」, 『월간조선』, 1981. 6.

이복숙, 「이상시의 모더니티 연구」, 경희대학교 대학원 박사학위 논문, 1988.

이성혁, 「이상 시문학의 미적 근대성 연구」, 한국 외국어대 석사학위논문, 1996.

이승훈, 『이상시연구』, 고려원, 1987.

_____, 「우리시의 모더니즘」, 『현대시사상』, 고려원, 1990.

_____, 「이상 소설의 시간분석」, 『문학과 시간』, 이우사, 1983.

이어령, 「이상론」, 『서울대 문리대 학보』, 1955. 9.

이창배, 「모더니스트로서의 이상」, 『심상』, 1975. 3.

임종국, 「이상론」, 『고대문화』, 1955. 12.

정귀영, 「이상 문학의 초의식 심리학」, 『현대문학』, 1973. 7 - 9.

_____, 「이상의 <날개>」, 『현대문학』, 1979. 7.

정덕준, 「이상소설의 시간, '현재 - 과거'의 구조」, 『우석어문』, 1983.

정명환, 「부정과 생성」, 『한국인과 문학사상』, 일조각, 1968.

조두영, 「이상 초기작품의 정신분석」, 『신경정신의학』, 1977. 2.

조연현, 「근대정신의 해체」, 『문예』, 1949. 11.

최재서, 「리얼리즘의 확대와 심화」, 『조선일보』, 1936. 10. 31.

최학출, 「1930년대 한국 모더니즘시의 근대성과 주체의 욕망체계에 대한 연구」, 서강대학교 대학원 박사학위 논문, 1994.

최혜실, 「1930년대 한국모더니즘소설 연구」, 서울대학교 대학원 박사학위 논문」, 1990.

추은희, 「쉬르레알리즘에 비춰본 箱의 작품세계」, 『현대문학』, 1973. 7.

한상규, 「1930년대 모더니즘 문학에 나타난 미적 자의식에 관한 연구」, 서울대학교 대학원 석사학위 논문, 1989.

황도경, 「이상의 소설 공간 연구」, 이화여자대학교 대학원 박사학위 논문, 1993.

황현산, 『얼굴 없는 희망』, 문학과지성사, 1990.

라인홀트 메스너, 『죽음의 지대』, 김영도 옮김, 평화출판사, 1994.

로만 야콥슨, 『문학속의 언어학』, 신문수 편역, 문학과지성사, 1989.

롤랑 바르뜨, 『사랑의 단상』, 김희영 옮김, 문학과지성사, 1991.

마샬 버만, 『현대성의 경험』, 윤호병 · 이만식 옮김, 현대미학사, 1994.

모리스 블랑쇼, 『문학의 공간』, 박혜영 옮김, 책세상, 1990.

_____, 『미래의 책』, 최윤정 옮김, 세계사, 1993

미셸 푸고, 『말과 사물』, 이광래 역, 민음사, 1987.

미하일 일리인, 『책 시계 등불의 역사』, 심성보 옮김, 연구사, 1989.

벵상 데꽁브, 『동일자와 타자』, 박성창 옮김, 인간사랑, 1990.

샤를르 보들레르,『보들레르 시전집』, 박은수 옮김, 민음사, 1995.

알베르토 망겔,『독서의 역사』, 정명진 옮김, 세종서적, 2000.

엠마누엘 레비나스,『시간과 타자』, 강영안 옮김, 문예출판사, 1996.

자크 데리다,『글쓰기와 차이』, 남수인 옮김, 동문선, 2001.

자크 라깡,『욕망이론』, 권택영 엮음, 문예출판사, 1994.

조르주 바타유,『에로티즘』, 조한경 옮김, 민음사, 1989.

_____,『문학과 악』, 최윤정 옮김, 민음사, 1995.」

호르헤 루이스 보르헤스,『픽션들』, 황병하 옮김, 민음사, 1994.

G. 들뢰즈,『감각의 논리』, 하태환 옮김, 민음사, 1995.

J. -P. 사르트르,『시인의 운명과 선택』, 박익재 역, 문학과지성사, 1985.

M. 하이데거,『세계상의 시대』, 최상욱 옮김, 서광사, 1995.

T. 칼라일,「衣裳哲學」,『英美隨筆選』, 이창배 편, 을유문화사, 1963.

Abrams. M. H. A Glossary of Literary Terms, Holt, Rinehart and Winston Inc, 1988.

Bakhtin, Mikhail. Problems of Dostoevskys Poetics, Trans. Carl Emerson. University of Minnesota Press, 1984(『도스토옙스키 시학』, 김근식 옮김, 정음사, 1988).

Barthes, Roland. The pleasure of Text, Trans. Richard Miller. Hill & Wang, 1975(『텍스트의 즐거움』, 김명복 옮김, 연세대학교 출판부, 1990).

Bloom, Harold. The Anxiety of Inflence, Oxford University Press, 1973(『시적영향에 대한 불안』, 윤호병 편역, 고려원, 1991).

Derrida, Jacques. Of Grammatoligy, trans. Gayatri Chakravorty Spivak, Baltimore: Johns Hopkins University Press, 1974. (『그라마톨로지』, 김성도 옮김, 민음사, 1996).

Hamburger, Michael. The Truth of Poetry, Harcourt, Brace & World, Inc. 1969(『현대시의 변증법』, 이승욱 옮김, 지식산업사, 1993).

Hutcheon, Linda. Narcissistic Narrative: The Metafictional Paradox. Wilfrid Laurier University Press, 1980.

_____. A Poetics of Postmodernism: History, Theory, Fiction, Routledge, 1988.

Kermode, Frank. The Sense of an Ending, Oxford university Press, 1967(『종말의식과 인간적 시간』, 조초희 옮김, 문학과지성사, 1993.).

Waugh, Patricia. Metafiction: The Theory and Practice of Self-Conscious Fiction. Methuen, 1984.

Wheelwright, Philip. Metaphor and Reality, Indiana University Press, 1962(『은유와 실재』, 김태옥 역, 문학과지성사, 1982).

임명섭

고려대학교 국어국문학과 졸업
고려대학교 대학원 국어국문학과 문학석·박사
고려대학교 BK21 한국학 교육 연구단 Post-Doc.
고려대학교 민족문화연구소 조교수
현) 고려대학교, 순천향대학교에서 강의

「사람과 풍경 사이에 난 길-정현종의 시」
「김기림 비평에 나타난 근대의 추구와 초극의 문제」
「이상 문학에 나타난 책과 독서의 은유」
「삶에 대한 긍정의 탐색과 좌절-이상의 <봉별기>론」

이상
문학의
해석
문학의
자의식과
바깥의 체험

초판인쇄 | 2011년 6월 17일
초판발행 | 2011년 6월 17일

지 은 이 | 임명섭
펴 낸 이 | 채종준
펴 낸 곳 | 한국학술정보㈜
주   소 | 경기도 파주시 교하읍 문발리 파주출판문화정보산업단지 513-5
전   화 | 031) 908-3181(대표)
팩   스 | 031) 908-3189
홈페이지 | http://ebook.kstudy.com
E-mail | 출판사업부 publish@kstudy.com
등   록 | 제일산-115호(2000. 6. 19)

ISBN   978-89-268-2304-0 93810 (Paper Book)
         978-89-268-2305-7 98810 (e-Book)

내일을여는지식 은 시대와 시대의 지식을 이어 갑니다.